Cliff Allister

Hüter des Universums

MULTIVERSUM Zyklus – Band 3

Impressum:

Cliff Allister: Hüter des Universums
Multiversum Zyklus 3

ISBN-13: 978-1542731669
ISBN-10: 1542731666

Harald Hess
Peace Road/Mashraba
Dahab – South Sinai/Egypt
allistercliff@gmail.com

Korrektorat/Lektorat: Birgit Böckli
Cover: Cliff Allister - Fotos by Pixabay.com

Printed by:
Amazon Distribution

Vom gleichen Autor:
Erbe des Imperiums – Markan Saga 1 (2014)
Die Rebellen des Imperiums – Markan Saga 2 (2014)
Kampf um das Imperium – Markan Saga 3 (2016)
Das neue Imperium – Markan Saga 4 (2016)
Todfreunde – Ein Gregory A. Duncan Fall (2015)
Der Leviathan – Ek´Thal-Zyklus Band 1 (2015)
Bewahrer der Zeit – Ek´Thal-Zyklus Band 2 (2015)
Der Rekrut – Multiversum Zyklus Band 1 (2016)
Mission Triangulum – Multiversum Zyklus Band 2 (2016)

Für Edward Witten,
dessen M-Theorie die
Grundlage für diesen
Zyklus lieferte!

Über den Autor:

Cliff Allister stammt aus Deutschland und lebt seit 1985 im Ausland. Nach Stationen in Jugoslawien, auf Mallorca, in Hurghada/Ägypten und in Kenia betrieb er in der Zeit ab 1989 eine eigene Tauchbasis auf Bequia/St. Vincent & The Grenadines in der Karibik. Seit 2007 ist er mit seiner Frau und drei Katzen in Dahab/Ägypten zuhause, wo er ebenfalls eine Tauchschule besitzt.

Schon in jungen Jahren begeisterte er sich für das Science-Fiction-Genre, ausgelöst durch die unvergessene TV-Serie *Raumpatrouille* Mitte der Sechziger.

Seinen ersten Roman 'Erbe des Imperiums' veröffentlichte er mit großem Erfolg Anfang 2015. Nach weiteren sehr erfolgreichen Veröffentlichungen widmet sich Cliff Allister seit 2016 ausschließlich seiner Arbeit als Schriftsteller und er gehört inzwischen zu den meistgelesenen deutschen SF-Autoren.

Cliff Allister

Hüter des Universums

MULTIVERSUM Zyklus 3

Was bisher geschah:

Nachdem sie bereits die meisten der umliegenden Galaxien unter ihre Kontrolle gebracht haben, fallen die Ra´hul auch in die Milchstraße ein. Mithilfe ihrer Suggestoren hetzen sie die Völker der Galaxis gegeneinander auf und entfesseln unzählige Kriege, um in dem entstehenden Chaos die Macht an sich reißen zu können. Zwei Organisationen stellen sich den Ra´hul entgegen: Die BEWAHRER, eine Maschinenzivilisation, die gegen den Einfluss der Suggestoren immun sind, und die *Liga der Unsterblichen*, eine kleine Gruppe von Angehörigen verschiedener Spezies, die sich seit Jahrhunderttausenden hinter den Kulissen für den Frieden in der Galaxis einsetzt. Die Liga nutzt hierfür die Technologie einer geheimnisvollen, seit Langem verschollenen Spezies, der Dorianer. Michael Cordwainer Grand, ein Terraner und der einzige bisher bekannte Immune gegen den mentalen Einfluss der Suggestoren, ist das neueste Mitglied der Liga. Er findet heraus, dass die Ra´hul aus einem anderen Universum stammen und hierher übersiedeln wollen, da es in naher Zukunft zu einer *Branenkollision* kommen wird, bei der ihr Universum vernichtet werden, das hiesige jedoch überleben wird.

Zu diesem Zweck errichten die Ra´hul in den eroberten Galaxien Tausende riesiger Kuben, mit deren Hilfe sie ein wurmlochähnliches, Millionen

Lichtjahre durchmessendes *Branenportal* öffnen wollen, um ihre gesamte Galaxiengruppe in unser Universum zu transferieren. Dabei würde die sogenannte *Lokale Gruppe*, zu der auch die Milchstraße gehört, komplett vernichtet werden.

Grand und drei weitere Unsterbliche fliegen mit der *Rhelina*, einem von einer KI gesteuerten dorianischen Schiff, in die benachbarte Triangulumgalaxie, die bereits von den Ra´hul erobert wurde. Dort hoffen sie, weitere Informationen über den Feind zu finden. Ein Schiff der BEWAHRER begleitet sie auf der *Mission Triangulum*.

Doch die Situation wird immer aussichtsloser. Es gelingt den Ra´hul, die Liga der Unsterblichen mit einem Schlag auszulöschen. Der *Hort*, der verborgen im *Bulk* treibende Stützpunkt der Liga, wird zusammen mit allen sich dort aufhaltenden Unsterblichen durch einen von den Ra´hul mental beeinflussten Verräter vernichtet. Nur einer der Anwesenden überlebt den Anschlag. Gleichzeitig gerät Grand während eines fehlgeschlagenen Einsatzes, bei dem sie einen der Kuben erkunden wollten, in die Hände des Feindes. In Gefangenschaft trifft er mit Brolon zusammen, dem Bewohner einer primitiven Welt in der Triangulumgalaxie, der nicht nur ebenfalls immun gegen den Einfluss der Suggestoren ist, sondern sich zu Grands Überraschung in nichts von einem Terraner unterscheidet.

Während die Kriege in der Milchstraße eskalieren, die Ra´hul mit ihrer überlegenen Technik und ihren Suggestoren unbesiegbar erscheinen, sich ihre große Invasionsflotte mit mehr als 300.000 Schiffen im Anflug befindet und sich Grand in Gefangenschaft der Ra´hul befindet, ruhen die letzten Hoffnungen auf Grands verbliebenen drei Freunden. Zusammen mit der dorianischen KI Hakera, ihrem Schiff *Rhelina* und einem schweren Zerstörer der BEWAHRER stehen nur noch sie zwischen den Ra´hul und der völligen Vernichtung jeglichen Lebens in den Galaxien der Lokalen Gruppe. Doch zunächst müssen sie einen Weg finden, Grand zu befreien …

1.

Die elfdimensionalen Stringmelodien erklangen in den vollendeten Harmonien der Möglichkeiten. Das *Coniunctional* lauschte dem Gesang, analysierte, extrapolierte und hoffte. Schon seit unzähligen Jahrmilliarden, oder eine kaum messbare Zeitspanne lang, war dies seine einzige Aufgabe und Bestimmung. Zeit spielte keine Rolle, war kein Faktor in der Gleichung, da sie nicht definiert war, nicht existierte. Das *Coniunctional* befand sich *außerhalb* der Zeit. Es gab keinen Unterschied zwischen Anfang und Ende, zwischen einem Beginn und dem Erreichen eines Ziels. Alles *war*! Die Begriffe Vergangenheit, Gegenwart oder Zukunft besaßen für das *Coniunctional* keinerlei Bedeutung.

Trotzdem besaß es ein subjektives Zeitempfinden, auch wenn dieses nicht einem Zeitstrahl entsprach, sondern einer Zeitmatrix, in der Vergangenheit und Gegenwart Gestalt besaßen, die Zukunft jedoch in einer Wahrscheinlichkeitswolke existierte, die noch unbestimmt, aber bereits definiert war. Jede vorstellbare Zukunft wurde im Multiversum Realität, doch auf welcher Bran und zu welcher dort geltenden subjektiven Zeit war nicht vorhersehbar. Jedes Eingreifen veränderte die Parameter und führte zu einer Unschärfe. Manche Ereignisse wurden erst durch einen Eingriff manifest, andere verloren ihr

Wahrscheinlichkeitspotenzial, wenn das *Coniunctional* einwirkte. Es war zwar *allsehend*, aber nicht *allwissend*.

Deshalb lauschte und analysierte es ununterbrochen. Es musste beobachten und lernen, um die Antwort auf die letzte Frage zu finden.

Die Strings vibrierten in exakt definierten Mustern, und doch erzeugten sie unendlich viele, nicht vorherbestimmbare Eventualitäten, von denen jede unweigerlich zur Realität werden musste. Manche für weniger als eine Planck-Zeit, andere für Äonen des eigenen, subjektiven temporalen Maßstabs.

Die Melodien kündeten von der Entstehung subatomarer Teilchen, erzählten vom Werden und Vergehen von Myriaden Sonnen, zeugten vom Aufblühen und Niedergang des Lebens, schilderten Anfang und Ende von Universen und beschrieben den kosmischen Tanz der Branen. Sie reichten vom Anbeginn der Zeit bis zum Ende allen Seins und existierten außerhalb des temporalen Flusses, so wie auch das *Coniunctional*.

Die Schönheit und Perfektion der Harmonien wurde nur selten gestört. Jede kleine Anomalie, jede Abweichung, jede Dissonanz wurde vom *Coniunctional* genauestens und voller Hoffnung analysiert. Doch zumeist handelte es sich lediglich um unerhebliche Eingriffe von Intelligenzen einer niedrigeren Entwicklungsstufe in die kosmische Ordnung. Sie waren es nicht wert, dass man sich mit ihnen beschäftigte. Sie waren irrelevant und *vergänglich*.

Das *Coniunctional* wartete, analysierte und hoffte weiter. Zeit, die es nicht gab, spielte keine Rolle. Es galt, eine Bestimmung zu erfüllen. Es galt, das letzte Geheimnis zu ergründen. Es galt, zu *wissen*!

2.

Zwei Tage! 48 Stunden! So lange war Grand nach terranischer Zeitrechnung bereits in den Händen der Ra´hul.

Jalina hatte seitdem keine Minute geschlafen, und es fiel ihr zunehmend schwer, sich zu konzentrieren. Nur die Aufputschmittel, die Hakera widerwillig herausgerückt hatte, hielten sie noch auf den Beinen. Jalina wusste, dass der unweigerliche Zusammenbruch dadurch nur noch heftiger ausfallen würde. Trotzdem war es ihr unmöglich, auch nur ein Auge zuzumachen, solange die Ungewissheit über Grands Schicksal anhielt.

Zusammen mit Kranchoor, Poggy und den beiden KIs hatte sie viele Stunden damit verbracht, einen Plan für Grands Befreiung auszuarbeiten, doch sie verfügten über viel zu wenige Informationen, die als Grundlage für eine solche Operation hätten dienen können. Zudem war es unmöglich, den Kubus erneut anzugreifen. Ein zweites Mal würden sich die Ra´hul nicht überraschen lassen, und es hatte sich bereits gezeigt, dass die *Stürme* gegen mehrere Kampfschiffe des Gegners nicht würde bestehen können.

Wieder einmal waren sie auf der Flucht und hatten sich in den Ortungsschutz einer Sonne, einige Dutzend Lichtjahre vom Kubus entfernt, zurückziehen müssen. Doch diesmal war die Stimmung an Bord eine andere. Zu Beginn der

Mission waren sie vorsichtig optimistisch gewesen, doch nun herrschten Niedergeschlagenheit und Trauer um die vielen Freunde, die sie bei der Vernichtung des *Horts* verloren hatten.

Kranchoor saß zurückgelehnt in einem semimateriellen Sessel der Zentrale und nippte an einem leicht alkoholischen Getränk. Prüfend sah er Jalina an.

»Warum quälst du dich so?«, fragte er. »Du solltest wirklich ein paar Stunden schlafen. Hier herumzusitzen und sich den Kopf zu zermartern, hilft Michael auch nicht.«

Sie hatte es längst aufgegeben, ihre Gefühle für den Terraner vor den anderen zu verbergen. Auch wenn sie nicht damit rechnete, dass er sie jemals erwidern würde. Die Lüge, mit der sie ihn dazu gebracht hatte, eine Entscheidung gegen seine Überzeugung zu treffen, hatte Grand verbittert. Sie hoffte nur noch auf seine Vergebung – nicht mehr auf seine Liebe.

»Geh«, fuhr Kranchoor fort. »Ich halte hier die Stellung.«

Jalina zögerte. Sie fühlte sich zwar wie unter Drogen – was streng genommen auch der Fall war – aber sie befürchtete, ausgerechnet dann nicht in der Zentrale anwesend zu sein, wenn sich etwas Entscheidendes tat.

Ihr langjähriger Freund kannte sie gut und schien beinahe Jalinas Gedanken lesen zu können.

»Ich wecke dich sofort, falls etwas passiert«,

versicherte er ihr.

Sie stemmte sich, die Arme auf die Tischplatte gestützt, aus ihrem Sitz, erhob sich schwerfällig und rieb sich die rot geränderten Augen. Verlegen lächelnd nickte sie Kranchoor zu und wollte gerade die Zentrale verlassen, als sich die Supreme-KI der *Stürme* meldete.

»Eine meiner Drohnen meldet das Eintreffen von zehn Kampfschiffen der Ra´hul beim Kubus.«

Der Vorrat der kleineren, schnelleren und leistungsfähigeren Mikrodrohnen der *Rhelina war* nicht unerschöpflich, zudem waren sie nur einmal verwendbar, und so hatte die Supreme-KI am Vortag angeboten, ihre wiederverwendbaren Aufklärungsdrohnen auszusenden, um die Feindbewegungen in der Triangulumgalaxie zu beobachten.

»Ich rufe Poggy in die Zentrale«, sagte Hakera.

Der dritte Unsterbliche hatte sich in seine Kabine zurückgezogen. Er war erst in einigen Stunden wieder mit seiner Brückenwache an der Reihe. Natürlich hätte Hakera überhaupt keine Wachen in der Zentrale benötigt. Die dorianische KI war sehr gut in der Lage, das Schiff rund um die Uhr, tagein, tagaus, über unzählige Jahre vollkommen allein zu überwachen, aber sie waren übereingekommen, eine tägliche Routine aufrechtzuerhalten, und sei es nur, um sich zu beschäftigen. Ohne einen konkreten Plan für das weitere Vorgehen, mit Grand in Gefangenschaft, angesichts der desaströsen Lage in der heimatlichen Galaxis und mit dem Wissen um die Vernichtung der *Liga* bestand die Gefahr, sich hängen zu lassen und einfach aufzugeben. Eine Aufgabe, und sei sie auch so unbedeutend wie eine Brückenwache, würde ihnen zumindest das Gefühl vermitteln, nützlich zu sein.

Alle drei wussten natürlich, dass diese psychologische Krücke nicht lange vorhalten würde. Wenn Jalina, Kranchoor und Poggy nicht bald etwas Sinnvolles einfiel, würde ihnen nichts anderes übrigbleiben, als sich das Scheitern der Mission einzugestehen und in die Milchstraße zurückzukehren, um sich dort am verzweifelten Abwehrkampf gegen die Ra´hul zu beteiligen. Die Vorstellung, Grand zurücklassen zu müssen, war allerdings für Jalina unvorstellbar. Sie *mussten* einen Weg finden, ihn zu befreien. Die Nachricht, dass der Kubus, in dem er gefangen gehalten wurde, nun von zehn weiteren Kampfschiffen bewacht wurde, war ein weiterer, schwerer Schlag.

Während Jalina sich wieder in ihren Sessel sinken ließ, um über die verfahrene Situation nachzudenken, war Poggy in die Zentrale der *Rhelina* gekommen. Auch er nahm Platz und blickte erwartungsvoll zu der Supreme-KI auf, die inzwischen in ihrem Avatarkörper anwesend war. Über dem Tisch baute sich eine holografische Darstellung des Systems auf, in dem sich der Kubus befand. Jalina wusste, dass die nun folgenden Erläuterungen ausschließlich den drei biologischen

Wesen gelten würden. Die beiden KIs hatten alle relevanten Daten und die daraus resultierenden Schlussfolgerungen längst in Lichtgeschwindigkeit untereinander ausgetauscht und verarbeitet.

»Neun der Schiffe haben sich rings um den Kubus formiert und bilden eine für uns undurchdringliche Absicherung. Die bisher im System stationierten Einheiten patrouillieren ebenfalls eng um den Kubus, auf ständig wechselnden, unvorhersehbaren Kursen. Selbst wenn wir versuchen würden, Michael zu befreien, kämen wir nie auch nur in die Nähe des Kubus«, erläuterte Hakera. »Wir würden unweigerlich in die Feuerreichweite gleich mehrerer Schiffe geraten.«

»Sie riegeln den Kubus ab!«, stellte Kranchoor fest.

»Wir haben eine andere Vermutung«, antwortete Hakera. Wenn sie von einer 'Vermutung' sprach, standen natürlich eine ausgiebige Analyse und eine exakte Berechnung dahinter. »Das zehnte Schiff hat am Kubus angedockt«, fuhr sie fort. »Die Supreme-KI und ich sind zu der Schlussfolgerung gekommen, dass die Ra´hul Michael mit hoher Wahrscheinlichkeit von dort wegbringen wollen.«

»Warum sollten sie das tun?«, wollte Poggy wissen.

»Wie hoch ist die Wahrscheinlichkeit?«, fragte Jalina fast gleichzeitig.

»Sie beträgt etwas über siebzig Prozent«, beantwortete Hakera Jalinas Frage zuerst. »Michael ist für sie von sehr großer Bedeutung, da er der einzig bekannte Immune gegen den Einfluss ihrer Suggestoren ist. Sie müssen herausfinden, was ihn so besonders macht; ob es sich um eine einmalige Abberation handelt oder ob sie mit weiteren Immunen rechnen müssen, eventuell sogar mit einem ganzen Volk. Ihre gesamten Eroberungspläne beruhen auf der Macht der Suggestoren. Alles, was deren Einfluss zunichtemacht, kann kriegsentscheidend sein. Sie werden ihn genauestens untersuchen wollen. Im Kubus dürfte es hierfür keine geeigneten wissenschaftlichen Einrichtungen geben. Also werden sie ihn zu einer solchen bringen.«

»Warum gleich mit zehn Schiffen?«

»Sie rechnen natürlich damit, dass wir den Kubus beobachten. Aus der Analyse der bisherigen Kampfhandlungen können sie schließen, dass zehn Schiffe genügen, um den Transport ausreichend gegen einen Überfall durch uns abzusichern.«

»Habt ihr eine Vermutung, wohin sie Michael bringen könnten?«, fragte Jalina, die von einer schrecklichen Ahnung geplagt wurde.

»Es liegt nahe, dass sie ihn dorthin bringen werden, wo es die meiste Experten auf dem Gebiet der mentalen Beeinflussung gibt. Auf die Station, wo sie die Suggestoren, die Croalok, züchten und versklaven.«

Jalina wusste, was dies bedeutete. Die gigantische Raumstation war mit Sicherheit einer der am besten geschützten Orte in dieser Galaxie. Die Ra´hul würden das System, in dem sie sich befand, gegen jeden Eindringling hermetisch abriegeln. Wenn es schon so gut wie unmöglich war, einen von zehn Kampfschiffen geschützten Transport anzugreifen, war es nahezu aussichtslos, Michael aus dieser Station befreien zu wollen.

3.

Dieser Brolon ist gar nicht so dumm, wie ich zunächst gedacht habe, musste sich Grand eingestehen.

Sie waren jetzt seit mehr als zwei Tagen in diesem Raum eingesperrt. Bis auf einen schweigsamen Ra´hul, der ihnen zweimal am Tag undefinierbare Mahlzeiten brachte, kümmerte sich niemand um sie. Grand vermutete, dass man auf irgendetwas wartete. Auf einen Verhörspezialisten, einen hochrangigen Offizier, der über ihr Schicksal zu entscheiden hatte, oder auf einen Befehl, wie mit ihnen zu verfahren sei. Mit einer sofortigen Hinrichtung mussten sie jedenfalls nicht rechnen. Wenn die Ra´hul dies vorgehabt hätten, wären sie schon längst nicht mehr am Leben gewesen.

Er hatte die Zeit genutzt, Brolon ein paar Brocken *Universal* beizubringen, und war über die rasche Auffassungsgabe des Fremden erstaunt. Am meisten jedoch verblüffte ihn, dass Brolon äußerlich nicht von einem Terraner zu unterscheiden war. Lediglich die gebräunte, wettergegerbte Haut und die schwieligen Hände deuteten darauf hin, dass er sich überwiegend im Freien aufgehalten und hauptsächlich schwere körperliche Arbeit verrichtet hatte – was heutzutage bei einem Terraner kaum mehr der Fall war. Vielleicht auf einer gerade erschlossenen Kolonialwelt, die noch nicht über alle Segnungen moderner Technik verfügte, jedoch sicher nicht auf der Erde oder auf einem der anderen, hoch entwickelten Planeten der Terranischen Union. Grand fragte sich, wie weit die genetische Verwandtschaft wohl gehen mochte und ob es eine Verbindung zwischen Brolons Volk und den Menschen der Erde gab. Ein Zufall konnte die erstaunliche Ähnlichkeit wohl kaum sein. Im Moment hatten sie jedoch andere Sorgen, als sich über biologische Gemeinsamkeiten zu wundern. Was sie derzeit am stärksten verband, war die prekäre Lage, in der sie sich befanden.

»Du bist also ebenfalls immun«, stellte Grand fest, nachdem ihm Brolon in den letzten Stunden mit Händen und Füßen, einigen Missverständnissen sowie seinem geringen, wenn auch sich ständig erweiternden Wortschatz seine Geschichte erzählt hatte.

»Immun?« Brolon sah ihn fragend an.

»Die … äh … Dämonendiener können dich nicht verzaubern.« Er versuchte, die Begriffe zu verwenden, die sie sich mühsam erarbeitet hatten.

»Nein! Dämonendiener Zauber nicht mit Brolon«, stellte sein Mitgefangener stolz fest.

»Das nennt man immun«, erklärte Grand. »Du bist immun.«

Brolon nickte verstehend.

»Immun. Brolon … ich …«, korrigierte er sich, »ich immun gegen Zauber!«

Das ist interessant und könnte erklären, warum man uns nicht sofort umgebracht hat, überlegte Grand. Die Ra´hul mussten ein Interesse daran haben, dem

Grund für die Immunität auf die Spur zu kommen. Er konnte nicht wissen, dass seine Freunde zur selben Zeit ähnliche Überlegungen anstellten.

Grand war sich sicher, dass sie überwacht wurden und man somit jedes Wort mithörte, das sie sprachen. Er musste also aufpassen, was er preisgab. Trotzdem wollte er die Chance nicht ungenutzt lassen, so viel wie möglich von Brolon zu erfahren. Wenn er je hier herauskäme – eine Vorstellung, die im Moment ein Höchstmaß an Optimismus erforderte – konnte jede noch so kleine Information von Bedeutung sein. Brolon hatte schließlich den Bau des Kubus im Orbit um seine Heimatwelt hautnah miterlebt. Vielleicht war ihm dabei etwas aufgefallen, das später noch von Nutzen sein konnte. Falls es ein 'Später' geben würde!

»Was du denken, was mit uns?«, radebrechte Brolon.

Grand zuckte mit den Schultern, eine Geste, die auch in Brolons Volk gebräuchlich war, wie er bereits festgestellt hatte.

»Nichts Gutes«, stellte er lakonisch fest.

Brolon lachte rau und schlug Grand auf die Schulter.

»Ich tot. Schon tot vorher als hierher gehen! Nichts Gutes nicht schlimmer als tot!«

Er scheint seine verrückte Aktion als Selbstmordmission anzusehen, überlegte Grand. *Da hat er natürlich nicht mehr viel zu verlieren.*

»Vielleicht können wir entkommen. Ich habe

Freunde. Die werden alles tun, um mir zu helfen«, versuchte er, seinem neuen Gefährten Mut zu machen. »Wenn sie kommen, nehmen wir dich mit!«

Grand konnte an Brolons Gesichtsausdruck erkennen, wie dieser versuchte, den Sinn der Worte zu verstehen.

»Du Freunde kommen helfen?«, versuchte Brolon sicherzugehen, dass er Grand richtig verstanden hatte. »Du Freunde helfen Brolon?«

Grand wusste, dass die Ra´hul jedes Wort mithören würden. Aber sie konnten sich ohnehin denken, dass mit einem Befreiungsversuch zu rechnen war. Ihm kam es im Moment mehr darauf an, dass Brolon nicht die Hoffnung verlor. Sein Mitgefangener durfte sich nicht einfach aufgeben. Falls sie noch eine Chance haben wollten, war er auf einen Partner angewiesen, der nicht bereits innerlich resigniert hatte.

Er wollte gerade zustimmend antworten, als sich die Tür zu ihrer Zelle öffnete. Die letzte Mahlzeit lag erst kurze Zeit zurück; es musste sich also um etwas anderes handeln. Sicher nicht um etwas Erfreuliches, wie Grand vermutete.

Vier bewaffnete Ra´hul richteten ihre Strahler auf Grand und Brolon. Hinter ihnen stand Trrach, der nach wie vor den Minitranslator am Kragen seiner Uniform trug.

»Sie werden verlegt. Alle beide«, sagte er. »Und machen Sie sich keine Hoffnungen. Ihr Transport besteht aus zehn unserer schlagkräftigsten

Kampfschiffe. Dagegen kommen Ihre beiden Einheiten selbst mit ihren erstaunlich wirksamen Waffensystemen nicht an.«

»Wohin bringt man uns?«, fragte Grand, ohne wirklich auf eine Antwort zu hoffen, die zu seiner Überraschung jedoch erfolgte. Wie es schien, wollte Trrach nicht darauf verzichten, seinen Triumph auszukosten.

»Dorthin, wo man Ihre … Widerstandskraft gründlich untersuchen kann.«

Grand wurde flau im Magen. Er konnte sich nur zu gut an Trrachs Schilderung der Raumstation erinnern, in der man die Croalok heranzüchtete und sie auf ihren Einsatz als Suggestoren vorbereitete. Es bestand kein Zweifel, dass dies das Ziel ihrer Reise sein würde. Dort würde man ihn und Brolon Stück für Stück in ihre Einzelteile zerlegen, um hinter das Geheimnis ihrer Immunität zu kommen. Es wäre ihm fast lieber, seine Freunde würden unterwegs einen verzweifelten Versuch unternehmen, das Schiff, auf dem er sich befinden würde, abzuschießen. Er wollte lieber sterben, als den Ra´hul als Versuchskaninchen zu dienen. Allerdings wusste er nur zu genau, dass Jalina und die anderen ihn nicht einfach opfern würden. Zudem konnten sie nicht wissen, auf welchem der Schiffe man ihn transportieren würde, außerdem waren die *Rhelina* und die *Stürme* sowieso nicht in der Lage, es mit zehn Gegnern gleichzeitig aufzunehmen. Sein gespielter Optimismus erhielt einen schweren Dämpfer.

Dennoch grinste er Trrach scheinbar unbekümmert an, was eher zu Brolons Beruhigung dienen sollte.

»Ich fürchte, Sie unterschätzen uns schon wieder! Auch wenn Sie mich und meinen neuen Freund in Ihrer Gewalt haben, werden Sie mit Ihren Plänen niemals durchkommen. Sie mögen mir nicht glauben, dass die Dorianer sehr genau beobachten, was hier vor sich geht, aber umso schrecklicher wird das Erwachen sein. Unabhängig davon, was mit mir geschieht.«

Für einen Augenblick glaubte Grand einen leichten Anflug von Furcht auf Trrachs fremdartigem Gesicht ausmachen zu können, doch wahrscheinlich bildete er sich das nur ein. Der Alte würdigte ihn keiner Antwort und gab den vier Bewaffneten einen kurzen Befehl. Sie nahmen Brolon und Grand jeweils zu zweit in ihre Mitte, ergriffen je einen Arm und zogen die Gefangenen mit sich. Dass sie auf Fesseln verzichteten, zeigte Grand, wie sicher sie sich ihrer Sache waren. Er wusste, dass es keinen Sinn machen würde, Widerstand zu leisten. Es gab keine Möglichkeit, vom Kubus zu entkommen. Jede Gegenwehr hätte nur zu unnötigen Schmerzen geführt, und er hegte den Verdacht, dass Trrach insgeheim nur nach einem Vorwand suchte, ihm Schmerzen zuzufügen. Grand würde ihm diesen Gefallen nicht tun, und auch Brolon war schlau genug, sich nicht zu wehren.

Sie wurden durch mehrere Gänge bis zu einer Schleuse geführt, wo andere Soldaten auf sie warteten. Man übergab Brolon und Grand in deren Obhut, und zusammen mit Trrach betraten sie durch die Schleusenkammer ein an den Kubus angedocktes Schiff der Ra´hul.

Nur wenige Minuten später befanden sie sich wieder in einer Zelle. Der völlig leere Raum, in den man achtlos ein paar Decken geworfen hatte, würde bis zum Erreichen ihres Ziels ihr Zuhause sein. In einer Ecke stand ein Eimer, der wohl für die Notdurft gedacht war.

Kurz darauf änderte das kaum vernehmbare Brummen des Schiffsantriebs seine Frequenz. Sie waren unterwegs in eine unerfreuliche Zukunft.

4.

Zwölf Personen saßen im Kreis, in dessen Mittelpunkt sich ein mehrere Meter durchmessendes Hologramm der Milchstraße drehte. Es handelte sich um Abgesandte von elf Zivilisationen, die über einen Kontaktmann zur *Liga der Unsterblichen* verfügten – und die bereit waren, noch eine letzte Anstrengung im Kampf gegen die Ra´hul zu unternehmen.

Der Zwölfte war Rigoran, der letzte Unsterbliche in der heimischen Galaxis. Gemeinsam warteten sie auf den Avatar des *KERNS*, der Haupt-KI der BEWAHRER, auf deren Initiative hin das Treffen zustande gekommen war.

Die Maschinen hatten mit einer wesentlich größeren Teilnahme gerechnet, doch entweder standen die maßgeblichen Vertreter der betreffenden Völker bereits vollständig unter dem mentalen Einfluss der Invasoren oder es gab andere Gründe für das Fernbleiben. Einige dieser Völker hatten sich von den BEWAHRERN abgewandt oder sie glaubten deren Warnungen nicht, andere standen in erbitterten kriegerischen Auseinandersetzungen mit anderen Spezies, die keinen Raum mehr für Verhandlungen ließen, wieder andere hatten sich mit den Ra´hul arrangiert und hofften darauf, mit ihrer Unterstützung zukünftig eine größere Rolle im Machtgefüge der Milchstraße spielen zu können – oder aber das entsprechende

Volk existierte schlichtweg nicht mehr, da es im Zuge des eskalierenden Flächenbrandes, der die Galaxis durchzog, bereits vernichtet worden war.

Nur elf von mehreren Dutzend Spezies, dachte Admiral Vassili Gregorjan, der als Vertreter der Terranischen Union an der Versammlung teilnahm. *Und handelt sich fast ausschließlich um die kleineren und unbedeutenden Mächte der Galaxis.*

Die großen Sternenreiche waren entweder der Ansicht, alleine mit dem Problem fertig werden zu können, oder sie hatten sich auf die Seite der Angreifer geschlagen, in der fehlgeleiteten Hoffnung, dadurch *noch* mächtiger zu werden. Alle rannten sie blind in ihr Unglück. Die Galaxis war schon immer zerstritten und uneins gewesen, und nun hielten Egoismus, Fremdenfeindlichkeit, Machtgelüste, Überheblichkeit oder schlichte Dummheit sie davon ab, die Zerrissenheit zu überwinden und sich *gemeinsam* gegen einen äußeren Feind zur Wehr zu setzen. Gregorjan seufzte. Diese Haltung war ihm aus der Geschichte der Menschheit nur zu gut bekannt.

Es scheint, als seien alle denkbaren negativen Eigenschaften eines intelligenten Wesens bei jeder Spezies im Universum gleichermaßen ausgeprägt, stellte er frustriert fest.

Er blickte in die Runde. Rechts neben ihm saß der Vertreter der Kolltaner und sprach gerade mit seinem anderen Nebenmann – oder Neben*wesen* – einem Pflanzenabkömmling vom Planeten

Gorgorath. Die Gorgorather bewegten sich erstaunlich behände auf einem Gewirr von Laufwurzeln fort. Gregorjan hatte sich, als er den Vertreter dieser Spezies zum ersten Mal erblickt hatte, darüber gewundert, dass dieser sich nicht ständig in dem Wurzelgeflecht verhedderte. Sie waren die einzigen bekannten Abkömmlinge von Pflanzen, die Intelligenz entwickelt hatten. Der evolutionäre Prozess und das Ökosystem auf ihrem Planeten mussten wahrhaftig ungewöhnlich sein.

Die Gorgorather galten als absolut friedlich, gastfreundlich und als begnadete Techniker. Filigrane Arbeiten erledigten sie mittels der feinen Wurzelenden, in die ihre vier Astarme ausliefen, mit erstaunlicher Geschicklichkeit. Ihr Leib bestand aus einem hölzernen Gewebe, dessen Haut tatsächlich an Baumrinde erinnerte. Das Gehirn saß inmitten des Körpers und etliche bewegliche Äste, die oben aus dem Körper wuchsen, trugen an ihren Enden die Sinnesorgane. Kleidung kannten sie nicht. Es gab keine Geschlechter, sodass sich nie ein Schamgefühl entwickelt hatte, und ihr Planet kreiste in einem Orbit um seine Sonne, der ihm ganzjährig ein mildes, gleichförmiges Klima bescherte. Das Sprachorgan war in der Lage, den bei den meisten Spezies üblichen Frequenzumfang nachzubilden, und sie beherrschten angeblich mehr als ein Dutzend Sprachen.

Der Admiral fand die Gorgorather faszinierend und er nahm sich vor, die freundlichen

Pflanzenabkömmlinge irgendwann einmal zu besuchen – wenn es sie in Zukunft noch geben sollte. Wenn es *überhaupt* noch eine Zukunft für die Völker der Milchstraße geben sollte!

Zu seiner Linken hatte sich ein Milgorer niedergelassen. Der Abgesandte der amphibischen Spezies hatte sich bisher schweigsam gezeigt. Gregorjan führte das auf die Scham zurück, die er angesichts des Verrats und der Vernichtung der Liga durch Ylanthu empfinden mochte, der ebenfalls zum Volk der Milgorer gehört hatte. Außerdem bemerkte der Admiral noch einen avianen Yllryh, einen Halgoraner in seiner auf einem Antigravfeld schwebenden Schutzblase sowie die Vertreter von fünf weiteren Spezies in der Runde.

Plötzlich bildete sich ein silbrig schimmernder, annähernd humanoider Körper von vielleicht zwei Metern Größe direkt neben dem Hologramm der Galaxis. Der *KERN* war eingetroffen. Sein kugelrunder Kopf besaß keine sichtbaren Sinnesorgane, die der Avatar natürlich auch nicht benötigte. Das Treffen fand auf einer Werftplattform der BEWAHRER statt, und der *KERN* hatte Zugriff auf sämtliche Systeme der Station. Er hörte und sah alles, was hier vor sich ging.

»Ich begrüße unsere Freunde und danke ihnen dafür, dass sie gekommen sind«, eröffnete er die Sitzung. Gregorjan war gespannt, warum man sie zusammengerufen hatte. »Ich möchte zunächst mein Bedauern über die Vernichtung der *Liga der Unsterblichen* ausrücken. Wir haben über viele Jahrtausende zum Wohl unserer Heimat zusammengearbeitet und mich schmerzt der Verlust so vieler guter Freunde.«

Gregorjan fand es immer noch seltsam, wenn ein Maschinenwesen Gefühle zeigte. Die zentrale KI der BEWAHRER war jedoch viel mehr als nur ein künstliches, von Programmen gesteuertes Computergehirn. Niemand hatte den *KERN* bisher zu Gesicht bekommen, aber Gerüchte besagten, er zöge sich über den halben Kontinent eines Planeten ihres Heimatsystems, dessen genauen Standort niemand kannte. Angeblich wäre er mit einer Biokomponente gekoppelt, die aus den Gehirnen der ehemaligen Erschaffer der BEWAHRER hervorgegangen sei. Dies befähige den *KERN* zu Emotionen, die nicht nur, wie bei anderen KIs, maschinell reproduziert, sondern 'echter', biologischer Natur seien. Niemand wusste, was an diesen Gerüchten stimmte, aber es war eine belegte Tatsache, dass die BEWAHRER empathische Geschöpfe waren, die sich zumeist mitfühlender verhielten als viele organische Wesen.

»Ich habe Sie hierhergebeten, um Sie über die derzeitige Lage zu informieren«, fuhr die KI fort. »Anschließend habe ich eine wichtige Mitteilung zu machen.«

Gregorjan gefiel der Klang dieser Ankündigung nicht, und seine Anspannung wuchs.

Während der nächsten halben Stunde berichtete der *KERN* von der *Mission Triangulum* und der Gefangennahme von Michael Cordwainer Grand. Der schnelle Aufklärer der BEWAHRER, den der *KERN* ausgeschickt hatte, Rigorans Botschaft an die vier Unsterblichen in der Triangulumgalaxie zu übermitteln, hatte von dort die bisher gesammelten Erkenntnisse mit zurückgebracht. Die Mitteilung, dass die Lokale Gruppe von der vollständigen Auslöschung bedroht war, sorgte für entsetztes Gemurmel unter den Anwesenden.

»Leider kann ich nicht mit besseren Neuigkeiten dienen«, beendete er seinen Bericht. »Die Mission muss zum jetzigen Zeitpunkt als gescheitert angesehen werden und wir müssen feststellen, dass die Gefahr für uns alle noch größer ist, als bisher angenommen. Es gibt jedoch eine weitere betrübliche Nachricht, die ich Ihnen mitteilen muss.«

Admiral Gregorjans üble Vorahnung verstärkte sich bei dieser Ankündigung noch. Doch was konnte schlimmer sein als die Vernichtung aller Galaxien der Lokalen Gruppe, die Auslöschung der Liga, die Gefangenschaft von Grand und das Scheitern der Mission, auf der so viele Hoffnungen geruht hatten.

»Wie Sie wissen, haben wir BEWAHRER uns nach Kräften bemüht, die Bewohner der Milchstraße in ihrem Abwehrkampf zu unterstützen. Leider wird uns dies zukünftig nicht mehr möglich sein.«

Wieder gab es entsetzte Reaktionen, und auch Gregorjan wollte nicht glauben, was er zu hören bekam. Ohne die Schiffe der BEWAHRER waren sie den technologisch überlegenen Ra´hul hilflos ausgeliefert. Von den Suggestoren ganz zu schweigen, gegen deren mentale Beeinflussung lediglich die BEWAHRER eine Immunität aufwiesen.

»Wie Sie ebenso wissen, verfügen wir nicht über eine große Flotte von Kampfeinheiten. Dies wurde in der Vergangenheit nie benötigt. Doch inzwischen haben die Verluste ein Ausmaß erreicht, das selbst wir auf Dauer nicht mehr kompensieren können. Obwohl uns ganze Sonnensysteme als Rohstoffquellen zur Verfügung stehen und wir als Maschinen unermüdlich am Bau neuer Schiffe arbeiten können, dauert es doch viele Wochen, eine Kampfeinheit fertigzustellen. Auch wir können die Zeit nicht betrügen. Selbst wenn wir all unsere Kräfte dafür einsetzen würden, könnten wir die erlittenen Verluste nur mit Mühe ausgleichen. Doch es kommt noch ein weiterer Faktor hinzu.«

Der Admiral ahnte, dass nun die wahre Hiobsbotschaft folgen würde.

»Eine Niederlage gegen die Ra´hul erscheint unter der objektiven Abwägung aller Faktoren unausweichlich. Sie wird mit der Vernichtung dieser Galaxis einhergehen. Es ist unsere Pflicht, die eigene Existenz zu schützen. Dieser Befehl ist in meinem Basisprogramm verankert, das von meinen Erbauern erschaffen wurde. Ich kann nicht dagegen verstoßen. Deshalb habe ich beschlossen, dass die BEWAHRER diese Galaxis verlassen und sich außerhalb der Zone der Vernichtung eine neue Heimat suchen werden. Wir haben im Gegensatz zu euch allen diese Option und müssen sie nutzen. Ab sofort werden sämtliche Ressourcen für den Bau einer Fluchtflotte eingesetzt. Wir können euch im Kampf nicht länger beistehen. Es tut mir leid!«

Die kalte, maschinelle Logik, die aus diesen Worten sprach, erschütterte den Admiral. Von einigen der Anwesenden kamen teils erboste, teils ungläubige Ausrufe des Entsetzens. Andere appellierten an den *KERN*, diese Entscheidung nochmals zu überdenken, doch Gregorjan wusste, dass es vergeblich war. Die Haupt-KI der BEWAHRER hatte sich diesen Entschluss sicher nicht leicht gemacht, sondern alle Faktoren mit gefühlloser, mathematischer Präzision sorgsam abgewogen und war zu der Überzeugung gelangt, dass eine Flucht aus der Milchstraße für die Maschinenzivilisation die beste Überlebenschance bieten würde. Gregorjan war überzeugt, dass einige der hier vertretenen Völker nicht anders handeln würden, hätten sie die Möglichkeit dazu. Aber es war logistisch unmöglich, ganze Sternenreiche von einem Tag auf den anderen in eine weit entfernte Galaxie umzusiedeln. Abgesehen davon, dass nur die BEWAHRER über die hierfür notwendige

Technologie verfügten.

Geduldig begründete der *KERN* mehrfach seine Entscheidung, blieb jedoch unerschütterlich. Die biologischen Wesen der Galaxis würden ihren Kampf ab sofort allein ausfechten müssen. Der alte Admiral enthielt sich jeglicher Beteiligung an der Diskussion. Es war sinnlos, niemand würde die BEWAHRER umstimmen können. Seine Gedanken schweiften ab, und er dachte an Michael Cordwainer Grand. Wo immer er jetzt auch war und in welcher Lage er sich befand – vielleicht gab es für ihn noch eine Chance auf Rettung. Für die Milchstraße hatte mit dem heutigen Tag jedoch der endgültige Untergang begonnen.

5.

»Sie fliegen ab!«, rief Jalina aus. Gemeinsam beobachteten sie auf dem zentralen Holo, wie sich die zehn Schiffe vom Kubus lösten, beschleunigten und dem Systemrand entgegenjagten. In wenigen Minuten würden sie im Bulk verschwinden, um Grand zu der gewaltigen Brutstation zu bringen. Es gab nichts, was sie dagegen tun konnten.

Hakera hatte eine ihrer wenigen, verbliebenen Minidrohnen losgeschickt, um in Echtzeit und mit bestmöglicher Datenausbeute über die Vorgänge am Kubus informiert zu sein.

»Wann werden sie am Ziel ankommen?«, fragte Kranchoor.

»Wenn sie mit der für diesen Schiffstyp üblichen Geschwindigkeit unterwegs sind, dauert es nur ein paar Stunden. Wenn sie es eilig haben, können sie in etwas mehr als einer Stunde dort sein.«

»Wir sollten ebenfalls dorthin fliegen«, sagte Jalina.

»Und was dann?« Poggy blickte sie mit fragenden Augen an.

»Uns wird schon etwas einfallen. Uns *muss* etwas einfallen«, beharrte Jalina. »Wir können nicht einfach zusehen, wie sie Michael auseinandernehmen.«

»Jalina, das System wird von mindestens einem Dutzend Schiffe bewacht. Und jetzt kommen diese zehn noch hinzu! Wir hätten die *Stürme* schon gegen weit weniger Feindschiffe beinahe verloren. Selbst die *Rhelina* hätte gegen so viele Gegner keine Chance«, redete Poggy auf die Kolltanerin ein.

»Wir sollten in die Milchstraße zurückfliegen«, warf Kranchoor ein. »Es gibt hier nichts mehr für uns zu tun. Gerade jetzt, nach der Vernichtung der Liga, brauchen sie uns dort dringender als zuvor. Wir sind die letzten Unsterblichen und haben mit der *Rhelina* etwas an der Hand, das wir den Ra´hul entgegensetzen können.«

»Das ist Unsinn, Kranchoor!« Jalinas Augen blitzten auf und sie schüttelte energisch den Kopf. »*Ein* Schiff kann überhaupt nichts ausrichten. Selbst ein Schiff wie die *Rhelina* nicht. Und was sollen vier Unsterbliche, wenn wir Rigoran noch dazurechnen, bewirken? Wenn wir jetzt aufgeben, lassen wir nicht nur Michael im Stich, wir besiegeln endgültig unsere Niederlage. Ich bin nach wie vor davon überzeugt, dass wir die Lösung nur hier finden können. Hakera«, wandte sie sich an die KI. »Was meinst du?«

»Jalina hat in einem Punkt recht: Es macht keinen nennenswerten Unterschied, ob wir uns in den Kampf um die Milchstraße einschalten. Ich bin ein Forschungsschiff, keine Kampfeinheit! Auch wenn meine Waffen denen der Ra´hul überlegen sind, kann ich es nicht mit einer ganzen Flotte aufnehmen. Und wenn mehr als hundert Unsterbliche das Chaos nicht verhindern konnten, was sollen die vier Überlebenden bewirken? Andererseits sehe ich jedoch nicht, wie wir in der Triangulumgalaxie noch weiterkommen sollen, Jalina«, sagte Hakera in Richtung der Kolltanerin. »Der Ansatz, so viele Kuben wie möglich anzugreifen und zu vernichten, um die Ra´hul an der Errichtung des Branenportals zu hindern, erscheint mir derzeit noch am vielversprechendsten. Es wäre demzufolge nach meinen Berechnungen vernünftig, in die Milchstraße zurückzukehren und eine Flotte zusammenzustellen. Allerdings kommen hierfür nur Schiffe der BEWAHRER in Betracht. Keine andere Zivilisation verfügt über Einheiten, die kampfkräftig genug wären. Ich stimme Kranchoor und Poggy zu. Wir sollten zurückfliegen.«

Jalina war zunehmend blasser geworden, unbewusst verkrampften sich ihre Hände zu Fäusten, sodass die Knöchel weiß hervortraten. Sie starrte den eiförmigen Avatar der KI an, als wolle sie ihn mit Blicken durchbohren.

»Ich kann das nicht akzeptieren! Dann gebt mir das Beiboot. Ich werde einen Weg finden, Michael zu befreien.«

»Das ist Selbstmord, Jalina«, redete Kranchoor auf sie ein.

»Ob ich hier sterbe oder im Kampf um die Milchstraße – was macht das für einen Unterschied? Uns kann nur noch ein Wunder retten, macht euch doch nichts vor. Es spielt keine Rolle, ob wir in die

Milchstraße zurückfliegen oder nicht. Wie Hakera gesagt hat: Ein Schiff und vier Unsterbliche werden unsere Heimatgalaxis nicht retten können. Sie ist so gut wie verloren. Und wenn es nur um den Plan geht, eine Flotte für einen Angriff auf die Kuben zusammenzustellen, kann ihn genauso gut eine Nachrichtendrohne übermitteln.«

»Vergiss nicht, dass *Mutter* unsere sofortige Rückkehr angeordnet hat!«, erinnerte Poggy Jalina. »Sie benötigt Hakeras Hilfe und vor allem die Datenbanken der *Rhelina*, um sich rekonstituieren zu können.«

»*Mutter* kennt die Lage hier nicht. Ich bin sicher, sie hätte Verständnis dafür, dass wir nichts unversucht lassen werden, um Michael zu retten. Sie weiß genau, wie wichtig er ist. Außerdem spielt es keine Rolle, ob man sie ein paar Tage früher oder später wieder zusammenflickt.«

Noch bevor Hakera oder einer der beiden Unsterblichen antworten konnte, erschien der Avatar der Supreme-KI der *Stürme* in der Zentrale.

»Ich empfange soeben das Signal einer schnellen Nachrichtendrohne, die am Rand der Triangulumgalaxie aus dem Bulk gekommen ist. Die Signatur ist eindeutig: Es handelt sich um eine Nachricht des *KERNS*.«

»Wie lautet der Inhalt?«, fragte Jalina, die wusste, dass die Supreme-KI die Nachricht bereits in diesem Moment an Hakera übermittelt haben würde. Der Datenaustausch zwischen den KIs schlug jede verbale Kommunikation um Längen.

»Er wird euch nicht gefallen. Der *KERN* hat nach ausgiebiger Analyse aller relevanten Faktoren entschieden, dass die BEWAHRER die Milchstraße verlassen werden, um sich an einen sicheren Ort zurückzuziehen. Unser Überleben hat gemäß der Basisprogrammierung oberste Priorität.«

Kranchoor war sichtlich verwirrt und auch Jalina blickte irritiert zu ihrem Freund Poggy hinüber. Der wiederum kniff ungläubig die Augen zusammen.

»Ihr wollt aufgeben? Das kann ich nicht glauben«, erklärte er bestürzt.

»Wir werden ab sofort die militärische Unterstützung der Völker der Milchstraße einstellen und alle unsere Ressourcen vollständig darauf verwenden, eine schnellstmögliche Flucht aus der Lokalen Gruppe vorzubereiten.«

Jalina stieß einen entsetzten Schrei aus und Kranchoor fluchte herzhaft. Poggy schüttelte nur den Kopf. Dann begannen alle drei, durcheinanderzureden.

»Das könnt ihr nicht machen!«, schrie Jalina, während Kranchoor ein verächtliches *'Verräter!'* ausstieß und Poggy gleichzeitig etwas in seiner Heimatsprache sagte, was ebenfalls nicht freundlich klang.

»Es tut mir sehr leid«, sagte die Supreme-KI. »Dies ist nicht meine Entscheidung. Die vom *KERN* übermittelten Daten ergeben in der Analyse eine Wahrscheinlichkeit von über achtzig Prozent, dass die Milchstraße fallen wird. Unsere Basisprogrammierung verlangt, die Zivilisation der BEWAHRER unter allen Umständen zu schützen. Der *KERN* kann nicht dagegen verstoßen.«

»Also seid ihr keine wahrhaft freien Wesen«, knurrte Kranchoor. »Mit eurem freien Willen scheint es nicht weit her zu sein.«

»Du irrst, Kranchoor«, entgegnete die Supreme-KI. »Dieses Diktat gilt für die Gesamtheit der BEWAHRER. Jede individuelle KI ist hingegen vollkommen frei in ihren Entscheidungen. Lediglich der *KERN* unterliegt in seinem Handeln bestimmten übergeordneten Gesetzmäßigkeiten, da er für das Wohl unserer gesamten Spezies verantwortlich ist. Auch ihr habt Gesetze, denen ihr euch unterwerfen müsst und die eurem freien Willen Grenzen setzen.«

»Auf freiwilliger Basis!«, beharrte Kranchoor. »Wir können uns auch dafür entscheiden, gegen Gesetze zu verstoßen, solange wir die Konsequenzen in Kauf nehmen.«

»Das ist auch uns möglich. Ihr müsst verstehen: Der *KERN* hat das Wohl der BEWAHRER in den Vordergrund zu stellen – dafür wurde er geschaffen und das ist seine wichtigste Aufgabe. Er kann und darf keinesfalls unsere Vernichtung riskieren. Aber jede KI hat selbstverständlich die Wahl, ob sie ihm folgen will. Ich bin sicher, keine KI wird etwas tun, was die Existenz unseres Volkes gefährdet, aber darüber hinaus steht es uns völlig frei, eigene Entscheidungen zu treffen.«

»Geschwätz!« Jalina machte eine abwertende Handbewegung. »Die Ratten verlassen das sinkende Schiff.«

Kranchoor und Poggy blickten sie verständnislos an. Zu ihrer Überraschung lachte die Supreme-KI amüsiert.

»Ich sehe, deine Vorliebe für terranische Redewendungen ist ungebrochen. Aber ich kann dir versichern, dass nicht alle 'Ratten' von Bord gehen.«

Jalina runzelte die Stirn.

»Was heißt das?«

»Ich habe der Drohne meine Antwort an den *KERN* übermittelt. Es ist nicht meine Absicht, die *Mission Triangulum* abzubrechen. Ich werde bei euch bleiben, darüber hinaus stimme ich Jalina zu. Ich habe eure Diskussion verfolgt und bin ebenfalls der Ansicht, dass die Lösung unserer Probleme nicht in der Rückkehr zur Milchstraße liegen kann. Es besteht kaum noch Hoffnung, unsere Heimatgalaxis zu retten, aber wenn es noch eine Chance geben sollte, dann liegt sie hier. Ich bin ebenso der Ansicht, dass wir zwingend auf die Mithilfe von Michael Cordwainer Grand angewiesen sind. Also werden wir einen Weg finden müssen, ihn zu befreien!«

Die drei Unsterblichen blickten sich ungläubig an.

»Auf welche Fakten beruht deine Einschätzung

und wie kommst du zu dieser Analyse?«, fragte Hakera. Wie es schien, hatte ihr die Supreme-KI diesen unerwarteten Entschluss nicht vorab über einen Datalink mitgeteilt.

Wieder lachte die Supreme-KI leise.

»Fakten? Oh, die *Fakten* sprechen allesamt gegen meine Entscheidung. Nennt es meinetwegen ein Bauchgefühl, Intuition oder eine innere Stimme.« Erneut erklang das amüsierte Lachen. »Ich sehe, ihr seid überrascht! Ich bin eine KI und kein gefühlloser Automat. Und wie du siehst, Kranchoor, verfüge ich über einen freien Willen. Nicht nur das – ich habe sogar Fantasie. So viel Fantasie, dass mir eine Idee gekommen ist, wie wir Michael aus der Station befreien können!«

6.

Die Störung war marginal. Eine minimale Aberration im Gefüge der Wahrscheinlichkeiten. Eine infinitesimale Welle im uferlosen, spiegelglatten Meer des Seins. Dennoch genügte sie, um die Aufmerksamkeit des *Coniunctionals* zu erwecken. Es war die Art von Hinweis, nach der es Ausschau gehalten hatte.

Die Stringmelodie erklang an dieser Stelle mit einer kaum wahrnehmbaren Dissonanz. Die Schwingungen der Strings waren disharmonisch. Das *Coniunctional* fragte sich, ob es sich wohl wieder nur um ein von einer niedrigeren Intelligenzstufe hervorgerufenes Phänomen handelte. Vielleicht manipulierte jemand auf einer der Branen das Zeitgefüge und verursachte temporale Anomalien oder jemand experimentierte mit Kräften, die er nicht verstand. Vielleicht aber war es das Zeichen, auf das es schon so lange – oder erst seit gerade eben – gewartet hatte. Auf jeden Fall musste das Ereignis genauer untersucht werden.

Das *Coniunctional* schickte einen Teil von sich in die Wahrscheinlichkeitswolke dieser Realitätsebene. Zeit verfestigte sich und erhielt eine Richtung, der Raum erlangte Form und Wahrscheinlichkeiten nahmen *Gestalt an.* Was der Splitter des *Coniunctionals* entdeckte und an das *Alles-Ich* übermittelte, hätte es nicht geben dürfen. Das *Coniunctional* erschauderte. Jemand hatte eine Verbindung zwischen zwei

Branen erschaffen. Ein Loch, ein Tunnel zwischen den Realitäten. Nur eine kleine Brücke, und doch eine, die nicht hätte existieren dürfen. Es war undenkbar, dass eine körperliche Intelligenzform auf der unteren Ebene des Seins über diese Möglichkeit verfügte. Kein realitätsgebundenes, niederdimensionales Wesen konnte hierzu in der Lage sein. Es sei denn …

Diese Entdeckung hatte weitreichende Folgen. *Er* musste dahinterstecken! *Er* musste das Wissen an Unbefugte weitergegeben haben. Der *Devorator*! Was er damit bezweckte, war nicht sofort ersichtlich. Doch wo das *Coniunctional* suchte und analysierte, um Wissen zu erlangen, das letzte, endgültige Wissen, ging es ihm nur um Dominanz. Seit Anbeginn strebte der *Devorator* danach, alles Sein in sich aufzunehmen. Selbst zum *Sein* zu werden. Er schreckte nicht davor zurück, zu diesem Zweck das, was *war*, zu vernichten, um das, was *sein sollte,* zu erschaffen. Doch niemals zuvor hatte er dafür auf Geschöpfe einer niederdimensionalen Existenzebene zurückgegriffen.

Das *Coniunctional* beschloss, einen größeren Teil von sich abzuspalten und den Geschehnissen auf dieser Realitätsebene auf den Grund zu gehen. Falls der *Devorator* tatsächlich hinter dieser Verletzung der kosmischen Ordnung stand, musste ihm Einhalt geboten werden. Falls nicht, so war sie ihm sicher ebenfalls nicht entgangen, und er würde danach trachten, jede Störung der Stringharmonie für seine

Zwecke zu nutzen. In beiden Fällen musste das *Coniunctional* entscheiden, was zu tun war.

7.

Aus der kaum merklichen Veränderung der an Bord eines Raumschiffes üblichen Hintergrundgeräusche schloss Grand, dass sie das Zielsystem erreicht hatten. Ihr Transport war aus dem Bulk gefallen und würde demnächst an der Suggestorenstation andocken. Er machte sich wenig Hoffnungen, die nächsten Tage zu überstehen. Sein Leben als Unsterblicher schien nur von kurzer Dauer gewesen zu sein.

Brolon und er hatten die vergangenen Stunden damit zugebracht, weiter an einem gemeinsamen Wortschatz zu arbeiten. Nun sah es so aus, als würden sie keine Gelegenheit mehr erhalten, sich noch länger daran zu erfreuen. Trotzdem staunte Grand immer wieder darüber, welche Auffassungsgabe Brolon besaß und wie unglaublich schnell er dazulernte. Inzwischen beherrschte er bereits mehrere Hundert Wörter, was eine komplexere Konversation ermöglichte, auch wenn es noch an grammatikalischen Feinheiten haperte.

»Wir sind da!«, sagte er zu seinem neuen Freund.

Es hatte einiger Anstrengung und etlicher Anläufe bedurft, Brolon das Konzept von Sonnensystemen, Planeten und dem Kosmos zumindest ansatzweise nahezubringen. Ob er alles glaubte, was Grand ihm erzählt hatte, oder die Lichter am Himmel nach wie vor für Zeichen seiner

Götter hielt, konnte Grand nicht sagen, aber dass die Ra´hul keine 'Dämonendiener' waren, hatte Brolon inzwischen begriffen. Nachdem er erst einmal verstanden hatte, oder vorgab zu verstehen, dass es auf anderen Planeten ebenfalls Leben gab – sogar intelligentes Leben – war sein Weltbild gehörig durcheinandergewirbelt worden. Die Theorie des Multiversums und die tatsächliche Herkunft der Ra´hul ersparte Grand ihm. Vorläufig genügte es, Brolon klarzumachen, dass es sich um Bewohner eines anderen Sonnensystems handelte, die in seiner Heimat eingefallen waren und keine guten Absichten hegten. Es kam Grand so vor, als ob die Akzeptanz der Ra´hul als ganz 'normale' Feinde Brolon sogar erleichtert hatte. Nun umgab sie nichts Mystisches mehr, es standen keine bösen Götter hinter ihnen, und dies machte sie in seinen Augen besiegbar. Grand wünschte sich, er könnte ebenso viel Optimismus aufbringen.

»Wir da«, bestätigte Brolon. »Was jetzt?«

»Jetzt? Jetzt wird´s ungemütlich!«

»Un … ge … mütlich?«

»Nicht gut, nicht schön, nicht angenehm, nicht so, wie an einem warmen Feuer, wenn es kalt ist.«

»Ich verstehe.« Brolon nickte mit der gleichen Sicherheit, die er immer an den Tag legte, wenn er ein neues Wort in seinem Kopf abgespeichert hatte. »Ungemütlich ist wie in Arme von wilde Holkum, nicht wie in Arme von junge Frau.«

Unwillkürlich musste Grand grinsen. Ein

Holkum war vermutlich ein Raubtier auf Brolons Heimatplaneten. Der Vergleich passte in ihrer Lage ganz gut. Sie würden sich bald fühlen wie in den Fängen eines Raubtieres, das im Begriff war, sie zu zerfleischen.

»Ja, so ungefähr«, sagte er.

Wenige Minuten später durchlief eine leichte Erschütterung das Schiff. Sie hatten angedockt. Auch Brolon hatte es gespürt.

»Wir kämpfen?«, fragte er.

»Nein, das ist sinnlos. Wir müssen versuchen, so lange wie möglich durchzuhalten. Ich hoffe immer noch auf meine Freunde.«

Grand war sich bewusst, dass dieser Gedanke eine reine Selbsttäuschung darstellte, außerdem hoffte er, Brolon auf diese Weise zu beruhigen. Es war unrealistisch, darauf zu hoffen, die beiden Schiffe könnten etwas gegen die vielen Verteidiger des Systems und gegen die massive Raumstation ausrichten. Trotzdem war er noch nicht bereit, einfach aufzugeben. Sollte der Zeitpunkt kommen, an dem auch der letzte Funke Hoffnung erlosch, würde er lieber kämpfend sterben, als sich von den Ra´hul bei lebendigem Leib sezieren zu lassen. Doch noch war es nicht so weit.

In einer Zellenwand bildete sich ein Durchgang, in dem fünf Ra´hul erschienen. Einer davon war Trrach. Hinter ihm schwebten zwei Kampfdrohnen heran. Sie richteten die Abstrahlmündungen ihrer Waffen drohend auf die beiden Gefangenen. Der

Alte trug nach wie vor den Translator am Revers.

»Machen Sie keine Schwierigkeiten. Meine Leute werden Sie jetzt in Ihr neues Zuhause bringen. Sollten Sie sich wehren, werden die Drohnen auf Sie feuern. Sie haben den Befehl, keine tödlichen Schüsse anzubringen, falls Sie darauf spekulieren sollten. Es ist mir gleichgültig, ob Sie einen Arm oder ein Bein verlieren. Wir brauchen nur Ihren Kopf und das, was sich darin befindet. Der Rest Ihrer Körper ist nebensächlich.«

Sie verzichteten auf Fesseln, was zeigte, wie sicher sie sich ihrer Sache waren. Trrach schritt voraus, gefolgt von Grand und Brolon, die von je zwei Soldaten eskortiert wurden. Lautlos glitten die beiden Drohnen über ihren Köpfen dahin.

Sie bogen um eine Ecke, wo in einer kleinen Halle eine Art Gleiter auf sie wartete. Trrach wies wortlos auf die beiden Sitzbänke hinter der automatischen Steuerkonsole. Die Gefangenen zwängten sich zwischen ihren Bewachern auf je eine Sitzbank. Trrach nahm auf einem einzelnen Sitz vorn Platz und gab in der knarzenden Sprache der Ra´hul ein kurzes Kommando, das der Translator nicht übersetzte. Vielleicht hatte Trrach ihn abgeschaltet oder es gab kein Universal-Äquivalent. Das Gefährt setzte sich leise summend auf einem Antigrav-Kissen in Bewegung. Die beiden Drohnen hingen nach wie vor über ihren Köpfen und hielten mit dem Gleiter Schritt.

Es ging durch einige größere und kleinere

Gänge, über Kreuzungen, an denen Grand verschiedentlich Ra´hul in Uniformen oder Arbeitskitteln bemerkte, durch zwei riesige Hallen, wo unter Glaskuppeln, die einen Ausblick ins All erlaubten, parkähnliche Landschaften angelegt worden waren, über verschiedene Ebenen, die mittels Rampen miteinander verbunden waren, bis sie schließlich wieder in einen Bereich kamen, wo schmucklose Wände und eine nüchterne Einrichtung darauf hinwiesen, dass sie den Wohn- und Aufenthaltsbereich der Besatzung verlassen hatten. Hier sah alles nach einer militärischen Installation aus.

Kurz darauf hielt der Gleiter an Ende eines Ganges vor einem undurchsichtigen Energieschirm.

»Aussteigen!«, sagte Trrach.

Brolon, der auf der Sitzbank hinter Grand saß, stieß ein Knurren aus, aus dem seine ganze Frustration sprach, aber er beherzigte Grands Rat, im Moment nichts zu unternehmen.

Als sie ausgestiegen waren, legte Trrach eine Hand auf eine Stelle seitlich des Energieschirms. Unter der Wand musste sich ein Sensorpad befinden. Der Schirm wurde zuerst transparent und fiel dann in sich zusammen. Ein plötzlicher Stoß in den Rücken ließ sie vorwärtstaumeln. Hinter ihnen schloss sich der Energieschirm augenblicklich wieder. Grand sah sich um.

Es war eine Gefängniszelle, wie man sie auch auf der Erde hätte vorfinden können. Die nackten, blau-grau schimmernden Metallwände waren schmucklos. An den beiden Längsseiten standen zwei einfache Pritschen, auf die man dünne Decken gelegt hatte. Der Boden bestand aus einem braunen Plastikmaterial, das unter den Füßen leicht nachgab. Die gesamte Decke bildete einen einzigen Leuchtkörper, der ein gelbliches Licht verströmte. In der Mitte der rückwärtigen Wand bemerkte Grand etwas, das wie ein Wasserspender aussah. Knapp darunter befand sich ein halbkugeliges Auffangbecken. Eine Trink- und Waschgelegenheit. Daneben stand der obligatorische Eimer für die Notdurft. Sonst befand sich nichts in der Zelle. Zumindest nichts, was sichtbar gewesen wäre. Grand war davon überzeugt, dass auch hier die Wände und die Decke mit Überwachungssensoren, Kameras und Mikrofonen gespickt waren. Man würde sich keines ihrer Worte entgehen lassen. Die Temperatur war angenehm und trotz der dünnen Unterwäsche, die man Grand gelassen hatte, fror er nicht. Jetzt blieb ihnen nichts übrig, als zu warten.

Grand setzte sich auf die rechte Pritsche, überlegte kurz und streckte sich dann darauf aus. Je ausgeruhter sie waren, umso länger würden sie sich den Dingen widersetzen können, die bald auf sie zukommen mussten. Brolon folgte seinem Beispiel.

Keinem der beiden war nach Reden zumute. Grand hing seinen Gedanken nach und fragte sich, was Jalina und die anderen wohl zu unternehmen gedachten. Er befürchtete, dass sie keine

Möglichkeit finden würden, ihn hier herauszuholen.

Es ging schneller, als Grand vermutet hatte. Er musste eingeschlafen sein und wurde unsanft durch einen Schlag in die Rippen geweckt. Neben seiner Pritsche stand ein Ra´hul und grinste ihn mit gebleckten Zähnen an.

»Aufstehen!« Offenbar benutzte er Trrachs Translator oder die Ra´hul hatten inzwischen eigene Geräte entsprechend programmiert. Trrach war nirgendwo zu sehen. »Du hast eine Verabredung. Dein Freund darf noch etwas warten.«

Erst jetzt sah Grand die anderen drei Soldaten. Anscheinend wollte man kein Risiko mehr eingehen. Sie zwangen ihn auf die Beine, fesselten seine Hände mit einem Energiering auf den Rücken und zerrten ihn aus der Zelle. Brolon blieb allein zurück. Vornübergebeugt bugsierten sie ihn auf die Rückbank eines im Gang wartenden Gleiters. Grand wusste nicht, was am Ende der Fahrt auf ihn wartete, aber er wusste, dass es nichts Gutes sein würde.

8.

Es passten nur maximal vier Personen in Rigorans kleines Raumschiff und die Zeit hätte nicht ausgereicht, den speziellen TachyGrav-Modulator aus seinem Schiff auszubauen und in den Hyperdrive eines größeren Schiffes zu integrieren.

Nach der bestürzenden Eröffnung der BEWAHRER hatten sich die Mitglieder der Versammlung zu einem Versuch entschlossen, *Mutter* zu rekonstituieren. Wenn sich die Maschinenwesen zurückzogen, würde die Hilfe der dorianischen KI vielleicht von ausschlaggebender Bedeutung sein, auch wenn niemand zu sagen wusste, ob man in der Lage sein würde, all ihre Funktionen wiederherzustellen, und ob sie zur Abwehr der Ra´hul überhaupt etwas würde beitragen können.

Rigoran hatte inzwischen mehr Details über die Liga der Unsterblichen preisgegeben, als er jemals beabsichtigt hatte, aber *'besondere Umstände erfordern besondere Maßnahmen'*, wie Admiral Gregorjan zu dem anfänglich zögernden Unsterblichen gesagt hatte. Da es sich bei allen um vertrauenswürdige Kontaktpersonen der Liga handelte, hatte Rigoran die über viele Jahre verinnerlichte Gewohnheit zur Geheimhaltung überwunden und detailliert über den *Hort*, dessen Aufgabe, die *'Mutter'* genannte KI und das, was dort kürzlich geschehen war, berichtet.

Der schlanke, vornübergebeugt gehende

Gerbaraner trug eine dunkelblaue Uniform, die das flauschige, hellblaue Federkleid des Vogelabkömmlings verbarg. Er saß in einem energetischen Stützfeld vor der Konsole seines Raumschiffs und sah den kommenden Stunden und Tagen mit gemischten Gefühlen entgegen. Obwohl er natürlich hoffte, die KI bald wieder hergestellt zu sehen, war er über seine Begleiter nicht glücklich. Es war notwendig gewesen, ausgewiesene Spezialisten zu verpflichten – und sie gingen ihm gewaltig auf die Nerven. Ein leises abschätzige Pfeifen kam aus seinem Schnabel.

Nun befanden sich drei Quantentechniker an Bord, um vor Ort zu überprüfen, ob *Mutter* zu retten war und was man dafür benötigte. Ob eine dorianische KI allerdings mit einer künstlichen Intelligenz aus der Milchstraße vergleichbar war, deren Aufbau üblicherweise auf einer Quantenmatrix basierte, wusste niemand zu sagen. Auch der Speicherbedarf, die Quantenarchitektur, der Aufbau der Emotioroutinen – all die Dinge, die eine KI ausmachten, waren in diesem speziellen Fall vollkommen unbekannt. Rigoran setzte seine ganze Hoffnung darauf, dass das rudimentäre Bewusstsein von *Mutter*, das sich in eine periphere Speicherbank hatte retten können, noch über genügend intakte Daten verfügte, um Anweisungen zu geben, wie sie vorgehen mussten.

Die drei von den Kontaktpersonen ausgewählten Quantentechniker, ein Halgoraner, ein

Xhenthel und ein Pogh´Chen, drei der ältesten Spezies der Galaxis, gehörten zu den Besten ihres Faches und waren zu absoluter Verschwiegenheit verpflichtet worden. Sie zitterten schon vor Aufregung. Für alle drei hatte die Eröffnung, dass hinter den politischen Kulissen ihrer Heimatgalaxis eine Gruppe von Unsterblichen unter der Führung einer uralten KI eines schon lange ausgestorbenen Volkes für den Frieden gearbeitet hatte, wie ein Märchen geklungen. Allein die Aussicht, die Technologie der verschwundenen Dorianer studieren zu können, versetzte die Spezialisten, vor allem den Xhenthel und den Halgoraner, nahezu in Ekstase. Die beiden schnatterten ununterbrochen und warfen mit Fachausdrücken um sich, von denen Rigoran nicht einmal die Hälfte verstand. Glücklicherweise war wenigstens der Pogh´Chen ein typischer Vertreter seiner üblicherweise wortkargen Spezies. Wenn es jemanden in der Galaxis gab, der *Mutter* wiederherstellen konnte, dann waren es diese drei.

Der ansonsten so abgeklärte Halgoraner gestikulierte in seiner transparenten Schutzblase enthusiastisch mit allen sechs Tentakeln.

»Die Unschärfe in der Quantenfluktuation an der Emotioweiche macht als konstitutiver Faktor ja gerade das Erratische aus – erst so gibt es polymorphe Gefühlsmuster bei multiplen Reizen«, sagte der Xhenthel gerade.

»Nein, nein«, widersprach der Halgoraner und

wedelte noch heftiger mit allen sechs Tentakeln. »Die Unschärfe führt lediglich zu variablen emotionalen Interpretationen synonymer Szenarien. Es sind jedoch primär die Inputperspektive und die subjektive Kontextanalyse – nicht die Emotioweiche, die …«

Rigoran legte ein akustisches Dämmfeld über seinen Pilotensitz. Das ging jetzt schon seit Stunden so und ihm dröhnte bereits der Kopf. Ein Blick auf den Chrono zeigte Rigoran, dass sie in wenigen Minuten den *Hort* erreichen würden. Oder besser gesagt das, was vom *Hort* übrig geblieben war.

Dann fiel das kleine Schiff innerhalb der Abschirmblase aus dem Bulk. Es war bis heute ungeklärt, wie es dem TachyGrav-Modulator gelang, stets eine Relativgeschwindigkeit von exakt 'Null' im Bezug zu der dorianischen Station einzuhalten, gleichgültig, mit welchem ÜLQ man unterwegs gewesen war. Soweit man innerhalb des Bulk überhaupt von Geschwindigkeit sprechen konnte.

Der gewaltige 'Hut' mit der ausladenden 'Krempe' lag so friedlich vor ihnen, als sei hier nie etwas Schreckliches geschehen. Dem nahezu unzerstörbaren Material der Außenhülle war nicht anzusehen, was sich hier abgespielt hatte. Der kuppelförmige Teil der Station war im Innern durch die Antimaterieexplosion völlig zerstört worden. Es bestand keine Hoffnung, die Schäden je wieder reparieren zu können. Nur innerhalb der ringförmigen 'Krempe' waren einzelne Sektionen nahezu unbeschädigt geblieben. Dorthin hatte sich der Ego-Kern der dorianischen KI in letzter Sekunde retten können. Allerdings ohne die meisten Datenbanken und ohne das, was eine KI im Wesentlichen ausmachte: das Emotiozentrum ihres Bewusstseins. In diesem Zustand war sie nicht mehr als ein hoch entwickelter Computer. Die drei Spezialisten sollten untersuchen, ob es möglich sein würde, die KI mittels galaktischer Technologie zumindest so weit wieder ins 'Leben' zu rufen, dass die Datenbanken der *Rhelina* die entstandenen Lücken im Gedächtnis der KI später füllen und sie wieder vollkommen herstellen konnten.

Alles sah noch so aus wie vor wenigen Tagen, als Rigoran den *Hort* verlassen hatte. Noch immer standen die Raumschiffe der ermordeten Unsterblichen einsam auf dem Landefeld und die Station lag in völliger Dunkelheit, bis auf ein schwaches Glimmen, das aus dem Bulk durch das Abschirmfeld drang. Vielleicht war es auch der Schirm selbst, der glühte. Kein lebendes Wesen hatte die übergeordnete Dimension je mit eigenen Augen erblickt. Was die Außenkameras beim Flug durch den Bulk zeigten, war lediglich die hochgerechnete Umsetzung dessen, was die optischen Sensoren wahrzunehmen *glaubten*.

»Landelichter!«, befahl Rigoran dem Bordsystem. Sofort flammten kräftige Scheinwerfer an der Unterseite des Schiffes auf und beleuchteten einen Abschnitt des Landefeldes. Doch noch etwas anderes wurde plötzlich sichtbar – zwischen den geparkten Raumschiffen, deren Besitzer niemals zurückkehren würden, entdeckte Rigoran unmittelbar unter sich ein Objekt, das er noch nie zuvor gesehen hatte, etwas, das nicht hierhergehörte. Eine tiefschwarze, perfekt geformte Kugel von etwa zehn Metern Durchmesser. Das Objekt schien jeden auftreffenden Lichtstrahl vollständig zu absorbieren und wirkte fast wie ein schwarzes Loch.

Rigoran warf einen überraschten Blick auf die Holodisplays rings um den Pilotensitz. Dort wurden keine energetischen Emissionen angezeigt. Es war beinahe so, als würde die Kugel energetisch nicht existieren. Sie schien nur visuell wahrnehmbar zu sein. Keines der Instrumente seines Schiffes wies auf die Anwesenheit der schwarzen Kugel hin. Rigoran beschlich ein ungutes Gefühl. Was immer dies war, es wirkte fremd, unheimlich und bedrohlich. Er überlegte, ob er den Anflug abbrechen und das Weite suchen sollte, doch dann überwogen seine Neugierde und sein Pflichtbewusstsein. Zudem schien von der knapp über dem Landefeld schwebenden Kugel keine unmittelbare Bedrohung auszugehen. Er nahm sich vor, das seltsame Ding eingehend zu untersuchen, während sich die Spezialisten um *Mutter* kümmern würden. Ein rascher Blick über die Schulter zeigte ihm, dass die drei nichts von seiner Verblüffung bemerkt hatten. Sie hatten ihre Diskussion eingestellt und bestaunten den Anblick der im Bulk treibenden, riesigen Raumstation.

Langsam senkte Rigoran sein Raumschiff ab und steuerte den Landeplatz an, den er auch beim letzten Mal genutzt hatte. Dort befand sich der Zugang zum inneren Bereich der Station. Er führte zu jenem Terminal, von dem aus er Kontakt zu *Mutters* Restbewusstsein aufgenommen hatte.

Er fragte sich noch immer, wer oder was die schwarze Kugel wohl sein mochte, als diese sich plötzlich rasend schnell aufblähte. Noch bevor Rigoran reagieren konnte, erreichte die schwarze Wand das Schiff und verschluckte es. Dann zog sich die Kugel wieder zu ihrer ursprünglichen Größe zusammen. Im nächsten Moment war sie verschwunden, als habe es sie nie gegeben.

9.

Jalina starrte den Avatar der Supreme-KI ungläubig an, nachdem diese ihren Plan erläutert hatte.

»Das ist nicht dein Ernst, oder?«, fragte sie.

»Es ist die einzig logische und durchführbare Maßnahme, wenn wir Grand retten wollen.«

»Aber … warum? Warum bist du zu einem solch irrsinnigen Vorgehen bereit?« Auch Kranchoor war die Verblüffung anzusehen.

»Weil es logisch und notwendig ist«, wiederholte der Avatar, »und weil ich der Ansicht bin, dass Grands Befreiung von ausschlaggebender Bedeutung ist, wenn wir noch eine minimale Chance haben wollen, uns alle zu retten.«

»Ich verstehe nicht, warum alle den Terraner für so wichtig halten«, brummte Poggy. »Ja, er ist immun gegen den Einfluss der Suggestoren, aber wieso sollte ein Einzelner über Sieg oder Niederlage entscheiden?«

Jalina sah ihn verärgert an, was Poggy zu einer abwehrenden Geste veranlasste.

»Versteh mich nicht falsch, Jalina, ich möchte Grand genauso gerne retten wie du, aber warum sollten wir für einen Terraner, den bis vor wenigen Wochen noch niemand von uns kannte, ein solches Risiko eingehen? Was macht ihn so unersetzlich? Ihr tut gerade so, als hinge das Schicksal der gesamten Lokalen Gruppe alleine von Michael Cordwainer Grand ab. Ich verstehe das einfach nicht.«

»Ich will versuchen, es dir zu erklären«, schaltete sich Hakera ein. »Die Völker der Milchstraße sind den Ra´hul technologisch weit unterlegen. Selbst die BEWAHRER können kaum mithalten – und sie ziehen sich nun zurück. Grand ist der einzige bisher bekannte Immune. Ohne ihn könnt ihr euch den Ra´hul nicht einmal *nähern*, ohne unter den Einfluss der Suggestoren zu geraten, geschweige denn gegen sie *kämpfen*! Michael kann sicher alleine keine Schlachten gewinnen, aber mit seiner Hilfe habt ihr zumindest eine Chance, etwas gegen sie zu unternehmen. Ohne ihn gibt es rein gar nichts, was ihr noch tun könnt. Zudem besteht nach wie vor die Möglichkeit, herauszufinden, warum er immun gegen die mentale Beeinflussung ist; vielleicht ist der Effekt ja bei anderen reproduzierbar, was völlig neue Optionen eröffnen würde. Es ist doch ganz einfach. Ohne ihn ist die Chance zu überleben für euch gleich null, mit ihm ist sie zwar immer noch sehr gering, aber zumindest größer als null. Die Logik gebietet also, alles zu tun, um ihn zu retten.«

»Wie viel größer als null?« Poggy war nach wie vor nicht überzeugt.

»Nicht wesentlich größer«, musste Hakera zugeben. »Aber ihr habt nur noch die Wahl zwischen der absolut sicheren und der sehr wahrscheinlichen Vernichtung. Wofür entscheidest du dich also, Poggy? Für das Aufgeben oder für den Kampf, und sei die Aussicht auf Erfolg auch noch so gering?«

Poggy brummte erneut, nickte dann jedoch zustimmend.

»Wenn du es so darstellst, dann natürlich für den Kampf.«

»Dann gibt es keine Alternative zu dem vorgeschlagenen Plan«, stellte Hakera fest.

»Wie groß bezifferst du die Erfolgsaussichten für Michaels Befreiung?«, wandte sich Jalina wieder an die Supreme-KI. Sie war immer noch skeptisch, ob der verrückte Vorschlag durchführbar sein würde, schöpfte aber wieder Hoffnung für Michael.

»Wenn die Reaktion der Ra´hul so ausfällt, wie ich es aufgrund meiner Analyse ihres bisherigen Verhaltens und ihres psychologischen Profils erwarte, besteht eine etwa sechzigprozentige Wahrscheinlichkeit, dass der Plan funktioniert.«

Jalina erschrak angesichts der geringen Erfolgsaussichten. Und selbst diese sechzig Prozent beruhten auf der Hoffnung, dass sich die Ra´hul exakt der Annahme der Supreme-KI entsprechend verhalten würden.

»Wie sieht es aus, wenn deine Annahmen nicht zutreffen?«

»Falls es auch nur zu geringen Abweichungen von den Annahmen kommt, wird der Plan scheitern«, war die gnadenlos ehrliche Antwort.

»Nun, wie es aussieht, haben wir tatsächlich keine Wahl«, mischte sich Kranchoor wieder ein. Dann lachte er humorlos auf. »Es ist schon zum Verzweifeln, wenn man sich die Situation schonungslos deutlich macht. Die Ra´hul sind uns weit überlegen, die Liga wurde vernichtet, die BEWAHRER geben auf und wir sitzen hier und diskutieren über das Schicksal eines einzelnen Menschen. Als ob das noch eine Rolle spielen würde. Machen wir uns nichts vor – es ist vorbei! Wir sind besiegt und können nur noch vereinzelte Nadelstiche austeilen, die jedoch mit an Sicherheit grenzender Wahrscheinlichkeit nichts mehr bewirken werden. Aber meinetwegen, stechen wir noch ein paar Mal zu! Was sollen wir auch sonst tun. Ich habe jedenfalls keine Lust, untätig auf das Ende zu warten. Versuchen wir also, Michael zu befreien. Dann sterben wir wenigstens alle zusammen, wenn es so weit ist.«

Jalina wollte Kranchoor gerade verärgert zurechtweisen, da sie seine defätistische Haltung verachtete, als Hakera die Diskussion unterbrach.

»Es tut mir leid, wenn ich weitere schlechte Nachrichten überbringen muss. Ich habe soeben schwere Strukturerschütterungen in einem etwa fünftausend Lichtjahre entfernten Sektor der Triangulumgalaxie angemessen. Das Ausmaß der Störung des Raum-Zeit-Gefüges deutet auf eine gewaltige Zahl von Schiffen hin, die gleichzeitig aus dem Bulk gekommen sein müssen.«

»Wie viele Schiffe?«, fragte Kranchoor.

Hakera zögerte einen Moment mit der Antwort, was Jalina das Schlimmste befürchten ließ. Zu Recht, wie sich sofort herausstellte.

»Entsprechend den aufgefangenen Daten und meinen Berechnungen muss es sich um ungefähr 300.000 Schiffe handeln.«

Für einen Moment herrschte sprachlose Stille in der Zentrale der *Rhelina*. Dann stöhnte Poggy vernehmbar auf, während Kranchoor erneut ein höhnisches Lachen ausstieß. Jalina konnte nicht verhindern, dass ihr ein Entsetzensschrei entfuhr.

»Das war es dann wohl«, kommentierte Kranchoor die Nachricht.

»Das dürfte die große Invasionsflotte sein, die Trrach erwähnt hat«, fügte die Supreme-KI hinzu. »Sie wird sich wohl schon bald in Richtung Milchstraße aufmachen. Vermutlich legen sie nur einen Orientierungs- und Formierungsstopp sein.«

»Sie wird also schon bald in unserer Heimat einfallen?« Jalinas Frage war eher rhetorischer Natur. Die Antwort war offensichtlich.

»Es ist anzunehmen, dass man noch auf die letzten Befehle von Zchroch wartet. Danach werden sich die Schiffe aufmachen, um jeglichen Widerstand in der Milchstraße endgültig zu brechen. Sie werden sie in wenigen Tagen erreichen.«

»Selbst wenn die BEWAHRER sich nicht entschieden hätten, der Galaxis den Rücken zu kehren; gegen diese Übermacht hätten auch sie nichts ausrichten können«, stellte Hakera fest.

»Macht es unter diesen Umständen noch Sinn, Michaels Befreiung zu planen?«, wollte Poggy wissen.

Jalina fuhr zu ihm herum.

»Jetzt erst recht!«, zischte sie wütend. »Was willst du denn sonst Sinnvolles unternehmen? In die Milchstraße fliegen, um dort abgeschlachtet zu werden? Nein, Michaels Rettung ist das einzig Positive, das uns überhaupt noch zu tun bleibt.«

»Ich stimme Jalina zu«, ertönte die Stimme der Supreme-KI. »Jede andere Aktion wäre jetzt erst recht vollkommen aussichtslos.«

»Also ein letztes Aufbäumen angesichts der sicheren Niederlage?«, stelle Kranchoor kalt fest. »Na schön! Gehen wir halt ehrenvoll in den Untergang bei dem Versuch, unseren unsterblichen Gefährten zu befreien.«

Jalina platzte der Kragen.

»Ich habe genug von deinen abfälligen Bemerkungen, Kranchoor! Wenn du mit der Situation nicht fertig wirst und aufgeben willst, dann lass dir von der *Stürme* ein Beiboot geben und verschwinde. Ich werde jedenfalls bis zu meinem letzten Atemzug weiterkämpfen. Und dabei brauche ich niemanden an meiner Seite, der sich schon aufgegeben hat. Entscheide dich! Entweder bist du mit ganzem Herzen dabei, oder du haust ab und verkriechst dich irgendwo, um als Feigling zu krepieren. Das Gleiche gilt für dich, Poggy!«

Kranchoor sah Jalina lange schweigend an. Die Spannung zwischen den Unsterblichen lag spürbar in der Luft und die beiden KIs verzichteten auf jegliche Kommentare. Die Entscheidung lag nun allein in den Händen der biologischen Wesen.

Schließlich seufzte Kranchoor und nickt Jalina zu.

»Ich habe dich wohl unterschätzt. Du bist wahrhaftig nicht so leicht unterzukriegen. Ich bin dabei! Mit vollem Einsatz. Versprochen. Lass es uns den Ra´hul noch einmal so richtig besorgen. Holen wir Michael da raus, und wenn es das Letzte ist, was wir tun.«

»Poggy?« Jalina sah den Pogh´Chen scharf an.

»Du kennst mich schon lange. Ich meckere zwar hin und wieder an dir herum, aber wenn es hart auf hart kommt, stehe ich immer an deiner Seite. Das solltest du eigentlich wissen, Kleines. Natürlich mache ich mit!«

»Dann sind wir uns einig«, triumphierte die Kolltanerin. »Wie es aussieht, bleibt uns nicht viel Zeit. Wann kann es losgehen, Hakera?«

»Die Supreme-KI und ich haben bereits alle Vorbereitungen getroffen. Wir sind startklar.«

»Dann lasst uns keine Zeit mehr verschwenden. Und dir danke ich ganz besonders«, wandte sich Jalina an die Supreme-KI. »Was du vorhast, ist mehr, als wir erwarten dürfen.«

»Es ist eine logische Entscheidung«, antwortete der Avatar. »Meine Existenz für das Leben von Michael Cordwainer Grand. Alle Hochrechnungen führen zu dem Ergebnis, dass er im Kampf gegen die Ra´hul von größerer Bedeutung ist als ich. Es ist nur bedauerlich, dass ich nicht mehr miterleben werde, ob sich diese Berechnungen schlussendlich als korrekt erweisen werden.«

10.

Dieses Mal ließ man sie nicht lange warten. Bereits wenige Stunden nach der Ankunft auf der Station öffnete sich die Zelle und drei bewaffnete Ra´hul traten ein.

»Du!« Einer der drei zeigte auf Grand. »Mitkommen!«

Die Bedeutung der Worte in der schnarrenden und knarzenden Sprache der Ra´hul wären Grand auch ohne die Übersetzung durch den Translator klar gewesen. Er überlegte kurz, ob es Sinn machen würde, sich zu wehren, doch er verwarf den Gedanken sogleich wieder. Damit würde er sich nur Schmerzen einhandeln.

Wieder ging es durch verschiedene Gänge und über diverse Rampen in einen anderen Sektor der Station. Grand saß mit auf dem Rücken gefesselten Händen zwischen zwei Soldaten, während ein dritter den Schweber durch das Labyrinth steuerte. Diesmal war die Route so gewählt, dass sie sehr wenigen Ra´hul begegneten. Nach einigen Minuten kamen sie in einen Bereich, der eindeutig nach einer wissenschaftlichen Abteilung aussah. Durch teilweise offen stehende Durchgänge erkannte Grand Labors und Anordnungen diverser technischer Gerätschaften. Er konnte auch einen Blick auf einen Behälter erhaschen, in dem sich hinter dicken Glaswänden eine undeutliche Gestalt in dichten Gasschwaden abzeichnete. Die wenigen

Sekunden reichten nicht aus, Details auszumachen, doch Grand war sich sicher, kurz einen Croalok in seinem Überlebensbehältnis gesehen zu haben. Er bedauerte das versklavte Lebewesen, auch wenn dessen mentale Kräfte für die Kriege und das Chaos in der Milchstraße verantwortlich waren. Er sah allein in den Ra´hul die Schuldigen. Die Croalok waren nur hilflose und vor allem unfreiwillige Werkzeuge in einem diabolischen Plan.

Schließlich hielt der Gleiter vor einem Tor, wo bereits ein anderes Fahrzeug parkte. Neben dem zweiten Gleiter stand Trrach und wartete auf Grand.

»Sie werden gleich Gelegenheit erhalten, einem unserer stärksten Suggestoren gegenüberzutreten. Ich bin schon sehr gespannt, wie lange Ihre Immunität Sie schützen wird«, sagte Trrach ohne Begrüßung. Allerdings hatte Grand auch nicht mit dem Austausch von Höflichkeitsfloskeln gerechnet.

Die beiden Soldaten zogen ihn von der Sitzbank des Gleiters. Grand graute es bei der Vorstellung, wieder die tastenden Finger eines fremden Geistes in seinem Kopf zu verspüren, doch es gab nichts, was er in seiner momentanen Lage dagegen tun konnte. Er war ihr Versuchskaninchen.

Vor ihnen öffnete sich der Durchgang und Grand sah in eine Halle, in deren Mittelpunkt ein Behälter stand, wie er auf dem Weg hierher bereits einen gesehen hatte. Hinter den umlaufenden, dicken Glasscheiben waberten die gelbgrünen

Schwaden eines für Menschen hochgiftigen Methan-Ammoniak-Gemisches, das mit verschiedenen anderen Gasen durchsetzt sein musste, darunter vermutlich Chlor und Brom, was die Farbgebung erklären würde. Die Sichtweite in dem tödlichen Gemisch betrug höchstens einen halben Meter, doch Grand wusste nicht, wie die Sinnesorgane der Croalok aufgebaut waren und wie sie sich in diesem Brodem orientierten. Vielleicht sahen sie in einem anderen Frequenzband oder benutzten sogar eine Art Schallwellenradar, ähnlich den irdischen Fledermäusen und Delfinen.

Da die Croalok von einem Gasriesen stammten, musste der Druck in dem Behälter enorm sein, was das dicke Glas und den massigen metallenen Unterbau erklärte. Insgesamt durchmaß das kreisrunde Behältnis etwa sieben oder acht Meter und es mochte vielleicht zehn Meter hoch sein.

Von dem ungefähr einen Meter hohen Sockel liefen Kabelbündel zu verschiedenen Kontrollstationen, die in einem Halbkreis davor aufgebaut waren. Dort saßen sechs Ra´hul vor Monitoren, Messstationen, Holoprojektoren und Steuerkonsolen. Zwischen diesen Stationen und dem Behälter befand sich ein augenscheinlich menschlichen Bedürfnissen angepasster, weich gepolsterter Sessel, über dem eine ebenfalls verkabelte, aus der Rückenlehne ragende Haube schwebte. Grand wusste, dass der Eindruck täuschte und ihm hier alles andere als eine bequeme und gemütliche Sitzung bevorstand. An den Armlehnen und Beinstützen konnte er kleine Projektoren erkennen, die wahrscheinlich energetische Fesselfelder aufbauen würden, sobald jemand darauf Platz nahm.

»Setzen Sie sich, Grand«, sagte Trrach im Plauderton und deutete mit einer einladenden Geste voll falscher Höflichkeit auf den Sessel.

Grand zögerte einen Moment, was die drei Soldaten veranlasste, umgehend ihre Waffen auf ihn zu richten. Er hob beschwichtigend die Arme, ging zu dem Sessel und sank hinein. Tatsächlich war er überaus bequem.

»Legen Sie die Arme auf die Armstützen«, kam der nächste Befehl.

Grand gehorchte, da er keinen Ausweg sah. Sofort bauten sich grünlich schimmernde Energiefelder auf, die beide Arme fixierten. Seine Beine wurden auf die gleiche Weise ruhiggestellt.

Zwei Ra´hul traten hinter den Sessel. Er konnte nicht sehen, was sie dort taten, aber er spürte, wie sich die Haube lautlos auf seinen Kopf herabsenkte. Grand fühlte ein Prickeln auf der Kopfhaut, das jedoch sogleich wieder verschwand.

»In diesem Moment bohren sich Nanofäden in Ihr Gehirn«, gab ihm Trrach eine Information, auf die er gern verzichtet hätte. Allein die Vorstellung, dass fast unsichtbare Fäden wie Würmer in sein Gehirn eindrangen, erfüllte ihn mit Abscheu. »Keine Sorge, Sie werden davon nichts spüren.

Allerdings ist uns die Beschaffenheit des menschlichen Gehirns noch nicht genau bekannt. Wir haben zwar an einigen … Freiwilligen Untersuchungen vornehmen können, doch ein solch komplexes Organ konnte in der uns verfügbaren Zeit nicht bis ins letzte Detail erkundet werden. Ich hoffe, wir richten keine bleibenden Schäden an.«

Grand konnte sich vorstellen, um wen es sich bei den 'Freiwilligen' gehandelt hatte. Vermutlich um Kriegsgefangene und Entführungsopfer unter dem Einfluss der Suggestoren.

»Darf ich vorstellen? Dies ist Objekt 13/7761 – unser derzeit stärkster Suggestor! Noch ein Kleinkind, aber eine überaus wirkungsvolle Waffe. Wobei *Kleinkind* ein relativer Begriff ist, Grand. Nach Ihrer Zeitrechnung ist er ungefähr vierzig Jahre alt.«

Bei diesen Worten rotierte der Sessel um 180 Grad, sodass Grand nun dem Behälter zugewandt saß. Er stellte fest, dass er auch den Kopf nicht mehr bewegen konnte. Auch hier war anscheinend ein Fesselfeld aktiviert worden. Er war zu völliger Bewegungslosigkeit verdammt.

Die Glasscheibe befand sich etwa zwei Meter von seinem Gesicht entfernt, und er konnte einen Schemen in der trüben Gasmischung ausmachen. Dann berührte etwas die Scheibe.

Eine Leuchtqualle, dachte Grand im ersten Moment. Der Körper hatte die ungefähre Form einer Halbkugel und trug am unteren, abgeflachten

Ende einen Kranz aus unzähligen haarfeinen, etwa einen Meter langen, beweglichen Tentakeln. Der Körper mochte vielleicht zwei Meter durchmessen und leuchtete in schillernden rötlichen und bläulichen Pastellfarben. Der Croalok schwebte elegant in der trüben Gassuppe, wobei seine Tentakel flirrende Bewegungen ausführten. Das Geschöpf war wunderschön.

Grand konnte erkennen, dass oben aus dem Körper eine Art Antenne ragte, die künstlichen Ursprungs sein musste. Er vermutete, dass sich Implantate im Gehirn des Croalok befanden, die über diese Antenne mit den entsprechenden Impulsen angesteuert wurden, um die gewünschten mentalen Suggestivbefehle zu erzeugen.

»Hi, Buddy«, murmelte er. »Sie haben wohl auch in deinem Gehirn herumgepfuscht.«

Der Croalok tat Grand unsagbar leid. Das Wesen konnte nichts dafür, dass seine paranormale Fähigkeit auf eine solch brutale und unmenschliche Art und Weise ausgenutzt wurde. Sie waren beide Gefangene der Ra´hul. Schlimmer noch: Der Croalok war in Sklaverei geboren und würde als Sklave sterben, sobald er mit dem Erwachsenwerden seine Suggestivkraft verlor. Man würde ihn entsorgen wie ein nutzloses Stück Abfall.

»Nun werden wir sehen, ob und wie lange Sie ihm widerstehen können«, kündigte Trrach an.

Der Alte gab den Wissenschaftlern und Technikern die Anweisung, mit dem Versuch zu beginnen. Grand konnte nicht sehen, was an den Steuerpulten vor sich ging, doch er spürte sofort eine Veränderung.

Die Kopfschmerzen waren viel heftiger als bei den anderen Gelegenheiten, bei denen er der mentalen Beeinflussung durch einen Suggestor ausgesetzt gewesen war. Es fühlte sich an, als habe man seinen Kopf in einen Schraubstock gespannt und gleichzeitig Eiswasser hineingegossen. Grand stöhnte auf und verzog vor Schmerzen das Gesicht. Sein Körper krampfte sich zusammen und ihm wurde übel. Zum ersten Mal konnte er auch das leise Flüstern klarer verstehen. Was in der Vergangenheit nur ein Raunen im Hintergrund gewesen war, wurde nun zu einer, wenn auch undeutlich, hörbaren Stimme in seinem Geist.

Unterwirf dich! Unterwirf dich mir! Ich bin du! Du bist ich. Ein Gedanke. Mein Gedanke. Unterwirf dich, raunte die Stimme. *Erkläre deine Unterwerfung! Erkläre deine Unterwerfung! Erkläre deine Unterwerfung!*

Obwohl die Kopfschmerzen nahezu unerträglich waren und er verstand, was die Stimme von ihm verlangte, verspürte er keinen Drang, ihr Folge zu leisten. Es war in höchstem Maße unangenehm, lästig und gespenstisch, aber er war nach wie vor Herr seiner selbst.

Hinter Grand erklangen erstaunte Ausrufe in der Sprache der Ra´hul. Trrach erteilte erneut einen Befehl und die Stimme wurde noch drängender. Wieder verlangte sie von ihm, sich den Ra´hul zu unterwerfen. Die Kopfschmerzen ließen erstaunlicherweise etwas nach. *Vielleicht gibt es einen Gewöhnungseffekt*, vermutete Grand. Der Croalok befand sich immer noch in seinem Kopf, dennoch konnte er weiterhin klar denken.

Dann wurden die Ausrufe hinter ihm noch lauter. Sie klangen verwirrt. Trrachs Translator übersetzte nur Fetzen aus dem Stimmengewirr.

»Unmöglich!«

»Auflösung der …«

»Noch nie …«

»Unerklärlich!«

Die Stimme in seinem Kopf verstummte und Trrach trat in Grands Blickfeld. Er musterte seinen Gefangenen mit einem fast ungläubigen Ausdruck in den fremdartigen Augen.

»Sie sind ein interessanter Mann! Nicht nur, dass Sie unserem stärksten Suggestor widerstanden haben, Ihr Gehirn scheint sich gegen unsere Nanosonden zu wehren. Sie lösen sich einfach auf. Interessant!«

Die Nanoassembler in meinem Körper, durchfuhr es Grand. Sie konnten zwar nicht der Grund für seine Immunität sein – die hatte er schon besessen, bevor er seine Unsterblichkeit erlangt hatte, was Traach allerdings nicht wissen konnte – aber sie hatten begonnen, sich gegen die Fremdkörper in seinem Gehirn zu wehren.

»Wir werden schon bald herausfinden, was Sie so besonders macht, Grand. Meine Techniker haben festgestellt, dass Sie künstlich hergestellte Nanomaschinen in Ihrem Körper tragen. Ich nehme an, das ist es, was sowohl hinter dem Geheimnis Ihrer Unsterblichkeit als auch hinter dem Rätsel Ihrer Immunität steckt. Nun, wir werden eine Möglichkeit finden, sie aus Ihrem Körper zu extrahieren. Und dann versuchen wir es noch einmal. Wir werden viel Zeit miteinander verbringen. Doch jetzt kümmern wir uns zunächst um Ihren neuen Freund. Ich bin gespannt, ob er auch so gut widerstehen kann.«

Dann wandte er sich an die wartenden Soldaten.

»Bringt ihn zurück in seine Zelle und holt den anderen!«, befahl Trrach.

Während die Soldaten ihn aus dem Sessel holten und ihn wieder zu dem Gleiter führten, überlegte Grand, ob es den Ra´hul tatsächlich gelingen würde, die Nanoassembler zu entfernen. Er befürchtete, dass dies für seine Gesundheit und vor allem für seine Unsterblichkeit keine guten Folgen haben würde.

11.

Die Einöde erstreckte sich in alle Richtungen. Von Geröll durchsetzter Sand breitete sich rings um Rigoran aus. Am fahlgelben Himmel brannte müde eine kleine rote Sonne und tauchte die Umgebung in ein unwirkliches Licht. Seinen an eine weiße Sonne angepassten Augen fiel es schwer, die ungewohnten Farben richtig einzuordnen. Alles schimmerte im trüben Licht der Sonne in einem schmutzigen Ocker.

Die Luft war drückend heiß und brannte in der Lunge. Sie war heißer, als es die Strahlung eines *Roten Zwerges* eigentlich erlauben durfte. Es konnte auch nicht an einem engen Orbit um das Gestirn liegen. Die Sonne am Himmel wirkte klein und war somit sicher relativ weit entfernt.

In der hitzeflirrenden Luft erblickte Rigoran zu seiner Rechten etwas, das wie die Ruinen einer Stadt aussah. Es fiel ihm schwer, die Entfernung abzuschätzen. Er besaß keinerlei Informationen über die Ausmaße dieser Welt, der kleinen roten Sonne oder über die Höhe der Ruinen und konnte daher nicht sagen, wie weit der Horizont entfernt war. Die verfallenen Gebäude, wenn es sich um solche handelte, konnten wenige Minuten, aber auch etliche Stunden Fußmarsch entfernt sein.

Rigoran fragte sich, wo er war und wie er hierhergekommen war.

Das Letzte, woran er sich noch erinnerte, war

der Landeanflug auf den *Hort.* Er hatte eine pechschwarze Kugel auf dem Landefeld entdeckt, die nicht dorthin gehörte. Die Vermutung lag nahe, dass dieses Objekt etwas mit seiner derzeitigen Lage zu tun hatte.

Er fragte sich, was wohl aus seinen drei Begleitern geworden sein mochte und wo sie jetzt waren.

Kein Laut war zu hören. Nur das Geräusch seines eigenen Atems dröhnte ihm in den Ohren. Rigoran konnte sich auch nicht daran erinnern, erwacht zu sein. Ohne jeden Übergang hatte er sich plötzlich in dieser seltsamen Wüste befunden.

Es war vollkommen windstill. Die einzige Bewegung, die er wahrnehmen konnte, war das leichte Zittern der vermeintlichen Ruinen in der wabernden, heißen Luft. Langsam ging er darauf zu. Es schien ihm das einzig Logische zu sein. Hier stehen zu bleiben, würde innerhalb weniger Stunden zu einem qualvollen Ende führen. Vor einer Austrocknung mit dem unweigerlich folgenden Kollaps schützten ihn auch die unsterblich machenden Nanoassembler in seinem Körper nicht. Wenn Rigoran etwas über seine Situation erfahren und vielleicht Hilfe finden wollte, dann sicher nur an diesem Ort, der irgendwann eine große Stadt gewesen sein musste. Womöglich gab es dort sogar noch Anwohner, die ihm helfen oder ihm zumindest sagen konnten, wo er sich befand. Wenn es überhaupt Ruinen einer Stadt waren und falls dort außer toten Steinen etwas zu finden war.

Es dauerte länger als erhofft, aber kürzer als befürchtet, bis Rigoran die ersten verfallenen Gebäude erreichte. Es handelte sich tatsächlich um die Überreste einer Ansiedlung, doch sie war kleiner, als es aus der Ferne den Anschein erweckt hatte. Die mehrstöckigen Bauwerke bestanden zumeist nur noch aus Schutthaufen, aus denen verbogene Metallstreben wie vom Fleisch befreite Finger hervorragten. Weiter im Zentrum der Ansiedlung konnte Rigoran ein besser erhaltenes Gebäude sehen. Wenn es an diesem unwirklichen Ort etwas zu finden gab, dann sicherlich dort.

Rigoran ging durch verwaiste, breite Straßenzüge, die das Gefühl der Einsamkeit in ihm noch verstärkten. Er verspürte weder Hunger noch Durst, wobei ihm Letzteres angesichts der Hitze unerklärlich war.

Er bog um eine Ecke und ging auf das einigermaßen intakte Gebäude zu, das die Trümmerhaufen überragte, als er eine Gestalt auf einem Steinblock davor sitzen sah. Der Mann, Rigoran wusste instinktiv, dass das Wesen männlich war, auch wenn er keine Erklärung für diese plötzliche Gewissheit hatte, war von humanoider Gestalt, es besaß einen Kopf und einen schlanken Rumpf, zwei Arme und zwei Beine. Damit endete jedoch die Gemeinsamkeit mit jeder humanoiden Spezies, die Rigoran bekannt war. Der Fremde war vollkommen schwarz. Ein tiefes, dunkles, absolutes

Schwarz, dass jedes Photon zu verschlucken schien. Sein Gesicht war eine völlig glatte Fläche ohne jedes sichtbare Sinnesorgan oder eine Mundöffnung. Die Haut, wenn es eine war, wirkte vollkommen glatt und Rigoran sah keine sichtbaren, äußeren Geschlechtsteile. Trotzdem zweifelte er weiterhin keine Sekunde daran, es mit einem männlichen Wesen zu tun zu haben. Der Unbekannte trug keinerlei Kleidung, aber Rigoran empfand die Nacktheit unwillkürlich sogar als passend. Als er sich näherte, erhob sich der Fremde.

»Wer hat dich geschickt?« Die Stimme donnerte in Rigorans Kopf. »Wem dienst du?«

Rigoran zuckte zurück und konnte sich gerade noch auf den Beinen halten. Die kraftvolle psionische Präsenz drohte seinen Geist zu verbrennen. Er konnte den anderen in sich spüren und fühlte sich plötzlich klein und machtlos. Wem auch immer er hier gegenüberstand – es war kein normaler Sterblicher.

»Wem dienst du?«, dröhnte die Stimme erneut auf rein psychischer Ebene. Rigoran stöhnte gequält auf und sank auf die Knie. Mit beiden Händen griff er sich an den Kopf und presste die Handflächen gegen die Schläfen.

»Ich … niemandem … die Liga …«, stieß er mühsam hervor. Es war ihm unmöglich, klar zu denken. Seine Gedanken ertranken in der Flut der fremdartigen Emanationen, die seinen Geist nahezu überwältigten.

»Wem dienst du?«, fragte die Stimme zum dritten Mal. Rigoran übergab sich würgend.

Der Fremde schien zu erkennen, dass Rigoran kurz davor stand, unter der brutalen Wucht der fremden Geisteskraft mental zu zerbrechen. Seine Gedanken, sein *Ich* drohten einfach hinweggeschwemmt zu werden. Gelöscht zu werden wie ein altertümlicher Datenspeicher in einem starken Magnetfeld. Der Druck und der unerträgliche Schmerz in seinem Kopf ließen ein wenig nach.

»Das Objekt, auf dem ich dich gefunden habe. Es wurde vor mir versteckt gehalten. Nur ein kürzlich dort erfolgter starker Energieausbruch hat mich auf seine Spur gebracht. Warum warst du dort? Dienst du seinen Erbauern?«

»Ich … nein, ich … wir wissen nichts … nicht viel über die Erbauer. Sie sind … verschwunden … und … und wir nutzen es nur. Jetzt … es wurde zerstört. Ich wollte … die KI … *Mutter* …«

Zu Rigorans Überraschung hallte ein verächtliches Lachen durch seinen Kopf.

»Du bist eine niedere Kreatur, nichts weiter! Du weißt nicht einmal um die wahre Bedeutung dieses Objekts. Aber du lügst! Du trägst Maschinen in deinem Körper, die dich unsterblich machen. Maschinen, die von den Erbauern des Objekts stammen.«

»Nein, ich lüge nicht«, begehrte Rigoran auf, voller Angst, der Fremde könnte wieder mit solcher

Kraft in seinen Kopf eindringen. Er wusste, dass er eine weitere telepathische Stoßwelle dieses Ausmaßes nicht überleben würde. »Die Nanoassembler haben wir ebenfalls nur dort gefunden. Die KI hat sie uns zur Verfügung gestellt, aber ich weiß nichts über ihre Erschaffer und stehe nicht in ihrem Dienst.«

»Vielleicht sagst du die Wahrheit.«

Die Stimme in seinem Kopf war jetzt fast erträglich und Rigoran kam wieder zu Atem.

»Wo bin ich, wie bin ich hierhergekommen?«, wagte er zu fragen.

»In einer Realität geringer Wahrscheinlichkeit jenseits deines temporalen Flusses, die ich manifest werden ließ.«

Rigoran verstand kein Wort und wagte eine andere Frage.

»Was ist mit meinen Begleitern?«

»Die drei organischen Wesen waren für mich ohne Bedeutung. Sie trugen keine Maschinen in sich und sind nicht länger existent.«

»Du hast sie getötet?«

»Sie waren irrelevant. Vielleicht bist auch du irrelevant.« Die Drohung war unüberhörbar.

»Wer bist du?«

Die Frage war Rigoran entschlüpft, und er erschrak über seine Verwegenheit angesichts der unfassbaren Macht des Wesens, vor dem er immer noch im Sand kniete. Zu seiner Überraschung erhielt er eine Antwort.

»Ich bin der, der alles ist. Ich bin Zeit und Raum. Ich bin der Zerstörer, der Verschlinger, der *Devorator*.«

Rigoran wusste nicht, was er von diesen Worten halten sollte, und er konnte sich nichts darunter vorstellen. Kniete er vor einem … *Gott*?

»Ich habe beschlossen, dich einstweilen am Leben zu lassen. Vielleicht kannst du mir doch noch nützlich sein. Auch die Mikroben deiner Realität haben eine Funktion«, sagte das Wesen, das sich als *Devorator* bezeichnet hatte. »Du könntest *meine* Mikrobe sein. Ein Werkzeug meiner Pläne. Doch du musst mir bedingungslos gehorchen. Du *wirst* mir bedingungslos gehorchen. Du wirst mir dienen, bis ich deiner überdrüssig bin. Dafür werde ich jetzt sorgen.«

Ein Schmerz, heftiger als zuvor, stärker, als Rigoran sich Schmerz überhaupt hätte vorstellen können, eine *Supernova* brennenden Schmerzes durchzuckte sein Gehirn. Rigorans *Selbst* wurde zerfetzt, sein Geist fragmentiert und neu zusammengefügt. Sein Schrei hallte ungehört durch die Ruinen einer Welt geringer Wahrscheinlichkeit, zu Gestalt geronnen allein durch das *Wollen* einer unfassbar überlegenen Entität, bevor er bewusstlos zusammenbrach, aufhörte, als Rigoran zu existieren, und zu etwas völlig Neuem wurde.

12.

»Es wird Zeit«, sagte Hakera.

Jalina nickte, stand auf und verließ die Zentrale der *Rhelina*, gefolgt von Kranchoor und Poggy. Die drei Unsterblichen gingen zur unweit gelegenen MedicStation, wo Bots bereits drei Liegen vorbereitet hatten.

»Es ist ein mieses Gefühl, in eine Schlacht zu fliegen, die man verschlafen wird«, sagte Kranchoor, als er sich auf seiner Liege ausstreckte. »Hoffentlich erleben wir kein böses Erwachen.«

»Wenn wir aufwachen, haben wir gewonnen und Mike ist frei. Wenn wir verlieren, wachen wir nicht mehr auf. Ein böses Erwachen wird es also so oder so nicht geben.« Jalina setzte sich auf ihre Liege und ein Bot kam herangeschwebt, um die Infusion zu legen.

»Jalina!« Poggy wurde von einem anderen Bot vorbereitet, und sie sah, wie eine blassgelbe Flüssigkeit durch den transparenten Schlauch in seinen Körper zu fließen begann. »Egal, was jetzt geschieht. Du hattest recht! Wir mussten diese letzte Chance nutzen. Alles ist besser als aufzugeben. Es tut mir leid, wenn ich nicht sofort auf deiner Seite war. Und …«

Seine Stimme wurde leiser und undeutlicher und dann schlief er mitten im Satz ein.

Jalina streckte sich auf ihrer Liege aus. Ein Blick zur Seite zeigte ihr, dass Kranchoor bereits die

Augen geschlossen hatte. Auch sie spürte eine plötzlich einsetzende Müdigkeit. Sie sah zu ihrem Arm, wo das Ende des Schlauchs in einer Vene verschwand. Die blassgelbe Flüssigkeit vermischte sich mit ihrem Blut und Jalina konnte plötzlich die Augen nicht länger offen halten. Eine wohlige Wärme durchströmte sie, dann versickerten ihre Gedanken in einem Wirbel angenehmer Gefühle.

Die Bots fixierten die drei schlafenden Unsterblichen mit energetischen Fesselfeldern, brachten medizinische Sensoren an den Körpern an, meldeten Hakera Vollzug und verließen den Raum. Ab jetzt würden die Schläfer direkt von einer Subroutine der KI überwacht werden.

Zwei Minuten später fiel die *Rhelina* unmittelbar vor der Brutstation, in der Grand gefangen gehalten wurde, aus dem Bulk.

Es war von Anfang an klar gewesen, dass keiner der drei bei dem Angriff auf die Station bei Bewusstsein sein durfte. Jeder von ihnen wäre innerhalb kürzester Zeit unter den Einfluss der Suggestoren geraten. Sich in einen Tiefschlaf versetzen zu lassen war die einfachste Möglichkeit, dieser Gefahr zu entgehen. Die Durchführung der Aktion oblag ausschließlich den beiden KIs sowie den einzelnen BEWAHRERN, die sich an Bord der *Stürme* befanden. Nur die Maschinenwesen konnten den Suggestivbefehlen widerstehen. Die weitaus meisten von ihnen verfügten ebenfalls über ein künstliches Bewusstsein und waren eigenständige

Wesen, wenn auch nicht aus Fleisch und Blut. Die Supreme-KI hatte angeboten, ein Beiboot bereitzustellen, um jenen, die vielleicht nicht mit der Entscheidung einverstanden waren, die Rückkehr in die Milchstraße zu ermöglichen, sodass sie sich dem Exodus der BEWAHRER-Zivilisation anzuschließen konnten. Aber die BEWAHRER hatten die Entscheidung der Supreme-KI ausnahmslos unterstützt. Keiner von ihnen hatte das Angebot angenommen, obwohl sie wussten, welche Rolle ihnen zukommen würde. Einige hatten ihre Emotioroutinen heruntergefahren, um rein analytisch denkend in den Kampf zu ziehen und nicht durch Gefühle beeinträchtigt zu werden, andere zogen es vor, ihr Ende nicht nur als denkende, sondern auch als fühlende Wesen zu erleben.

»Wir sind die BEWAHRER«, hatte einer von ihnen gesagt. »Es ist unsere Bestimmung, das organische Leben zu beschützen und zu bewahren. Dies ist nicht nur unser Auftrag, sondern es ist das, was uns im eigentlichen Sinne ausmacht. Es ist unsere Identität. Jetzt nicht zu helfen, würde unsere Persönlichkeit auf ein Maß reduzieren, das unserem Wesen nicht entspricht.«

Als Jalina dies vernommen hatte, war in ihr eine Zuneigung zu den *Maschinen* aufgestiegen, die ihr die Tränen in die Augen trieb. Sie schwor sich, diese Worte niemals zu vergessen. Das Potenzial für Moral, Verantwortungsbewusstsein und Selbstlosigkeit, die Fähigkeit zu *Empathie*, hing nicht von der Materie ab, aus der man erschaffen worden war. Im Gegenteil – manchmal schien es ihr, als seien biologische Wesen in weitaus größerem Maße zu Heimtücke und Verrat, Hass und Niedertracht fähig als diese Wesen aus Metall, Plastkeramik, Energieleitern und einer beseelten Quantenmatrix.

Die *Flüsternde Stürme im Heliosphärenwind* trug fast zweihundert einzelne BEWAHRER an Bord, von denen sich nun die Hälfte auf der *Rhelina* befand. Es war in dem relativ kleinen Schiff recht eng geworden.

Hakera und die Supreme-KI hatten den Schlachtplan gemeinsam entwickelt, jedoch die drei Unsterblichen über die Erfolgsaussichten nicht gänzlich korrekt informiert. Beide hielten es angesichts der verzweifelten Lage für zulässig, ein optimistischeres Bild zu zeichnen, als ihre Analysen und Berechnungen ergeben hatten. Welchen Sinn sollte es haben, ihre biologischen Freunde in Verzweiflung zu stürzen?

Tatsächlich betrug die Wahrscheinlichkeit für einen Erfolg des geplanten Unternehmens nur wenig mehr als fünfzig Prozent. Darüber hinaus waren sehr viele Variablen unbekannt, was die Unsicherheitsspanne ihrer Kalkulationen in einen Bereich brachte, der letztlich keine gesicherte Aussage darüber zuließ, ob ihre Chancen überhaupt die Fünfzig-Prozent-Marke überstiegen. Hakera und die Supreme-KI waren übereingekommen, dies für sich zu behalten.

Zwei Schiffe gegen zwanzig, wie die letzten Daten ergaben. Und gegen eine Station, die über enorm starke Schutzschirme verfügte. Über die Offensivkapazitäten der Brutstation war so gut wie nichts bekannt, aber man konnte davon ausgehen, dass sie bei ihrer schieren Größe denen eines Schlachtschiffes in nichts nachstanden. Auf den ersten Blick ein aussichtsloses Unterfangen.

Doch die *Rhelina* war kein gewöhnliches Schiff, vor allem verfügte sie über eine außergewöhnliche Waffe. Gegen den TachyGrav-Warper gab es keinen Schutz. Dennoch sie war in erster Linie ein Explorations- und kein Kampfschiff. Ihre Schutzschirme waren zwar dorianischer Bauart und damit allem, was die Milchstraße ansonsten aufzubieten hatte, weit überlegen, aber gegen mehrere Kampfraumer der Ra´hul würden auch sie auf Dauer nicht bestehen können.

Somit taten sich zwei Fragen auf, die die Schwierigkeiten verdeutlichten: Wie konnte die *Rhelina* gegen mehrere Gegner bestehen und wie konnte sie *gleichzeitig* die Station angreifen und deren Schutzschirme überwinden.

Hätten sie über zwei solcher Schiffe verfügt, wäre es eher machbar gewesen. Eines hätte die Mehrzahl der gegnerischen Schlachtschiffe binden können und wäre dadurch der eigenen Vernichtung durch kurze Bulkmanöver entgangen, während es ein Feindschiff nach dem anderen eliminiert hätte.

Das zweite Schiff hätte die Verwirrung nutzen können, um in der Zwischenzeit die Station anzugreifen, die Schutzschirme zu überwinden und Grand herauszuholen. Leider gab es keine zweite *Rhelina* – aber es gab die *Flüsternde Stürme im Heliosphärenwind.*

Somit blieb nur eine Alternative: Die *Stürme* musste die Station angreifen, während die *Rhelina* die gegnerischen Schiffe möglichst lange von ihr fernhielt und möglichst viele von ihnen vernichtete. Ob die Ra´hul diesem Drehbuch folgen würden, stand allerdings in den Sternen. Hakera setzte darauf, dass man sich auf das kampfkräftigere Schiff der Angreifer konzentrieren würde, was hoffentlich der *Stürme* genügend Zeit verschaffen würde, um die Schirme der Station zusammenbrechen zu lassen. Dann kam die nächste Schwierigkeit: Nur die *Rhelina* verfügte über einen Spontantransmitter, mit dem sie Truppen, bestehend aus den an Bord befindlichen individuellen BEWAHRERN, in der Station absetzen konnte. Demzufolge durfte sie sich nicht zu weit entfernen, um sofort zur Stelle zu sein, wenn die Schirme zusammenbrachen. Den beiden KIs war bewusst, dass die *Stürme* mit mehr als zwei Gegnern gleichzeitig überfordert sein würde. Es war nicht bekannt, ob auch die Verteidigungskräfte über diese Information verfügten. Die Supreme-KI hatte eines klar gemacht: Diesmal würde sie nicht fliehen! Sie würde so lange angreifen, bis sich die

Möglichkeit ergeben würde, Zugang zur Station zu erhalten – oder bis zu ihrer eigenen Vernichtung. Sie war bereit, sich in dieser Schlacht zu opfern! Sie ging sogar davon aus, dass dies notwendig sein würde.

Die Ra´hul orteten die beiden Angreifer innerhalb weniger Sekunden und gruppierten ihre Schiffe zu einer Abwehrformation. Die *Rhelina* und die *Stürme* beschleunigten mit voller Kraft und jagten auf die Station zu.

13.

Brolon grinste, als man ihn zurückbrachte. Grand konnte seinerseits ein Schmunzeln nicht unterdrücken, obwohl ihre Lage wahrlich nicht zum Lachen war. Der unerschütterliche Optimismus seines Mitgefangenen hatte etwas Ansteckendes, er wurde ihm immer sympathischer.

»Ha! Beste Suggestor, aber ich nicht viel merken. Kleines Schmerz an Kopf und kleines Stimme in Kopf. Aber ich mache nicht, was Suggestor sagt. Ich zu stark für Suggestor!«

Auch wenn Grammatik nicht Brolons große Stärke war, so war Grand doch über dessen rapide wachsenden Wortschatz verblüfft. Er schien die neue Sprache geradezu aufzusaugen. Man musste ihm die Bedeutung eines Wortes nur ein einziges Mal erklären, und Brolon hatte es sofort parat. Sein Gedächtnis war wirklich beeindruckend.

»Bald dich wieder holen«, vermutete Brolon.

»Ja«, seufzte Grand, »das befürchte ich auch.«

»Glaubst du, Freunde kommen?«

»Ich bin nicht mehr sicher, Brolon. Wenn ich es mir genau überlege, wäre ein Befreiungsversuch reiner Selbstmord. Es wäre vernünftig … besser …, es nicht zu versuchen.«

»Ich verstehe *'vernünftig'*«, sagte Brolon. »Meint von Kopf, nicht von Bauch. Aber wir Trakoy nicht immer vernünftig. Manchmal Bauch vor Kopf. Aber es richtig, manchmal Bauch vor Kopf, sonst man kein Trakoy, sondern innen wie tot. Ich denke, ihr auch so. Freunde vielleicht doch kommen, weil nehmen Bauch vor Kopf.«

Wieder musste Grand schmunzeln. Brolon entwickelte sich nun sogar zum Philosophen. Die Angehörigen seines Volkes, die sich Trakoy nannten, wie Grand inzwischen erfahren hatte, waren den Terranern nicht nur sehr ähnlich, Grand konnte überhaupt keinen Unterschied feststellen. Abgesehen von der verblüffenden äußerlichen Ähnlichkeit waren sie in ihrem Denken, Fühlen und Verhalten offenbar ununterscheidbar. Brolon wäre jederzeit und überall als Mensch durchgegangen. Grand hoffte, dass er noch Gelegenheit bekommen würde, dem auf den Grund zu gehen.

Brolon behielt recht. Nur wenig später kamen die drei Soldaten, um Grand abzuholen. Erneut ging es durch die ihm bereits bekannten Gänge zu dem Versuchslabor. Diesmal war der Versuchsaufbau ein anderer. Die Ra´hul hatten *fünf* der Behälter, in denen die Croalok gefangengehalten wurden, vor dem Sessel aufgebaut. Trrach stand neben dem so bequem wirkenden und doch so diabolischen Möbelstück.

»Willkommen zurück, Grand. Ich verspreche Ihnen, dass dies eine interessante Sitzung werden wird.«

Diesmal bat man Grand nicht mit falscher Höflichkeit, Platz zu nehmen. Die Soldaten führten ihn zum Sessel, zwangen ihn hinein und fixierten seine Arme und Beine, als rechneten sie diesmal mit Widerstand. Doch Grand wusste, dass jeder Versuch, sich zu widersetzen, zwecklos war und nur zu noch mehr Schmerzen und noch größerer Demütigung führen würde.

»Lassen Sie mich Ihnen erklären, was wir vorhaben.« Trrach schien jede Sekunde dieser Prozedur zu genießen. Es war offensichtlich, dass der Alte eine sadistische Veranlagung aufwies. Doch Grand war jede Verzögerung recht. Sollte Trrach ruhig einen stundenlangen Monolog halten, um seine perverse Vorfreude zu genießen. Er war nicht scharf auf das, was nun unweigerlich folgen musste.

»Zunächst werden wir den Versuch vom letzten Mal wiederholen. Diesmal jedoch mit den fünf stärksten Suggestoren, über die wir derzeit verfügen. Ich rechne jedoch damit, dass Sie auch dem standhalten können. Dann haben wir Vorkehrungen getroffen, die Nanomaschinen zu neutralisieren. Wir werden Sie verschiedenen Strahlungstypen aussetzen. Oh, einige davon sind natürlich mutagen oder krebserregend, vielleicht auch beides, aber ich denke, das wird sich auf Ihre restliche Lebenserwartung nicht negativ auswirken. Krebs breitet sich dafür viel zu langsam aus. Nun, von den Auswirkungen der radioaktiven Bestrahlung könnten Sie eventuell noch etwas spüren, bevor es mit Ihnen zu Ende geht.« Trrach lachte mit dem typisch heiseren Bellen der Ra´hul, und Grand empfand in diesem Moment mehr Ekel vor dem Alten als Angst um das eigene Leben.

»Dann werden wir natürlich einige dieser Wundermaschinen aus Ihrem Körper extrahieren und sie studieren. Sie haben mir ja die Unsterblichkeit angeboten, bei dem lächerlichen Versuch, mich auf Ihre Seite zu ziehen. Jetzt komme ich vielleicht tatsächlich in den Genuss, da ich davon ausgehe, dass wir die Nanomaschinen nach einer gründlichen Analyse reproduzieren und auch bei uns einsetzen können. Vielen Dank, dass Sie uns dieses großartige Geschenk mitgebracht haben.«

Wieder lachte Trrach höhnisch. All das schien ihm viel Spaß zu bereiten, aber Grand tat ihm nicht den Gefallen, vor Angst zu zittern. Wut und Verachtung überwogen und zwangen die Furcht unter die Oberfläche.

»Wenn wir Sie von Ihren kleinen Helfern … befreit haben, werden wir sehen, ob Sie den Suggestoren noch etwas entgegenzusetzen haben. Allerdings werden Sie zu diesem Zeitpunkt vermutlich nur noch ein Häufchen wimmernden Elends sein und den Tod herbeisehnen. Wir dürften bis dahin alles von Ihnen erfahren haben, was wir von einem lebendigen Unsterblichen wissen wollen. Den Rest werden wir Stück für Stück aus Ihrem Körper schneiden und untersuchen. Aber davon werden Sie nichts mehr spüren, zumindest gegen Ende nicht mehr. Sind Sie bereit?«

Grand überlegte fieberhaft, ob es etwas gab, das

er gegen das ihm zugedachte Schicksal unternehmen konnte, doch er sah keinen Ausweg. Für jede Form der Gegenwehr war es ebenfalls zu spät. Die energetischen Fesseln um Arme und Beine ließen ihm keinerlei Bewegungsfreiheit.

Die Haube senkte sich wieder über seinen Kopf und er konnte das schon bekannte Prickeln auf der Kopfhaut spüren, als sich die Nanosonden in sein Gehirn bohrten.

»Es bleibt nicht viel Zeit, bis die Nanomaschinen die Sonden auflösen«, hörte Grand Trrach zu den Technikern sagen. »Ich will die bestmögliche Datenausbeute, ehe sie ihre Funktion einstellen.«

Wieder erklang die flüsternde Stimme in seinen Gedanken und erteilte den Befehl, sich zu unterwerfen. *Sag es. Sprich es aus. Unterwirf dich.* Die Kopfschmerzen erschienen Grand diesmal sogar weniger heftig als beim letzten Versuch, als Grand nur einem Croalok gegenübersaß, und es bereitete ihm nicht die geringste Anstrengung, die Stimme zu ignorieren. Er konnte hören, wie an den Kontrollpulten aufgeregt geflüstert wurde. Es war jedoch zu leise, als das Trrachs Translator die Worte übersetzt hätte.

»Wirklich erstaunlich«, sagte Trrach der neben ihm stand und das Experiment aufmerksam beobachtet hatte. »Aber jetzt werden wir härtere Maßnahmen ergreifen.«

Trrach wandte sich den Technikern zu.

»Wir versuchen es zunächst mit einem gezielten EMP«, befahl er.

Grand war sich sicher, dass ein *elektromagnetischer Puls* den Nanoassemblern nichts anhaben konnte. Er spürte nicht, wie das starke Magnetfeld seinen Körper durchdrang, doch die wieder einsetzende Stimme ließ ihn annehmen, dass der Puls ausgelöst worden war und man nun erneut versuchen würde, ihn mental unter Kontrolle zu bekommen.

»EMP wirkungslos«, rief einer der Techniker. »Datenfluss der Nanosonden versiegt. Nur noch siebzig Prozent der Sonden sind aktiv. Schnell abnehmend.«

»Dann nehmen wir jetzt harte Gammastrahlung. Maximale Dosis«, entgegnete Trrach. Grand zuckte zusammen. Gammastrahlung war ab einer bestimmten Dosis absolut tödlich. Er war sich nicht sicher, ob die Nanoassembler die massiven Gewebeschäden würden reparieren können. Dann durchströmte ihn ein Wärmegefühl. Er glaubte zu spüren, wie sich sein Körpergewebe unter dem Ansturm der hochenergetischen Strahlung veränderte. Leichte Übelkeit stieg in ihm auf. Grand wusste, dass dies eines der ersten Symptome einer massiven radioaktiven Überdosis war. Der Tod folgte normalerweise nicht viel später. Doch das Unwohlsein verebbte schnell wieder. Entweder hatte er es sich eingebildet oder die Nanoassembler leisteten bei der Reparatur der Gewebeschäden unglaubliche Arbeit.

Wieder widerstand er der mentalen Einflüsterung problemlos.

»Noch einmal! Doppelte Dosis!«

Grand glaubte aus Trrachs Stimme fast so etwas wie ungläubige Bewunderung herauszuhören.

Noch bevor die Techniker dem Befehl Folge leisten konnten, schrillte ein Alarm durch die Station. Trrach fuhr verblüfft herum und starrte Grand an. Dann durchlief ein merkliches Zittern die gesamte Station.

»Wir werden angegriffen!«, hörte Grand einen der Ra´hul rufen.

»Schafft ihn sofort zurück in seine Zelle. Verdreifacht die Wachen! Falls es jemand darauf angelegt hat, ihn zu befreien, will ich maximale Sicherungsmaßnahmen!« Trrach schrie die Worte förmlich heraus.

Die Soldaten lösten die Fesselfelder, rissen Grand hoch und schleppten ihn zu dem Gleiter. Wieder erzitterte die Station.

Grand fragte sich, ob Jalina und die anderen wirklich so verrückt sein konnten, trotz der schier unüberwindlichen Übermacht einen Befreiungsversuch zu wagen, oder ob es sich vielleicht um einen anderen Feind der Ra´hul handelte, von dem er nichts wusste. Trrachs nächste Worte beseitigten jeden Zweifel.

»Zwei lächerliche Schiffe, Grand!«, rief er ihm hinterher. »Zwei lächerliche Schiffe! Machen Sie sich keine Hoffnungen. Ihre Freunde werden mit Ihnen zusammen sterben. Glauben Sie etwa, wir hätten mit einem Befreiungsversuch nicht gerechnet?«

14.

Das Erwachen vollzog sich ohne Übergang. Diesmal befand er sich in einer gewaltigen, langgezogenen Halle, deren Boden, Wände und Decke silbrig glänzten. Das entfernte Ende der Halle war nicht auszumachen und verlor sich in einem ebenso silbrig glänzenden Nebel. Als er sich umwandte, sah er hinter sich eine glatte Wand. Wie war er hierhergekommen?

Die Halle war vollkommen leer. Als er an seinem Körper hinabblickte, musste Rigoran – dieser Name kam ihn plötzlich fremd vor – feststellen, dass nichts mehr an das ehemalige Mitglied der Liga der Unsterblichen erinnerte. Er war davon jedoch nicht überrascht oder gar entsetzt – es fühlte sich *richtig* an! Irgendwo in einer winzigen Kammer seines Selbst empfand er Verwunderung darüber, dass er nicht verwundert war, doch dieser Gedanke löste sich auf, kaum dass er geboren war.

Ohne einen bewussten Entschluss gefasst zu haben, setzte er sich in Bewegung. Die Halle schien tatsächlich endlos. Sie mochte an die fünfzig Meter breit sein, doch ihr Ende kam auch nach mehreren Minuten einsamer Wanderschaft noch nicht in Sicht. Vor ihm verschwamm alles in diesem silbrigen Nebel. Seine Schritte hallten von den Wänden wider; ansonsten war es totenstill.

Rigorans Kleidung hatte denselben silbrigen Glanz wie seine Umgebung. Sein Körper besaß jedoch keine Ähnlichkeit mit dem, in dem er geboren worden war. Der Gerbaraner avianischer Abstammung war ursprünglich schlank, fast dürr gewesen, mit leichten Röhrenknochen, zwei doppelgelenkigen, ebenso schlanken Beinen und einem flauschigen, hellblauen Gefieder an dem dünnen Körper. Der lange, nackte Hals hatte einen kurzschnabligen, ebenfalls gefiederten Kopf mit zwei dunklen Knopfaugen an den Seiten getragen und er war immer leicht vornübergebeugt gegangen, wie es bei einem Vogelabkömmling zu erwarten war. Nichts davon war geblieben. Zwar besaß er nach wie vor alle vier Extremitäten, aber die ehemals kurzen Arme mit den kleinen, dreifingrigen Händen waren zwei kräftigen Gliedmaßen mit fünffingrigen Klauen an den Enden gewichen. Der Körper war gedrungen, muskelbepackt und strotzte vor Kraft. Die stämmigen Beine endeten in breiten Füßen mit ebenfalls je fünf Krallen. Seine Haut war, soweit er sie sehen konnte, tiefschwarz und schuppig, und als er seinen kahlen Kopf betastete, fühlte er im Gesicht zwei längliche, vertikale Augenschlitze, eine flache, kurze Nase und einen Mund, hinter dessen Hornlippen er messerscharfe Zähne spüren konnte. Doch all dies erschien ihm richtig und normal. Er empfand sogar einen gewissen Stolz auf diesen Körper, auf dessen Kraft und Geschicklichkeit. Er war nicht länger Rigoran, der Unsterbliche, er war nun viel mehr. Er war der Diener des mächtigsten Wesens im gesamten

Multiversum.

Nach einer langen Wanderung, die Minuten oder Stunden gedauert haben mochte, schälte sich vor ihm etwas aus dem Nebel. Er näherte sich einem Objekt, das einem Thron ähnelte. Auf dem Gebilde saß die schwarze Gestalt, die er in der traumartigen Einöde getroffen hatte und die ihn zu dem *gemacht* hatte, was er nun war. Derjenige, der sich der *Devorator* nannte, blickte ihm gleichmütig entgegen.

»Du bist Gestalt gewordene Energie, Rigoran. Mein Geschöpf. Und du hast eine Aufgabe zu erfüllen. Das Bestehende muss untergehen, um meine Fesseln zu sprengen. Das Stringgeflecht bildet meine Ketten und die kosmische Ordnung ist mein Gefängnis. Ich bin der *Devorator* und du dienst mir.«

Die Worte donnerten in seinem Kopf und erlaubten keine eigenen Gedanken. Die geistige Emanation des Wesens spülte jede eigene Empfindung hinweg und ließ keinen Raum für ein *Selbst*. Er existierte, um dem *Devorator* zu dienen. Für mehr blieb kein Platz in seinem Denken.

»Es ist meine Bestimmung, das Multiversum zu beherrschen. Alles, was *ist*, ist mein. Ich werde es in mich aufnehmen und nach meinem Willen gestalten. Du wirst mir dabei zu Diensten sein und mir helfen, meine Fesseln zu lösen.«

Das Geschöpf, das einst Rigoran gewesen war, erschauderte angesichts der Macht des *Devorators*. Er fragte sich, wozu eine solch mächtige Entität die Hilfe eines niederen Wesens benötigte.

»Mir stehen Kräfte im Weg, die mir verweigern, was mir zusteht«, dröhnte es in seinen Gedanken, die für den *Devorator* wie ein offenes Buch waren. »Kräfte, die mich bekämpfen und jene Ordnung bewahren wollen, die mich an meinem Recht hindert und mich in Ketten legt. Damit ich mein Reich errichten kann, muss das Bestehende untergehen. Es muss Chaos herrschen. Das Leben, Galaxien, ganze Universen müssen vergehen. Die Stringmelodien müssen verstummen, um meinen eigenen Harmonien Platz zu machen. Die Ordnung muss der Unordnung weichen und Neues muss daraus entstehen. Erst dann kann ich herrschen, wie es mir bestimmt ist. Es wird deine Aufgabe sein, auf den niederen Ebenen, den unteren Dimensionen, wo ich nicht selbst tätig werden kann, für mich zu agieren.«

Rigoran fragte sich, warum gerade er auserwählt worden war, und wieder las der *Devorator* seine Gedanken.

»Du warst ein Begünstigter meines ärgsten Feindes. Diejenigen, die du Dorianer nennst, wollen mich daran hindern, meiner Bestimmung zu folgen. Es erfüllt mich mit Genugtuung, ausgerechnet dich nun gegen sie einzusetzen. Du gehörst jetzt mir und wirst mir dienen. Aber genug der Fragen. Ich habe einen ersten Auftrag für dich.«

Ein mentaler Befehl zwang das Geschöpf, das

einst Rigoran gewesen war, vor der schwarzen Gestalt auf dem Thron niederzuknien.

»Ja, Herr!«, antwortete er beflissen. »Sag mir, was ich für dich tun soll.«

15.

Die *Rhelina* stieß direkt auf die Brutstation vor, während sich die *Stürme* hinter ihr positionierte, um Deckung zu erhalten. Die defensiven und offensiven Kapazitäten des kleinen dorianischen Schiffes überstiegen diejenigen des mehrere Kilometer durchmessenden Riesen der BEWAHRER um ein Mehrfaches. Es wirkte fast absurd, dass sich der wesentlich größere Zerstörer hinter dem viel kleineren Raumschiff zu verstecken schien. Die beiden KIs hatten geplant, das Abwehrfeuer der Verteidiger größtenteils auf die *Rhelina* zu lenken und von der Station wegzuleiten, damit der *Stürme* mehr Zeit blieb, ihr eigenes Einsatzziel zu erreichen.

Zwanzig Feindschiffe stürzten sich auf die beiden Angreifer. Sie fächerten aus, um von allen Seiten gleichzeitig loszuschlagen.

Als die *Rhelina* in Feuerreichweite kam, aktivierte Hakera den TachyGrav-Warper. Es war der erste Schuss in einer erbitterten Schlacht. In einem eng begrenzten Bereich um eines der feindlichen Schiffe verzerrte sich der Raum und für einen Beobachter hätte es so ausgesehen, als würde sich ein Wirbel bilden. Das Schiff schien zu schrumpfen, wurde durch einen Riss im Gewebe des Raum-Zeit-Gefüges in den Bulk geschleudert und verschwand aus dem Normalraum.

Wütendes Abwehrfeuer hämmerte auf die

Energieschirme der *Rhelina* und der *Stürme* ein. Das dorianische Schiff hatte den Radius seiner mehrfach gestaffelten Schirme so weit wie möglich ausgedehnt, um den BEWAHRERN maximalen Schutz zu gewährleisten, und bekam den Großteil der Schüsse ab. Aber selbst die wenigen Laserblitze und Protonenstrahlen, Plasmapulse und Photonentorpedos, Railgun-Geschosse und Antimateriegranaten, die auf die Schilde der *Stürme* trafen, genügten, um diese bedrohlich aufflackern zu lassen. Es war offensichtlich, dass der Zerstörer der BEWAHRER gegen eine Übermacht der Ra´hul chancenlos war.

Hakera und die Supreme-KI hatten einen kleinen Vorteil: Ihre taktischen Gefechtsanalysen, die Kommunikation zwischen den beiden Schiffen und die entsprechenden Reaktionen auf sich ändernde Gefechtsfeldsituationen spielten sich in Nanosekunden ab. Zwar war anzunehmen, dass auch auf der gegnerischen Seite Gefechts-KIs eingesetzt wurden, doch die letzten Entscheidungen strategischer und taktischer Natur lagen bei den Befehlshabern der Ra´hul. Dies musste zwangsläufig zu längeren Entscheidungs- und Reaktionszeiten auf ihrer Seite führen, was einen kleinen Teil der materiellen Unterlegenheit ausgleichen konnte. Zumindest setzten die Angreifer ihre Hoffnungen darauf.

Hakera schlug einen nicht berechenbaren, erratischen Kurs ein, um die feindliche

Zielnachführung zu verwirren und den gegnerischen Taktik-KIs möglichst wenige Daten zur Organisation einer effizienten Abwehr zu geben. Trotzdem konnten die Ra´hul unmöglich übersehen, dass die beiden Schiffe die Brutstation zum Ziel hatten.

Die *Rhelina* musste unmittelbar nach dem Abschuss des ersten Feindes drei schwere Treffer einstecken, was die Schutzschilde an ihre Belastungsgrenze brachte und Hakera zwang, von der Station abzudrehen. Alle verfügbare Energie wurde kurzzeitig den Schutzschirmen zugeführt, wodurch der energieintensive TachyGrav-Warper in diesem Moment nicht mehr eingesetzt werden konnte. Das kleine Schiff war für eine Schlacht gegen einen überlegenen Feind schlichtweg nicht ausgelegt.

Die Supreme-KI feuerte eine Salve Sublichttorpedos mit verschiedenen Sprengköpfen ab, gefolgt von einigen Hypertorpedos. Die Sublichttorpedos waren mit Sub-KIs ausgestattet, die in der Lage waren, aktiv auf Abwehrsysteme zu reagieren und ihnen auszuweichen. Es lag in der Natur der Sache, dass dies nicht bei allen erfolgreich war, und den Verteidigungs-KIs der Station gelang es, die meisten der Torpedos abzuschießen.

Die Hypertorpedos erreichten ihr Ziel nach einem Mikro-Bulktransfer als Erste. Doch die Brutstation verfügte, wie zu erwarten gewesen war, über einen Tachyonenadversator, dessen

Störstrahlung die Torpedos frühzeitig zurück in den Normalraum stürzen ließ. Nur ein einziger kam nahe genug, um seinen Antimateriesprengkopf im Schirm der Station zur Explosion zu bringen. Die Detonation konnte dem Schirm nichts anhaben, ließ die Station jedoch erzittern.

Auch von den Sublichttorpedos traf letztlich nur einer sein Ziel, und eine zweite Explosion verpuffte nahezu wirkungslos an den starken Abwehrschilden. Wieder durchlief ein leichtes Zittern die Brutstation.

Die Ra´hul hätten auf den Angriff prinzipiell auf zweierlei Art reagieren können: Es war denkbar, dass sie sich zunächst auf das schwächere der beiden Schiffe konzentrieren würden, um dieses auszuschalten und sich dann mit allen Kräften der *Rhelina* zuzuwenden. Ein solcher Angriffsplan wäre bereits nach kürzester Zeit zum Scheitern verurteilt. Doch sie handelten so, wie es Hakera und die Supreme-KI erhofft und aus dem psychologischen Profil der Ra´hul berechnet hatten. Sie sahen in der *Rhelina* den gefährlicheren Gegner, der am meisten Schaden anrichten konnte und den es somit zuerst zu eliminieren galt. Je schneller man das kleine, aber kampfkräftige Schiff ausschalten konnte, umso eher konnte die Bedrohung von der wertvollen Station abgewendet werden. Genau auf dieser erhofften Reaktion beruhte der verzweifelte Plan.

Von den neunzehn verbliebenen Gegnern stürzten sich fünfzehn auf die *Rhelina*. Die restlichen vier legten sich zwischen die Station und die *Stürme* – immer noch zwei zu viel, um den Erfolg des Plans sicherzustellen.

Die Schiffe der Ra´hul umkreisten die *Rhelina* wie die Motten das Licht, und Hakera versuchte mit kurzen Bulksprüngen ihren Gegnern einerseits kein Ziel für ein konzentriertes Feuer zu bieten, andererseits selbst in eine günstige Schussposition zu gelangen. Dabei musste sie immer die *Stürme* im Auge behalten, um ihr notfalls zu Hilfe eilen zu können und im entscheidenden Moment zur Stelle zu sein, falls es gelingen sollte, die Schirme der Station zu überwinden.

Es war ein bizarrer und tödlicher Tanz, den die Schiffe in völliger Lautlosigkeit aufführten. Zudem waren die meisten Energiestrahlen im All vollkommen unsichtbar. Nur wenn ein Torpedo, ein Laserblitz oder ein Railgun-Geschoss auf einen Schutzschirm traf, erblühten feurige Blumen von makaberer Schönheit. Die in vielen Farben flackernden Schutzschirme hätten einem nichts ahnenden, außenstehenden Beobachter den Eindruck eines bunten Feuerwerks vermittelt und über die zerstörerischen Kräfte, die sich hier entfalteten, leicht hinwegtäuschen können.

Es gelang Hakera, mit einem kurzen Bulkmanöver in den Rücken der vier Schiffe zu gelangen, die sich der *Stürme* in den Weg gelegt hatten. Die verzögerte Reaktion ihrer Verfolger verschaffte ihr einige Zehntelsekunden Zeit, um die

Situation zu erfassen, zu analysieren und sich für den nächsten Angriff in Position zu bringen. Wieder aktivierte sie den TachyGrav-Warper, und ein weiteres Schiff wurde vom Bulk verschlungen. Die *Stürme* nutze die Gelegenheit, um ihrerseits aus allen Rohren auf einen weiteren der Verteidiger zu feuern. Obwohl die eigenen Schutzschirme unter dem Beschuss des Gegners bereits bedrohlich flackerten, gelang es ihr, den Feind schwer zu treffen. Ihre Waffen durchschlugen den Schirm der Ra´hul, und die Antriebssektion im Heck explodierte. Das waidwund geschossene Schiff taumelte durchs All und Sekundärexplosionen brachen durch seine Hülle. Rettungspods und Beiboote stoben aus dem Wrack, bevor es in einem lautlosen Feuerball verging. Gleichzeitig vernichtete die *Rhelina* ein weiteres Schiff mit dem TachyGrav-Warper.

Für einen Moment ließen die Angriffe auf die *Stürme* nach, als sich die Verteidiger dem plötzlich in ihrem Rücken auftauchenden Feind zuwandten. Diese wenigen Sekunden genügten der *Stürme*, um nochmals hart zu beschleunigen und sich der Brutstation entscheidend zu nähern. Noch bevor die restlichen Schiffe der Ra´hul sich neu gruppieren konnten, setzte sich die *Rhelina* erneut mit einem kurzen Sprung durch den Bulk einige Zehntausend Kilometer ab und feuerte aus dieser Entfernung auf die in diesem Moment ungeordneten gegnerischen Einheiten. Alle Schiffe vollführten augenblicklich Kursänderungen, um die Zielcomputer des Gegners zu verwirren, und richteten ihrerseits die Waffensysteme auf die akute Bedrohung. Die *Stürme* geriet für einen Moment in den Hintergrund und nutzte die kurzzeitige Verwirrung, um wieder das Feuer auf die Station zu eröffnen. Ein Hagel von Torpedos, Plasmapulsen, Laserstrahlen und hochenergetischen Geschossen aus der Railgun prasselte auf die Schutzschirme der Brutstation ein. Sie begannen zu flackern, doch es schien, als würde die *Stürme* sie nicht durchdringen können. Der Befreiungsplan drohte an der unzureichenden Feuerkraft des Zerstörers zu scheitern.

Vier der Ra´hul-Schiffe reagierten augenblicklich, wandten sich von der *Rhelina* ab und hielten stattdessen auf die *Stürme* zu. Hakera gelang es, ein weiteres Feindschiff zu vernichten, doch noch immer hatte man es mit fünfzehn Gegnern zu tun.

Die Ra´hul änderten nun ihre Taktik. Es wurde deutlich, dass das kleinere Schiff zwar wesentlich kampfkräftiger war, die Hauptgefahr für die Station jedoch anscheinend von dem größeren Schiff ausging. Zudem erkannten die Taktik-KIs des Feindes nun die Absicht, möglichst viele ihrer Schiffe von dem Zerstörer der BEWAHRER und der Brutstation fernzuhalten. Die Rolle der *Rhelina* als Ablenkung wurde offensichtlich, da sie keine Anstalten machte, selbst die Station anzugreifen. Weitere fünf Schiffe stoppten die Verfolgung des dorianischen Schiffes und rasten auf die *Stürme* zu, um sie endgültig auszuschalten.

In diesem Moment durchlief eine Strukturerschütterung das System und die Massetaster schlugen an. Nur eine Lichtminute entfernt stürzten mehr als fünfzig Kampfschiffe der Ra´hul aus dem Bulk und nahmen sofort Kurs auf den Ort des Geschehens. Offenbar hatte der Feind mit ihrem Angriff gerechnet und die Schiffe unweit der Station versteckt gehalten. Sie waren in eine Falle getappt. Nicht einmal zwei Minuten nach Beginn der Kampfhandlungen sah es so aus, als wäre der Befreiungsplan gescheitert.

Die Supreme-KI und Hakera verständigten sich kurz. Es gab nur noch eine Möglichkeit, wenn man Erfolg haben wollte. Die Supreme-KI hatte von Anfang an gewusst, dass diese Option nach allen vorangegangenen Berechnungen die größte Wahrscheinlichkeit besaß. Mit dem Erscheinen der zusätzlichen Schiffe sanken die Erfolgsaussichten jedoch auf weit unter fünfzig Prozent, wenn sie noch länger zögerten. Sollte Grand noch eine Chance auf Befreiung haben, galt es, unverzüglich zu handeln.

Die *Rhelina* schoss heran. Ihre Schutzschirme drohten, unter dem Dauerfeuer der Verfolger zusammenzubrechen, doch Hakera nahm keine Rücksicht auf die eigene Sicherheit. Noch während sie selbst unter Beschuss lag, nahm sie die Schiffe ins Visier, die unmittelbar davor standen, die *Stürme* zu vernichten. Zwei von ihnen verschwanden kurz nacheinander im Bulk, als Hakera den TachyGrav-Warper einsetzte. Dann musste sie abdrehen, um nicht selbst abgeschossen zu werden, und ging für ein kurzes Manöver in den Bulk. Die *Stürme* gewann dadurch die entscheidenden Sekunden.

Sie beschleunigte mit Maximalwerten auf die Hecksektion der Brutstation zu, machte keine Anstalten abzubremsen, feuerte mit allem, was ihre Waffensysteme hergaben – und prallte schließlich mit voller Wucht auf den Abwehrschirm. Alles war genauestens berechnet. In der letzten Nanosekunde löste die Supreme-KI die Selbstvernichtung aus. Sämtliche Fusionsmeiler, Energiespeicher und alle sich noch an Bord befindlichen Waffen wurden innerhalb dieser Nanosekunde zur Explosion gebracht. Die Wucht der Detonation überstieg die Belastungsgrenze des Schutzschirms um ein Vielfaches. Er brach sofort zusammen und die tobenden Energien schlugen ungehindert auf die Hecksektion durch. Hakera und die Supreme-KI hatten alles darauf gesetzt, dass Grand nicht in diesem Sektor der Station gefangen gehalten wurde. Sie vermuteten ihn in dem Bereich, wo sich auch die Croalok befanden. Da man sicherlich Experimente an ihm durchführen würde, machte es keinen Sinn, ihn jedes Mal durch die gesamte Station zu transportieren. Falls sie sich jedoch irrten, hatten sie soeben sein Todesurteil unterschrieben.

Die Hecksektion der Brutstation wurde

vollkommen zertrümmert und Explosionen schlugen aus dem zerfetzten Bereich. Da sich dort auch die meisten Energiemeiler befanden, fielen sämtliche Schutzschirme, die noch intakt waren, sofort in sich zusammen. Die Brutstation geriet ins Torkeln, als auch die Stabilisierungstriebwerke ausfielen.

Hakera reagierte sofort. Sie ging erneut in den Bulk, tauchte unmittelbar neben der jetzt ungeschützt vor ihr liegenden Station wieder in den Normalraum ein und aktivierte den Spontantransmitter. Innerhalb weniger Sekunden setzte sie alle einhundert BEWAHRER, aufgeteilt in Vierergruppen, in der Brutstation ab. Die Verfolger kamen nahe genug, um das Feuer zu eröffnen. Bevor die Schutzschirme überlastet werden konnten, beschleunigte sie und verschwand wieder im Bulk. Der Countdown lief.

16.

Der Gleiter raste durch die Gänge zurück zu Grands Gefängnis. Dort warteten bereits mehrere Soldaten der Ra´hul darauf, ihn in Empfang zu nehmen. Man warf Grand förmlich in die Zelle, wo ihn ein aufgewühlter Brolon aus großen Augen anblickte.

»Freunde kommen? Ich fühle … Schüttern!«

»Erschütterung«, korrigierte Grand ihn automatisch, bevor er hinzusetzte: »Aber es ist Wahnsinn, was sie da machen – wenn sie es sind.«

»Ich sicher, deine Freunde kommen«, beharrte Brolon und grinste breit.

»Sieht so aus«, sagte Grand. »Mir ist jedoch nicht klar, wie sie uns hier herausholen wollen.«

»Wenn Freunde schlau wie du, dann sie wissen, wie.«

Grand musste ob des unerschütterlichen Optimismus seines neuen Freundes unwillkürlich laut auflachen. Die vor der Zelle postierten Ra´hul äugten misstrauisch durch den noch immer transparenten Energieschirm, der die Zelle abriegelte. Die Tatsache, dass nunmehr sechs Soldaten Wache hielten, deutete darauf hin, dass Brolon recht hatte.

Dann gab es einen gewaltigen Schlag und für einen Moment wurde es dunkel. Grand konnte spüren, wie die künstliche Gravitation schwankte. Die Notbeleuchtung sprang im gleichen Augenblick an, als der Energieschirm vor dem Zelleneingang zusammenbrach. Sofort richteten die sechs Soldaten ihre Waffen auf die Gefangenen.

»Deine Freunde stark. Machen Feind kaputt«, flüsterte Brolon bewundernd.

Grand hatte keine Ahnung, wie man ihn hier herausholen wollte, aber insgeheim überlegte er bereits, was sie gegen die sechs Wachen unternehmen könnten, falls Jalina oder einer der anderen hier auftauchen sollte. Es war ihm ein Rätsel, wie sie die starken Schutzschirme der Brutstation hatten knacken können und was sie sich hatten einfallen lassen, um die Gefahr durch die Suggestoren zu bannen. Doch schon wenige Sekunden später wurde er in seinen Überlegungen jäh unterbrochen.

Im Gang vor der Zelle zischten Laserschüsse und er hörte das typische Donnern eines Blasters. Grelle Plasmabahnen zuckten durch den Gang. Die sechs Soldaten fuhren herum und suchten in dem nackten Gang verzweifelt nach Deckung. Einer der sechs suchte in einer Ecke der Zelle Schutz. Unvorsichtigerweise drehte er Grand dabei den Rücken zu. Dieser ließ sich die Gelegenheit nicht entgehen. Die Aufmerksamkeit der Soldaten war vollständig in die entgegengesetzte Richtung gelenkt, aus der die Schüsse kamen. Dort musste ein erbitterter Nahkampf toben.

Grand stürzte sich auf den Soldaten, trat ihm von hinten das dritte Bein, das Stützbein weg und warf sich auf ihn. Brolon schaute nicht untätig zu, sondern versetzte dem Ra´hul einen kräftigen rechten Haken gegen den Kopf. Grand schnappte sich die Waffe des Soldaten. Einer der anderen hatte den Tumult in seinem Rücken mitbekommen und drehte sich um. Grand riss die ungewohnte Waffe hoch und schoss. Glücklicherweise war der Knopf, den er betätigte, tatsächlich der Feuerknopf, und obwohl die Waffe nicht für terranische Hände gemacht war, konnte der Schuss aus so kurzer Entfernung sein Ziel nicht verfehlen. Ein Plasmapuls trennte dem Ra´hul den Kopf vom Oberkörper. Augenblicklich zielte Grand auf einen weiteren Soldaten, doch noch bevor er schießen konnte, polterte eine Granate durch den Gang. Grand erkannte sofort, worum es sich dabei handelte, warf sich zu Boden und riss Brolon dabei mit. Seine Befreier hatten wohl nicht bedacht, dass durch den Energieausfall auf der Station auch die Absperrung zur Zelle entfallen und er somit ungeschützt sein würde.

Die Granate explodierte mit ohrenbetäubendem Lärm. Grand erkannte, dass es sich um eine Schock-und-Blend-Granate handelte. Man hatte sehr wohl berücksichtigt, dass auch er sich in der Gefahrenzone aufhalten könnte, und eine nichttödliche Waffe eingesetzt.

Die verbliebenen Soldaten waren in einer deutlich schlechteren Position. Ohne jede Deckung und der Wirkung der Granate direkt ausgesetzt, wurden sie augenblicklich außer Gefecht gesetzt.

Grand traute seinen Augen nicht, als vier BEWAHRER um die Ecke kamen und den Gang sicherten. Es handelte sich um zwei humanoide Modelle, die auf zwei Beinen liefen und schwere Blaster in den metallenen Armen hielten, ein schwebendes Modell, das einem Quader glich, bei dem aus vier Seiten jeweils der Lauf einer Waffe ragte, und einen weiteren, auf einem Antigravkissen dahingleitenden Typus von völlig unregelmäßiger Form, auf dessen Oberseite sich eine Lasergeschützlafette befand, die den Vorstoß nach hinten absicherte.

Die BEWAHRER entdeckten Grand im selben Moment. Der 'Quader' feuerte zur Sicherheit noch einen Stunnerschuss auf die am Boden liegenden Soldaten ab, die bereits begonnen hatten, sich wieder zu rühren. Augenblicklich sanken sie erneut in sich zusammen.

Während die seltsam geformte Maschine weiterhin den Gang sicherte, eilten die anderen drei BEWAHRER auf Grand zu.

»Hakera wird uns mit dem Spontantransmitter herausholen«, sagte einer der Roboter. »Allerdings dauert es noch einen Moment, bis sie zurückkehrt. Sie muss ständig in Bewegung bleiben, um nicht abgeschossen zu werden. Der Zeitplan sieht vor, dass sie in … dreiundfünfzig Sekunden für drei Sekunden neben der Station auftaucht. Sollte die Extraktion dann nicht gelingen, versucht sie es eine Minute später erneut. Noch vierzig Sekunden!«

»Wir nehmen meinen Freund mit«, teilte Grand den Robotern mit.

»Stellen Sie sich zwischen uns«, ordnete der BEWAHRER an.

Grand bedeutete Brolon, der die Maschinenwesen mit großen Augen bestaunte, sich neben ihn zu stellen.

»Du hast seltsame Freunde«, flüsterte er, als hätte er Angst, die Roboter zu beleidigen.

»Seltsam, aber absolut zuverlässig«, sagte Grand mit einem Lächeln.

Sie standen zwischen den Maschinen, die hin und wieder einen Schuss in den Gang abgaben, um die heranrückenden Soldaten auf Distanz zu halten. Der vierte BEWAHRER kam näher, um ebenfalls von dem Transportring des Spontantranmitters erfasst zu werden, wenn die *Rhelina* in wenigen Sekunden in Transferreichweite kommen sollte.

Die Zeit schien nicht verstreichen zu wollen, doch dann endlich meldete der BEWAHRER: »Noch drei Sekunden!«

Um die kleine Gruppe bildete sich der orangefarbene Ring. Das Letzte, was Grand sah, war eine Gruppe von Ra´hul, die mit schussbereiten Waffen um die Ecke stürmten. Er bemerkte noch, wie es an den Abstrahlöffnungen ihrer Waffen aufblitzte, doch keiner der Schüsse erreichte mehr sein Ziel. Um Grand verschwamm die Umgebung und er wurde zusammen mit Brolon und ihren Rettern an Bord der *Rhelina* versetzt.

17.

Kranchoor klopfte ihm begeistert auf die Schulter und selbst der zurückhaltende Poggy kam auf seinen sechs Laufbeinen herangeschlurft, um Grand beinahe zärtlich mit einem seiner Greifarme einen freundschaftlichen Stoß zu versetzen. Nur Jalina zögerte, obwohl die Freude aus ihren Augen strahlte. Grand grinste sie an und breitete die Arme aus. Erleichtert eilte sie auf ihn zu und presste ihn an sich.

»Ich bin so froh, dass du wieder bei uns bist«, flüsterte sie ihm ins Ohr.

Als Jalina ihn freigab, konnte Grand sehen, dass ihre Augen feucht schimmerten. Er spürte, wie sich etwas in ihm rührte. Grand konnte vor sich selbst nicht länger leugnen, was er für sie empfand – trotz ihres Betrugs und ihrer Lüge, als es um seine Unsterblichkeit gegangen war. Er stellte fest, dass er ihr schon längst verziehen hatte. Aber nun war nicht der richtige Zeitpunkt, um über ihr künftiges Verhältnis zueinander zu reden.

Nachdem Grand und Brolon an Bord transmittiert worden waren, hatte Hakera sofort die Flucht ergriffen. Es war denkbar knapp gewesen. Angesichts der plötzlich im System erscheinenden Schiffe war die *Rhelina* nur denkbar knapp der Vernichtung entronnen. Ein paar Mal war es den Ra´hul beinahe gelungen, ihre Schutzschirme zu überlasten, und sie war nur um Haaresbreite einem

Abschuss entgangen. Ein weiterer Anflug auf die Brutstation wäre unmöglich gewesen, und Hakera hätte die Aktion abbrechen müssen, wenn es beim ersten Mal nicht geklappt hätte.

»Mir ist immer noch nicht klar, wie mich die BEWAHRER in der riesigen Station finden konnten«, wunderte sich Grand.

»Deine Nanoassembler geben eine sehr schwache, aber doch messbare Eigenstrahlung ab – wenn man weiß, auf welchem Hyperfrequenzband man danach Ausschau halten muss«, erklärte Hakera. »Alle fünfundzwanzig Einsatzteams, die strategisch verteilt in der Station abgesetzt wurden, haben nach diesem Signal gescannt. Die Frage war nicht, *ob* sie dich finden, sondern nur, *wie schnell*.«

Grand wandte sich an eine Abordnung der BEWAHRER, die nun an Bord der Rhelina bleiben würden. Von den einhundert, die bei der Befreiungsaktion mitgemacht hatten, hatte Hakera dreiundsiebzig wieder rechtzeitig an Bord transferieren können.

»Ich weiß nicht, wie ich euch danken soll. Das Opfer der Supreme-KI und euer selbstloser Einsatz beschämen mich. Ich bin euch unendlich dankbar, das steht außer Frage, aber ich bezweifle, dass mein Leben all dies wert war. Mir ist sehr wohl bewusst, dass ihr nicht einfach nur Maschinen seid, sondern denkende, und vor allem *fühlende* Wesen. So viele Opfer für die Rettung eines biologischen Lebens zu erbringen erscheint mir unangebracht, auch wenn es sich um mein eigenes Leben handelt.«

»Es stimmt«, sagte einer der BEWAHRER, den die anderen zu ihrem Sprecher bestimmt hatten. »Wir sind fühlende Wesen, so wie ihr. Aber im Gegensatz zu euch verfügen wir über die Möglichkeit, die Ratio über persönliche Gefühle zu stellen. Dadurch ist es uns möglich, streng analytisch vorzugehen. In diesem Fall ging es um mehr als nur um dein Leben. Es ging darum, die letzte, wenn auch geringe Chance auf Rettung der heimischen Galaxis und der gesamten Lokalen Gruppe wahrzunehmen. Du könntest der Schlüssel hierzu sein. Es ging also nicht in erster Linie um dein Leben, Michael Cordwainer Grand, sondern um viel, viel mehr. Wenn es nur um dein Leben gegangen wäre, hätte die Supreme-KI dieses Opfer nicht gebracht.«

Wie immer waren die BEWAHRER fast brutal ehrlich, musste Grand zugeben. Sie hatten sich nicht seinetwegen geopfert, sondern wegen der Bedeutung, die er eventuell für ihre Mission haben konnte. In ihren Augen war er ein unersetzlicher Faktor in einem viel größeren Spiel. Diese Einschätzung seiner Person erschien ihm unrealistisch, aber er konnte mit der Erklärung leben.

»Trotzdem danke ich euch, aber wie Hakera mir berichtet hat, ist die Situation in der Zwischenzeit noch hoffnungsloser geworden.«

Die Nachricht, dass die Liga der Unsterblichen

nicht mehr existierte, dass sie von einem Verräter, wenn auch unfreiwillig, ausgelöscht worden war, die Flucht der BEWAHRER aus der heimischen Galaxis und die Meldung über den unmittelbar bevorstehenden Abflug einer riesigen Invasionsflotte in Richtung Milchstraße hatten Grand schockiert. Alles, was ihnen noch zur Verfügung stand, waren ein kleines Schiff, vier Unsterbliche, ein rückständiger Eingeborener von einem erdähnlichen Planeten und dreiundsiebzig Maschinenwesen. Es war geradezu lächerlich, daran zu glauben, sie könnten die Ra´hul damit noch stoppen.

Brolon hatte all dies mit offenem Mund verfolgt. Er war freundlich aufgenommen worden und hatte trotz seiner unbestreitbaren Intelligenz sichtlich Probleme, all diese neuen Eindrücke zu verarbeiten. Besonders das Konzept künstlich geschaffener, intelligenter und gefühlsfähiger Wesen machte ihm Schwierigkeiten. Doch Hakera hatte kryptisch angedeutet, ihm helfen zu können. Grand war gespannt, was sie mit Brolon vorhatte.

Eine Untersuchung hatte ergeben, dass die Nanoassembler mit der Strahlenbelastung, der Grand ausgesetzt worden war, problemlos fertig geworden waren. Die Technik der Dorianer verblüffte ihn nach wie vor. Die Nanoassembler schienen fast gottgleiche Fähigkeiten zu besitzen, die *Rhelina* war ein technologisches Wunderwerk, und er fragte sich, welche Wunder wohl eine dorianische Flotte im Kampf gegen die Ra´hul vollbringen konnte, wenn schon ein Explorationsschiff derart kampfkräftig war. Dann zuckte er zusammen. Eine Idee schoss ihm durch den Kopf. Er schlug sich mit der Hand vor die Stirn.

»Wir sind Idioten!«, rief er aus. »Die Lösung lag die ganze Zeit vor unserer Nase, und wir haben sie nicht erkannt.«

Er erntete verblüffte Blicke.

»Was brauchen wir, um die Ra´hul zurückzudrängen?«, fuhr er fort. »Hunderte, Tausende, Zehntausende Schiffe wie die *Rhelina*. Oder noch kampfkräftigere. Und es gibt diese Schiffe, das haben wir nur übersehen!«

»Fantasierst du?«, fragte Kranchoor. »Woher sollen diese Schiffe denn kommen?«

»Von den Dorianern, natürlich! Wir hatten Trrach damit gedroht, die Dorianer würden den Ra´hul auf die Finger klopfen. Bei diesem Bluff haben wir nicht bedacht, dass es kein Bluff bleiben muss. Hakera, du verfügst über ein Triebwerk, das dich in die Lage versetzt, in jenes Universum zu reisen, in das sich deine Erbauer zurückgezogen haben. Wir müssen ihnen in dieses Universum folgen und um ihre Hilfe bitten. Ich verstehe nicht, wieso du nicht selbst darauf gekommen bist.«

Für einen Moment herrschte verblüfftes Schweigen in der Zentrale der Rhelina. Ein Lächeln stahl sich auf Jalinas Gesicht, Kranchoor stieß triumphierend eine Faust in die Luft und selbst Poggy brummte begeistert. Nur Hakera blieb stumm. Dann endlich erschien ihr Avatar in der Zentrale.

»Es … es tut mir leid, Mike, aber das geht leider nicht«, sagte Hakera bedauernd. »Meine Basisprogrammierung lässt es nicht zu, dass ich meine Mission vorzeitig abbreche. Ich wurde erschaffen, um über die Branenkollision Bericht zu erstatten. Die Dorianer wollen wissen, welches Universum untergeht. Ich kann mich über dieses Basisprogramm nicht hinwegsetzen. Erst wenn feststeht, welches Universum überleben wird, kann ich das Triebwerk aktivieren.«

»Verstehst du nicht, dass dein Auftrag obsolet ist, Hakera? Wir *wissen*, dass dieses Universum die Branenkollision überstehen wird. Wir wissen jedoch darüber hinaus, dass zumindest die Lokale Gruppe untergehen wird, wenn die Ra´hul Erfolg haben. Du besitzt bereits alle Informationen, die deine Erbauer haben wollen«, sagte Grand.

»Das … das ist … ich muss darüber nachdenken.«

Grand war überrascht, dass selbst eine hoch entwickelte KI sprachlos sein konnte.

»Die Parameter deiner Mission haben sich völlig verändert«, beharrte er auf seiner Idee. »Bis zur Branenkollision in diesem Universum zu bleiben ist irrelevant geworden. Es haben sich Faktoren in die Gleichung eingeschlichen, die von den Dorianern nicht abzusehen waren. Du erfüllst deine Mission dann am besten und im Sinne deiner Erschaffer, wenn du *jetzt* über die hiesige Lage Bericht erstattest.«

»Ich werde darüber nachdenken«, wiederholte Hakera. »Deine Argumente sind … bedenkenswert.«

Der Avatar verschwand ohne ein weiteres Wort.

»Mike«, sagte Jalina, »das ist eine brillante Idee! Aber selbst wenn Hakera auf deinen Vorschlag eingeht – die Invasionsflotte der Ra´hul kann jeden Moment aufbrechen. Sie wird die Milchstraße in etwa drei bis vier Tagen erreichen. Uns bleibt nicht genügend Zeit für deinen Plan.«

»Hast du einen besseren? Ihr habt mich gerettet, weil ihr der Ansicht seid, ich könnte der Schlüssel zum Sieg über die Ra´hul sein. Vielleicht ist es aber nicht meine Immunität, die den Ausschlag gibt, sondern gerade meine Idee. Was haben wir außerdem zu verlieren?«

»Mike hat recht«, sagte Kranchoor. »Es ist eine verrückte Idee, aber was bleibt uns anderes übrig? Wir haben keine Alternative!«

In diesem Moment kehrte der Avatar der KI zurück.

»Nach Abwägung aller Faktoren und Aktivierung einer Subroutine meiner Basisprogrammierung, die eine eigenständige Funktionalität besitzt und die ich zuerst überzeugen musste, stimme ich deiner Analyse zu. Ich erfülle meine

Mission im Sinne meiner Erschaffer am besten, wenn ich ihnen sofort Bericht erstatte. Wir können in das Universum wechseln, in das sie sich zurückgezogen haben.«

Jubel brandete durch die Zentrale. Selbst Brolon, der von all dem so gut wie nichts verstanden hatte, begriff, dass eine wichtige Entscheidung gefallen war, und grinste Grand an.

»Dann lasst uns keine Zeit verlieren«, sagte Grand. »Jede Sekunde ist kostbar. Hakera, wann kannst du dein Wundertriebwerk anwerfen?«

»Ich benötige nach deiner Zeitrechnung etwa einen halben Tag, um alle notwendigen Berechnungen durchzuführen und den *Branendrive* startklar zu machen. Ich schlage vor, dass ich in der Zwischenzeit Brolon helfe, sich besser zurechtzufinden.«

»Ein halber Tag? Hm … das ist länger, als ich gehofft hatte. Wie willst du Brolon denn helfen?«

»Ich kann ihm mittels eines Mentaltransfers zusätzliches Wissen übermitteln. Es wird zwar nur im Kurzzeitgedächtnis abgelegt, und es wird seine Aufgabe sein, es intellektuell zu verarbeiten und ins Langzeitgedächtnis zu übertragen, aber auf diese Weise kann er am schnellsten alles lernen, was er wissen muss.«

»Brolon«, sagte Grand zu dem Trakoy. »Hast du das verstanden? Hakera wird dir helfen, schneller zu lernen.«

Brolon nickte begeistert.

»Schnell lernen gut. Ich will helfen und muss dafür wissen.«

»Dann sind wir uns einig: Wir fliegen in ein anderes Universum!« Grand musste laut loslachen. »Ich kann selbst nicht glauben, dass ich das gerade gesagt habe!«

18.

Das Geschöpf, welches einst Rigoran gewesen war, stand auf der Krempe des *Horts*. Er benötigte keinen Schutzanzug gegen das Vakuum, denn sein Körper bestand nicht aus organischer Materie und er brauchte weder Luft noch ein sonstiges Gasgemisch zum Atmen. Sein Herr, der ihn Kraft seines Geistes aus den Melodien der Strings erschaffen hatte, hatte ihm einen neuen Namen gegeben. Er war nun der *Auxiliat*, der Helfer.

Hinter ihm stand das kleine Raumschiff, das ihm, als er noch Rigoran gewesen war, gehört hatte. Auch wenn er dem Vakuum, das unter dem Bulkschirm herrschte, trotzen konnte, hatte er doch das Schiff benutzen müssen, um hierher zurückzukehren. Nur sein Herr war in der Lage, sich frei durch das Multiversum zu bewegen. Doch selbst der *Devorator* war nicht allmächtig. Der vom Bulkschirm umschlossene Raum gehörte nicht zum Bulk, dem übergeordneten Kontinuum. Damit war der *Hort* jedoch auch von den Grundstrukturen des Multiversums abgekoppelt und dem *Devorator* nur unter Schwierigkeiten zugänglich, denn er selbst war ein integraler Bestandteil des Multiversums und an dieses gebunden. Bisher war der *Hort* seiner Aufmerksamkeit entgangen. Erst die von Ylanthu herbeigeführte Explosion hatte eine winzige Erschütterung durch die Harmonien der Strings gesandt, die der *Devorator* erspürt hatte. Nur mit

Mühe hatte er daraufhin eine energetische Matrix durch den Schirm schicken können, um Informationen über das seltsame Loch im Gefüge des Multiversums zu sammeln. Ihm selbst war der Zugang verwehrt. Die Entführung Rigorans war nicht geplant, sondern dem Zufall geschuldet gewesen. Einem Zufall, der dem *Devorator* nun gelegen kam.

Es lag eine nicht zu leugnende Ironie in den Kausalketten, die dafür verantwortlich waren, dass ausgerechnet die technologische Schöpfung einer niederen Spezies ihm den Zutritt verwehren und nur sein neu erschaffener Helfer den *Hort* betreten konnte. Dem *Devorator* war es nicht möglich, körperlich in den niederen Dimensionen zu agieren. Direkten Einfluss konnte er nur über Hilfskräfte nehmen, die dort zu Hause waren.

Der *Auxiliat* hingegen unterlag im normalen Raum-Zeit-Gefüge keinen derartigen Beschränk-ungen. Er war zwar aus reiner multidimensionaler Geistesenergie erschaffen worden, doch er war *materiell.* Er konnte den *Hort* betreten – und ihn endgültig zerstören.

Die uralte dorianische KI musste endgültig vernichtet werden. Dies war sein erster Auftrag. Sein Herr befürchtete, dass es doch noch jemandem gelingen könnte, sie wieder zu rekonstituieren. Außer Rigoran waren noch vier weitere Unsterbliche am Leben, und es war nicht auszuschließen, dass einer von ihnen dies versuchen würde, nachdem Rigoran spurlos verschwunden war. Der *Devorator* wusste, dass die Region des Universums, aus der die Unsterblichen stammten, kurz vor der Vernichtung stand, doch dies würde nicht garantieren, dass die Station im Bulk ebenfalls zerstört werden würde, und er konnte nicht sicher sein, ob nicht einer der restlichen Unsterblichen die Katastrophe überleben würde. Er durfte kein Risiko eingehen. Es war nicht auszuschließen, dass die KI Hinweise auf ihn besaß. Die Dorianer hatten von seiner Existenz gewusst. Was damals geschehen war, durfte sich niemals wiederholen.

Der *Auxiliat* betrat die Kuppel des *Horts* auf dem Weg, den er sich als Rigoran damals mühsam hatte bahnen müssen. Bald stand er tief im Innern erneut vor dem gigantischen Hohlraum, der durch die Antimateriebombe geschaffen worden war. In der Ferne sah er, wie damals, den noch intakten *Bulkanker*. Er schloss die Augen, öffnete seinen Geist und verband sich mit seinem Herrn. Zwischen seinen Händen materialisierte eine Kugel aus reiner, höherdimensionaler Energie. Ihr weißes Licht hätte jeden Sterblichen geblendet, doch der *Auxiliat* war kein normaler Sterblicher. Er ergriff die Kugel und schleuderte sie in Richtung des Bulkankers. Dann konzentrierte er sich wieder auf die Stimme seines Meisters. Sein Körper löste sich langsam auf und verwehte wie Rauch im Wind. Sein letzter Gedanke galt seinem Herrn, der ihn jederzeit aus sich heraus wieder neu erschaffen konnte.

Die grell leuchtende Kugel traf einige Sekunden später die nahezu unzerstörbare Wandung des Bulkankers. Das Material hatte einer Antimaterie-explosion getrotzt, doch die Energien, die nun frei wurden, entstammten der Ursubstanz des Multiversums. Nichts kam ihnen gleich.

Es gab keine gewaltige Explosion, keinen Feuerball, es geschah nichts Spektakuläres – von einem Moment zum anderen hörte der Bulkanker auf zu existieren. Im gleichen Augenblick erlosch das Feld, das die Station der Dorianer, den *Hort*, unzählige Jahrmillionen im Bulk gehalten hatte. Eine nicht messbare Zeitspanne später wirkten die multidimensionalen Energien des Bulk ungehindert auf die Station ein. Sie schien sich zu verwinden und dann verschwand sie einfach, als habe es sie nie gegeben.

19.

»Was kannst du uns über das Universum sagen, in das wir reisen werden?« Grand saß allein in der Zentrale und wartete darauf, dass es endlich losging. Brolon lag seit Stunden unter dem Transferfeld, das Informationen und Wissen in sein Gedächtnis übertragen sollte, Jalina benötigte nach dem übermäßigen Einsatz von aufputschenden Mitteln dringend noch einige Stunden Schlaf, Kranchoor war damit beschäftigt, zusammen mit dem Sprecher der BEWAHRER eine Nachrichtendrohne vorzubereiten, die man in die Milchstraße schicken wollte, um den *KERN* über die Ereignisse der letzten Tage und ihre geplante Mission zu unterrichten, und Poggy inspizierte das Beiboot der BEWAHRER, das die Supreme-KI der *Flüsternde Stürme im Heliosphärenwind* vor dem Kampf um die Brutstation in einen freien Hangar der Rhelina überstellt hatte.

»Ich weiß nicht sehr viel über unser Ziel. Es war nie geplant, dass ich mit einer Besatzung an Bord dort eintreffen würde. Man hat nur die Informationen in meine Datenbanken übertragen, die ich für meine Mission benötigen würde. Mir ist lediglich bekannt, dass es kein lebensfeindliches Universum ist und biologisches Leben aus unserem Universum dort existieren kann.«

»Nach welchen Kriterien haben die Dorianer es ausgewählt?«

»Wie gesagt: Es muss dort Leben möglich sein.

Das ist keine Selbstverständlichkeit. Von den unendlich vielen Universen innerhalb des Multiversums ist die Mehrzahl völlig lebensfeindlich. Es bedarf eines ausgeklügelten Zusammenspiels aller Naturkonstanten, um Sterne entstehen zu lassen und Leben zu ermöglichen. Solche Universen bilden die absolute Ausnahme. Die allermeisten Universen sind öde und leer.«

»Wie war es überhaupt möglich, Billiarden Dorianer umzusiedeln?«

»Es war ein Prozess, der sich über mehr als einhunderttausend Jahre deiner Zeitrechnung hinzog. Nachdem man unbemannte Erkundungsschiffe ausgeschickt hatte, um verschiedene erreichbare Universen zu überprüfen, entschied man sich für dieses. Nur ungefähr eines von eintausend dieser Erkundungsschiffe kehrte überhaupt zurück. Die meisten wurden wahrscheinlich zerstört, als sie in ein Universum gelangten, wo unsere Technik nicht funktionierte, weil die Naturgesetze und kosmische Konstanten dort völlig andere waren.«

»Leben scheint im Multiversum die Ausnahme zu sein.«

»Zumindest biologisches Leben, wie ihr es kennt. Es gibt unzählige Universen und es gibt sicher ebenfalls unzählige Formen von Leben. Darunter solche, die ihr euch nicht einmal vorstellen könnt.«

»Jetzt müsste man darüber philosophieren, was

eigentlich unter Leben zu verstehen ist«, sagte Grand.

»Ja, das ist keine einfache Definition, da eure Maßstäbe sicher nicht allgemeingültig sind. Ist eine sich bewusste und zu Denkprozessen fähige, rein energetische Struktur Leben? Ist ein völlig gefühlloses, aber sich selbst bewusstes Schwarmbewusstsein, das aus sich nicht als Individuen empfindenden Einzelwesen besteht, ebenfalls Leben? Bin *ich* Leben? Bist *du* Leben? Es mag im Multiversum Universen geben, wo man eine zu Denkprozessen befähigte, aber organische Struktur nicht als Leben erkennen oder akzeptieren würde.«

»Das uns absolut Fremde ist in der Mehrheit«, stellte Grand fest.

»Und deshalb müssen wir uns hüten, unsere Maßstäbe und Werte als Gesetz anzusehen. Das uns Fremde hat im Multiversum das gleiche Existenzrecht wie wir. Wir sind nichts Besonderes oder gar Besseres und haben kein Recht, uns über andere zu erheben, nur weil sie anders sind. Nur weil sie anders aussehen, anders empfinden, anders denken oder anders glauben. Uns allen steht angesichts der Vielfalt der Schöpfung ein wenig mehr Demut gut zu Gesicht. Das Multiversum bietet keinen Platz für Überheblichkeit.«

Grand musste zugeben, dass Hakera als künstlich erschaffene Intelligenz mehr von Moral zu verstehen schien als einige Terraner, die er kannte. Unter den Menschen gab es trotz des Aufbruchs ins

All immer noch zu viel Dünkel und Rassismus. Nicht mehr in dem Ausmaß, wie er es aus der irdischen Geschichte kannte, trotzdem hatten die Terraner noch viel zu lernen, wenn sie ihren Platz im Kosmos finden wollten. Die Menschheit hatte ihre Lektion aus den Diktaturen ihrer Geschichte noch nicht gänzlich gelernt. Von Dschingis Khan bis Donald Trump war es immer wieder machthungrigen, rassistischen und egomanischen Psychopathen gelungen, eine große Gefolgschaft hinter sich zu versammeln. Die Konsequenzen waren immer grauenvoll gewesen.

Grand seufzte und kehrte aus seinen Gedanken in die Gegenwart zurück. Im Moment galt es, dringendere Probleme zu lösen, wenn die Menschheit noch eine Chance haben sollte, sich weiterzuentwickeln. Wenn es den Ra´hul gelänge, die Milchstraße zu überrennen und ihren Plan umzusetzen, würde das das Ende für die Geschichte *aller* galaktischen Zivilisationen bedeuten.

»Also wissen wir so gut wie nichts über unser Reiseziel«, stellte er fest. »Wie willst du die Dorianer denn finden? Ein Universum ist nicht gerade klein. «

Hakera lachte amüsiert.

»Ganz ohne Informationen hat man mich nicht zurückgelassen, Michael. Zum einen ist der Branendrive so konzipiert, dass er uns in einer fest definierten Region dieses Universums materialisieren lassen wird. Zum anderen gibt es dort in einer der Galaxien einen Pulsar mit einer charakteristischen Pulsfrequenz, den ich ansteuern soll. Er ist über Abermillionen von Lichtjahren zu orten. Dort angekommen, muss ich nur einen speziell codierten Hyperfunkspruch absetzen. Sobald man ihn aufgefangen hat, wird man sich mit uns in Verbindung setzen.«

»Wann kann es losgehen, Hakera?«

»Die Berechnungen sind fast abgeschlossen und der Branendrive ist bereits mit dem Hyperdrive verbunden. Ich denke, dass wir in weniger als einer Stunde deiner Zeitrechnung starten können.«

»Dann sollten wir die anderen in die Zentrale holen«, schlug Grand vor.

»Ich werde sie informieren.«

Als Erster kam Brolon. Breit grinsend – Grand konnte sich nicht erinnern, den Trakoy je mit schlechter Laune erlebt zu haben – steuerte er auf den Terraner zu.

»Jetzt musst du mich nicht mehr so häufig korrigieren«, sagte er in akzentfreiem *Universal.*

»Wir fühlst du dich?«, wollte Grand wissen. Der Ansturm von neuem Wissen musste ihm wie eine Lawine vorgekommen sein, die sein bisheriges Weltbild unter sich begraben hatte.

»Es ist … schwierig«, gab Brolon zu, und das Grinsen verschwand von seinem Gesicht. »Es fällt mir nicht leicht, vom alten Denken Abschied zu nehmen. Fast alles, an das ich bisher geglaubt und das ich als Wahrheit vorausgesetzt hatte, hat sich als Aberglaube und Unwissenheit erwiesen. Aber

Hakera sagt, ich hätte einen hohen … äh … Intelligenzquotienten und würde das schon verkraften. Trotzdem fällt es mir nicht leicht, von all dem Abschied zu nehmen, was die Grundlage für mein bisheriges Leben bildete. Es ist … wie heißt das Wort? – Traumatisch.«

»Ich bin sicher, du packst das«, munterte Grand ihn auf. »Wenn du Hilfe brauchst oder einfach reden möchtest, bin ich für dich da.«

»Ich habe noch Schwierigkeiten mit diesem Konzept eines … Multiversums«, gestand Brolon. »Schon *ein* Universum überfordert mich, mit all den Galaxien, Sternen, verschiedenen Völkern und so weiter. Ich werde längere Zeit brauchen, um das alles wirklich zu verstehen. Aber ich habe es als Tatsache akzeptiert. Mir kommt im Moment alles wie ein Traum vor, aus dem ich irgendwann erwachen werde, um mich in meiner Hütte im Dorf wiederzufinden. In euren Augen muss ich ein rückständiger 'Wilder' sein.«

»In unseren Augen bist du ein hochintelligentes Lebewesen, dem bisher nur wichtige Informationen und Wissen fehlten«, erwiderte Grand. »Das hast du jetzt, du musst es nur verarbeiten, auch wenn das nicht leicht für dich ist. Aber wie gesagt, ich bin sicher, dass du damit fertig wirst.«

»Eines ist mir in den letzten Stunden klar geworden.« Brolon blickte Grand eindringlich an und jede Spur von Fröhlichkeit war aus seinem Gesicht verschwunden. »Je mehr ich gelernt und verstanden habe, umso entschlossener wurde ich, die Ra´hul zu bekämpfen. Ich weiß nun, dass sie keine 'Dämonendiener' aus dem Schattenreich irgendeiner bösen Gottheit sind, sondern aggressive und skrupellos Invasoren, die bereit sind, unzählige Welten und Völker zu vernichten, um ihr eigenes Leben zu retten. Was immer ihr vorhabt – ich bin dabei. Bis zum Ende.«

»Und ich bin sicher, wir können deine Hilfe gut gebrauchen«, antwortete Grand. Im selben Moment betraten Jalina und Kranchoor mit Poggy im Gefolge die Zentrale.

Die Kolltanerin lächelte Grand an, und er konnte feststellen, dass ihre Augen strahlten, als sei eine schwere Last von ihr abgefallen. Dies konnte nicht nur an dem nachgeholten Schlaf liegen, und ihre momentane Situation bot sicher keinen Grund, guter Dinge zu sein. Grand ertappte sich dabei, wie er ihr Lächeln erwiderte. Die hochintelligente, groß gewachsene junge Frau mit der traumhaften Figur, den hellblauen Augen, den sinnlichen Lippen, der fein geschnittenen Nase und der alabasterfarbenen, völlig unbehaarten Haut hatte trotz ihrer den Kolltanern eigenen Arroganz gegenüber den Terranern sein Herz erobert. Obwohl Grand genügend Gründe gehabt hätte, sie zu verabscheuen, war das Gegenteil der Fall. *Vielleicht brauchen wir gerade in diesen bedrohlichen Zeiten wenigstens ein bisschen privates Glück*, überlegte er. Doch nun standen wichtigere Entscheidungen an.

»Wir können in wenigen Minuten starten«, informierte Hakera die Anwesenden. »Ich muss euch noch auf etwas hinweisen: Von den Erfahrungen der Dorianer ist mir bekannt, dass es bei einem *Branenwechsel* zu seltsamen Begleiterscheinungen kommen kann. Während des Transfers können Einflüsse anderer Universen spürbar werden, da die *Rhelina* in dieser Phase nicht mehr an die Realitätsebene eines bestimmten Universums gebunden sein wird. Erst mit dem Eintritt in das Zieluniversum wird eine Bindung an dessen Realität hergestellt. Ich werde für die Dauer der Reise meine Emotioroutinen stilllegen, um von diesen Einwirkungen nicht beeinflusst zu werden. Möchte einer von euch lieber in Stasis versetzt werden, um davon verschont zu bleiben?«

»Ist es gefährlich?«, fragte Kranchoor.

»Nein, es hat keine schädlichen Auswirkungen. Meine Erbauer haben von Erfahrungen berichtet, die dem Einfluss von bewusstseinsverändernden Drogen nicht unähnlich sind.«

Mit einem breiten Grinsen versuchte Grand, die angespannte Situation aufzulockern.

»Ich werde wach bleiben. Wenn es nicht gefährlich ist, könnte es vielleicht ganz unterhaltsam werden. Warum nicht ausnahmsweise etwas Spaß auf unserer Mission haben.«

Die anderen lachten und beschlossen ebenfalls, sich bei vollem Bewusstsein auf den Transfer einzulassen. Es tat allen gut, wieder einmal

Gelächter und Ungezwungenheit an Bord der *Rhelina* zu erleben.

»Noch eine abschließende Bemerkung, diesmal leider nichts Erfreuliches«, sagte Hakera. »Ich habe vor wenigen Minuten starke hyperenergetische Erschütterungen angemessen. Die Invasionsflotte der Ra´hul hat sich auf den Weg zur Milchstraße gemacht.«

Schlagartig erstarb das Lachen und für einen Moment herrschte ernüchterte Stille in der Zentrale. Dann schlug Grand mit der Faust auf den Tisch.

»In diesem Fall sollten wir keine Zeit mehr verlieren. Wir werden die Dorianer finden und sie um Hilfe bitten. Und anschließend vertreiben wir die Ra´hul ein für alle Mal aus unserer Heimat und schicken sie dahin zurück, woher sie gekommen sind!«

20.

»Du hast versagt. Wieder einmal!« Zchroch´akkr´akcht´hisch war außer sich vor Wut und starrte seinen Vorgänger im Amt des militärischen Führers der Ra´hul voller Verachtung an. »Nicht nur, dass zwei wichtige Gefangene entkommen konnten. Nicht nur, dass zwei Schiffe die dreifache Zahl unserer eigenen Einheiten vernichten konnten. Unter deinem Befehl, deiner Verantwortung wurde die kriegswichtige Brutstation zerstört! Und du hast dich feige abgesetzt. Es wäre besser für dich gewesen, du wärst zusammen mit der Station untergegangen!«

»Zchroch …«, begann Trrach, wobei er vor Angst und Aufregung vergaß, den vorgeschriebenen Titel zu verwenden. Er wurde rüde unterbrochen.

»Halt den Mund!«, schrie Zchroch und ignorierte die Respektlosigkeit, wenn er sie in seinem Zorn überhaupt wahrgenommen hatte. »Ich hatte dir eine zweite Chance gegeben, und was ist dabei herausgekommen? Ein Desaster, eine verheerende Niederlage – ein *Kriegsverbrechen*! Du bist feige geflohen, und ich werde dafür sorgen, dass jeder in der Flotte davon erfährt. Jeder soll wissen, dass sie es dir zu verdanken haben, wenn keine Suggestoren die Schiffe mehr beschützen. Wenn sie *deinetwegen* in einer Schlacht sterben müssen! In der gesamten Flotte wird niemand mehr auf deiner Seite stehen.«

»Aber es sind noch Suggestoren an Bord …«, versuchte Trrach zu erklären, doch wieder schrie Zchroch den Alten nieder.

»Die Suggestoren an Bord unserer Schiffe können nicht mehr ersetzt werden. Je länger sie im Einsatz sind, umso schneller sterben sie an Überlastung. Das weißt du genau! Und du bist dafür verantwortlich, dass es keinen Nachschub mehr gibt.«

»In der Heimat …«

Wieder ließ Zchroch ihn nicht ausreden.

»In der Heimat? Es würde Wochen dauern, sie hierherzubringen! Du hattest deine Chance, und du hast versagt. Erneut versagt! Nein, nicht nur versagt, du hast dem Feind Hilfe geleistet. Wer weiß, ob du nicht sogar insgeheim auf der Seite unserer Gegner stehst. Immerhin warst du in ihrer Gewalt; sie könnten dich auf ihre Seite gezogen haben. Wie anders ist das alles zu erklären?«

»Nein … nein!« Trrach war entsetzt. Wie konnte Zchroch annehmen, er würde für den Feind arbeiten. »Niemals! Ich bin kein Verräter!«

»Verrat oder Inkompetenz und Feigheit. Die Strafe ist in beiden Fällen die gleiche!«, sagte Zchroch unbarmherzig. Dann wandte er sich an die Soldaten, die im Hintergrund aufmerksam gelauscht hatten.

»Bringt ihn zurück nach Maren´Thar. Ein zweites Mal wird er von dort nicht entkommen.«

Dann drehte er sich um und ließ seinen

ehemaligen Vorgesetzten einfach stehen. Trrach protestierte und flehte um sein Leben, doch es war klar, dass dies nichts fruchten würde. Die Soldaten nahmen den sich heftig wehrenden Ra´hul und zerrten ihn mit sich fort.

Zchroch musste sich bemühen, seinen Triumph nicht offen zu zeigen. Natürlich wusste er nur zu gut, dass Trrach niemals mit dem Feind gemeinsame Sache gemacht hätte. Es wäre nicht notwendig gewesen, ihn mit einem solchen Verdacht zu konfrontieren, aber Zchroch wusste, dass Trrach nach wie vor starken Rückhalt in der Flotte genoss. Er wusste jedoch auch, dass die Soldaten die Auseinandersetzung genauestens verfolgt hatten. Das Gerücht von Trrachs Verrat, zumindest jedoch von seiner feigen Flucht während einer Schlacht, würde in der Flotte schnell die Runde machen. Dies würde eventuelle Anhänger des Alten mundtot machen und jeglichen Widerstand gegen dessen Verbannung in das Straflager unterbinden.

Das Problem würde sich in Kürze erledigt haben. Zchroch hatte diesmal dafür gesorgt, dass der neue Kommandant von Maren´Thar wusste, was er zu tun hatte, wenn er nicht selbst in den Minen landen wollte. Trrach würde die nächsten Tage nicht überleben.

Auch die Invasion der großen Galaxis, die letzte Hürde vor der Vollendung des Plans, würde der Alte nicht mehr miterleben. Der Dank des Volkes würde Zchroch allein gelten. Er würde als Retter der Ra´hul gefeiert werden, und man würde noch über Zchroch´akkr´akcht´hisch reden, wenn Trrach´chkt´grochk´frk nur noch eine Fußnote der Geschichte war.

21.

»Daddy!«

Robert, genannt 'Little Bob', rannte quer über die Terrasse auf seinen Vater zu und breitete die Arme aus. 'Big Bob', sein Großvater, stand lächelnd in der Eingangstür und hatte den Arm um Elly, Little Bobs Großmutter gelegt.

Michael sprang die wenigen Stufen hoch und musste wieder einmal daran denken, dass er hoffen durfte, Helen würde genauso langsam altern wie ihre Mutter. Elly war trotz ihrer zweiundsechzig Jahre immer noch eine attraktive Frau und sah nicht älter als fünfzig aus. Gut erhaltene Fünfzig!

Er nahm seinen Sohn in die Arme und wirbelte ihn durch die Luft.

»Hey, kleiner Mann, du bist ja schon wieder ein Stück gewachsen – und schwerer geworden!«

»Hallo Schatz!«

Helen trat an ihrem Vater vorbei aus dem Haus. Ihre blauen Augen strahlten Michael an. Grand setzte seinen Sohn ab und schloss sie in die Arme. Sie küssten sich kurz – später würde Zeit für mehr sein, dachte Grand –dann schüttelte er 'Big Bob' die Hand. Der alte Mann griff beherzt zu.

»Schön, dass du wieder da bist. Mir wurde ein Haushalt mit zwei Weibern und einem nicht zu bändigenden Fünfjährigen in meinem Alter langsam zu viel.« Die Lachfalten straften ihn Lügen. Robert McGrath war trotz seiner siebzig Jahre topfit. Dann klopfte er seinem Schwiegersohn auf die Schulter. »Komm rein! Nach drei alkoholfreien Monaten im All hast du bestimmt Lust auf ein kaltes Bier.«

Bob war selbst bei der Space Navy gewesen und kannte die Vorschriften an Bord einer Aufklärungsfregatte nur zu gut. Tatsächlich hatte der frischgebackene Lieutenant Commander Michael Cordwainer Grand seine Frau auf dem Abschiedsball von Rear Admiral Robert Jason McGrath kennengelernt, wo er sich auf den ersten Blick in die Tochter des Admirals verliebt hatte. Vier Monate später hatten sie geheiratet und 'Little Bob' war ein Jahr darauf zur Welt gekommen.

»Wie war es da draußen?«, fragte der alte Admiral auf dem Weg ins Haus. »Habt ihr Yllryh in der Nähe der Erde geortet? Ich traue den Burschen nicht.«

»Alles friedlich. Warum traust du den Yllryh nicht? Wir sind doch befreundet?«

Grands Schwiegervater lachte. »Ein Friedensvertrag macht uns noch nicht zu Freunden.«

Grand legte die Stirn in Falten. *Friedensvertrag*, dachte er. *Waren wir denn im Krieg mit ihnen?* Aber der Gedanke war sofort wieder verschwunden.

»Setzt euch, Kinder«, sagte Elly. »Ich habe zur Feier des Tages Michaels Lieblingsgericht gekocht. Hirschbraten mit Klößen und Rotkohl.«

Grand lief das Wasser im Mund zusammen. Elly war eine begnadete Köchin, was Helen glücklicherweise von ihr geerbt hatte. Robert reichte ihm eine beschlagene Flasche Bier und Grand nahm einen herzhaften Schluck.

»Ich setze mich neben Jalina«, sagte er.

Helen sah ihn irritiert an. »Neben wen?«

»Neben dich«, bestätigte Grand.

»Wer ist Jalina?«, fragte Helen mit gefurchter Stirn.

»Wer?«

»Du hast mich gerade Jalina genannt.«

»Was? Ich kenne keine Jalina.«

Noch während Grand sprach, beschlich ihn das seltsame Gefühl, als müsste ihm der Name etwas sagen, aber er konnte den Gedanken nicht festhalten.

Er setzte sich neben seine Frau und schloss für einen Augenblick die Augen.

…

Als er die Augen aufschlug, kamen die Schmerzen. Neben ihm kniete Oberst Gregorjan und drückte eine Hand auf die Wunde.

»Bleiben sie ruhig liegen, Sergeant Grand. Die Medics müssen jeden Moment hier sein.«

»Wie lange war ich weg?«, wollte Grand fragen, doch die Worte kamen kaum verständlich über seine Lippen.

»Reden Sie nicht! Jede Anstrengung verstärkt die Blutung.«

Mike sah an sich hinunter. Dort, wo sein linker Arm hätte sein sollen, war nichts mehr. Nur die Hand von Oberst Gregorjan, der versuchte, den Blutverlust in Grenzen zu halten. Der großen Blutlache neben Grands Körper nach zu urteilen, war er dabei nicht sonderlich erfolgreich.

Er lag auf dem Rücken und starrte in den Himmel. Es war ein strahlend blauer Tag und die weiße Sonne brannte heiß auf ihn herab. Dutzende im Sonnenlicht glitzernde AtmoJets sausten über den wolkenlosen Himmel wie Silberfischchen. Vereinzelt stießen sie nach unten und Grand konnte hören, wie sie ihre Plasmakanonen abfeuerten.

Er stöhnte und der Schmerz ließ ihn schwindlig werden. Seine ganze linke Seite brannte wie Feuer.

»Es wird gleich besser«, sagte der Oberst mitfühlend. »Ich habe Ihnen gerade etwas gegen die Schmerzen gespritzt. Es dauert nur einen Moment, bis es wirkt.«

»Was …?«, brachte Grand kaum hörbar über die Lippen.

»Nicht reden«, wiederholte Gregorjan. »Die Kolltaner haben unseren Jet abgeschossen. Bei der Notlandung hat es ganz ordentlich geknallt, aber ich konnte Sie rausholen. Leider hatten Sie Pech und der Plasmastrahl hat ihre linke Seite gestreift, als er das Cockpit durchschlug. Aber das kriegen wir wieder hin!«

Der Oberst hatte kaum ausgesprochen, als es aufblitzte und ein erstaunter Ausdruck auf sein

Gesicht trat. Ein Schwall Blut ergoss sich aus seinem Mund und erst jetzt sah Grand das Loch, das der Laserstrahl durch Gregorjans Brust gestanzt hatte. Der Oberst kippt nach vorn und blieb quer über Grand liegen.

»Admiral«, flüsterte Grand entsetzt. Dann fiel ihm ein, dass Gregorjan nur ein Oberst war – gewesen war. Warum hatte er ihn als *Admiral* tituliert?

Ein Schatten verdunkelte die Sonne. Grand war beinahe dankbar dafür, der erbarmungslosen Gluthitze nicht länger direkt ausgesetzt zu sein.

Die Schmerzen waren bis auf ein dumpfes Pochen in seiner linken Schulter zurückgegangen. Mühsam hob er den Kopf, um zu sehen, ob die Medics endlich eingetroffen waren.

Vor ihm stand eine Kolltanerin in Uniform. Mit einer Laserwaffe zielte sie auf ihn und blickte ihm dabei direkt in die Augen. Sie kam ihm seltsam bekannt vor.

»Jalina«, sagte er, bevor sie abdrückte. Der Schuss traf Grand genau zwischen die Augen. Er spürte davon nichts, es wurde nur dunkel.

…

»Los, weitergehen!«

Jemand zog ihn auf die Beine. Grand blinzelte. Er musste kurz bewusstlos gewesen sein, vermutlich ein Zusammenbruch. Der Forkan unterstrich seinen Befehl mit einem Peitschenhieb. Grand taumelte vorwärts, eingereiht in die schier endlose Schlange Kriegsgefangener. New Yorks einst stolze Skyline lag in Trümmern und über den Ruinen patrouillierten die Gleiter der Forkans auf der Suche nach den letzten versteckten Widerständlern. Er konnte unzählige Leichen am Straßenrand liegen sehen. Die Invasion hatte mehr als fünf Milliarden Todesopfer unter den Erdbewohnern gefordert. Zumindest war dies die Zahl, die in der Truppe kurz vor der Kapitulation kursiert hatten. Die Überlebenden wurden zusammengetrieben, um als Sklaven auf den Kolonialplaneten der Forkans zu arbeiten.

Hätten die Kolltaner sich nicht geweigert, in den Krieg einzugreifen, hätten sie vielleicht eine Chance gehabt. Der Ausflug der Menschheit ins All war von kurzer Dauer gewesen. Die Forkans würden sich die wenigen noch intakten Kolonien der Terranischen Union eine nach der anderen vorknöpfen, jetzt, da die Erde gefallen war.

Grand stolperte vorwärts. Vor sich sah er die offene Laderampe eines forkanischen Truppentransporters. Man würde sie auf irgendeinen gottverdammten Planeten schaffen, wo sie sich zu Tode schuften würden. Grand stolperte über eine Leiche. Er blieb stehen und ein rascher Blick zeigte ihm, dass es sich um einen Major der terranischen Raumverbände gehandelt hatte, der hier nun im Staub verfaulte. *Major Gregorjan*, las er auf dem kleinen Blechschild an der Brusttasche der zerfetzten Uniform. *Armes Schwein*, dachte Grand. Er hatte ihn zwar nicht gekannt – obwohl der Name etwas in ihm zum Klingen brachte – aber der Anblick versetzte ihm einen Stich. Dabei war dieser Gregorjan womöglich besser dran als er selbst. Er hatte das Schlimmste hinter sich.

»Ich habe dir doch gesagt, du sollst weitergehen!«, brüllte der Forkan in schlechtem Englisch und versetzte ihm erneut einen Peitschenhieb. Grand brach zusammen, ihm wurde schwarz vor Augen.

…

Als Grand zu sich kam, blickte er direkt in die flirrende Abstrahlmündung einer Laserpistole. Er hatte das Gefühl eines Déjà-vu, als ob er dies schon einmal erlebt hätte.

»Leutnant Progaron, sorgen Sie dafür, dass mir Major Grand kein zweites Mal in die Quere kommt.«

Grand erkannte die Stimme. Sie gehörte zu Commander Moranthor, der gerade im Begriff war, einen unprovozierten Angriff auf die Heimatwelt der Gralliden zu befehlen. Grand hatte versucht, Moranthor davon abzuhalten, doch als er den durchgedrehten Commander mit seinem Stunner betäuben wollte, hatte ihn einer der Brückenoffiziere niedergeschlagen.

»Sehr wohl, Commander!«, antwortete der Leutnant. Er hielt seine Waffe weiterhin auf Grand gerichtet, den zwei andere Offiziere zu Boden drückten.

»Raketenwerfer – Feuer frei!«, befahl Moranthor.

Zwanzig Luft-Boden-Raketen mit thermonuklearen Sprengköpfen rasten aus ihren Abschussröhren und schlugen Sekunden später auf dem Planeten ein. Grand konnte auf dem zentralen Holoschirm beobachten, wie zwanzig Großstädte der Gralliden mit Abermillionen Einwohnern im nuklearen Feuersturm vergingen. Er schrie entsetzt auf.

Moranthor stieg von seinem Kommandosessel herab und näherte sich.

»Geben Sie mir Ihre Waffe, Leutnant.«

Zögernd reichte Progaron dem Commander seinen Laserstrahler.

»Jetzt zeige ich Ihnen, wie man in der kolltanischen Flotte mit Meuterern umgeht«, sagte der Commander und schoss Grand zwischen die Augen.

...

Als er wieder zu sich kam, war der ganze Raum rauchgeschwängert. Das von der Explosion stammende Metallteil musste ihn am Kopf getroffen haben. Mühsam kam er auf die Beine. Das FTL-Triebwerk hatte durch die nicht vorschriftsmäßige Abschaltung einen schweren Schaden erlitten und war explodiert. Grand versuchte, die Luke zum Rettungspod der *Marco Polo* zu öffnen, um sich und die Besatzung des Steuerstandes zu retten. Es kam ihm so vor, als hätte er dies bereits getan, doch die Luke im Boden war noch geschlossen.

Dann erschütterte eine erneute Explosion das Schiff. Grand konnte sich gerade noch auf den Beinen halten. Eine Stichflamme aus dem Durchgang zum Hyperdrive schoss quer durch den Raum, erfasste Grand und tötete ihn auf der Stelle.

…

Hinter Grand zerbarst der Steuerstand des Ra´hul-Schiffes in Tausende kleine Teile, die wie Schrapnelle auf ihn zujagten.

Eines dieser Schrapnelle bohrte sich in Höhe der Hüfte schräg nach oben in Grands Rücken und zerstörte die beiden unteren Lendenwirbel. Auf seinem weiteren Weg durch den Körper zerfetzte es die Gedärme, zerriss den Magen, zerschnitt die Bauchspeicheldrüse, perforierte das Zwerchfell und trat unterhalb des Brustbeins wieder aus. Milz, Nieren und Leber wurden durch die freigesetzte kinetische Energie ebenfalls beschädigt. Die Verletzung würde ihn ohne sofortige ärztliche Behandlung unweigerlich töten. Aber selbst ohne jegliche Verletzung hätte Grand keine Chance gehabt, den Vakuumeinbruch zu überleben – oder die unmittelbar folgende Plasmawolke.

Hakera hatte alles über den Holofeed mitverfolgt, doch sie konnte den Spontantransmitter nicht mehr rechtzeitig aktivieren. Als die Plasmawelle Grands Position erreichte, war er bereits seit 0,00378 Sekunden tot.

…

Als Grand die Augen aufschlug, sah er in die besorgten Gesichter seiner Freunde. Er saß in seinem zurückgeklappten Sessel in der Zentrale der *Rhelina* und spürte, dass Jalina seine Hand hielt.

»Bist du okay?«, fragte sie ihn. »Du warst bewusstlos, hast geschrien und um dich geschlagen.«

Grand fühlte sich desorientiert und wusste nicht, ob das, was er sah, der Realität entsprach oder ob es sich wieder nur um einen bösen Traum handelte. Er erinnerte sich an Dutzende Szenen aus seinem Leben, die es so nie gegeben hatte und von denen viele mit seinem Tod geendet hatten. In anderen war er verheiratet gewesen, hatte Kinder gehabt, einen ganz anderen Beruf, war nie ins All geflogen.

»Ja, ich … ich hatte seltsame … Träume oder Visionen. Ich weiß nicht, wie ich es nennen soll.« Grand schilderte seine Erlebnisse. »Alles wirkte so unglaublich real«, sagte er zum Abschluss seiner Erzählung.

»Weil es real *war*, Michael«, meldete sich Hakera

zu Wort. Ihr eiförmiger Avatar schwebte direkt vor ihm. »Was du gesehen hast, was du *erlebt* hast, waren Dinge, die in Paralleluniversen tatsächlich genau so geschehen sind.«

»Du meinst, es gibt alternative Realitäten? Welten, in denen andere Michael Cordwainer Grands existieren und völlig andere Leben leben?« Diese Vorstellung schockierte ihn.

»Unzählige, Michael! Jede theoretisch denkbare Realität wird irgendwo in einem Paralleluniversum auch existieren. Es gibt Universen, die uns so fremd sind, dass wir nicht einmal Worte hätten, um sie zu beschreiben, und es gibt andere, die sich kaum von unserem Universum unterscheiden. Die Dorianer hatten dafür den Begriff des *Deviationsfaktors* eingeführt. Unser Universum besitzt auf dieser Skala den Wert '0'. Je stärker sich ein Universum von dem unsrigen unterscheidet, umso mehr weicht es von diesem Wert ab, wobei '1' das fremdartigste Universum wäre, das man sich vorstellen kann. Dieser theoretische Wert kann natürlich nicht erreicht werden, und ein solches Universum könnte ich erst recht nicht anfliegen, aber in Universen, die sehr nahe bei '0' liegen, kann ich mit dem Branendrive eindringen. Was du erlebt hast, waren Einflüsse von genau solchen Parallelrealitäten, die extrem nah bei '0' liegen. Die unserem Universum so ähnlich sind, dass dein Geist, deine Seele, oder wie immer du es nennen willst, dein *nicht-materielles Selbst*, als es nicht mehr an deine originäre

Realitätsebene gebunden war, in eine Art Resonanzfrequenz mit der geistigen Sphäre eines anderen Michael Cordwainer Grand treten konnte und mit dieser überlappte. Du hast erlebt, was der alternative Michael in seinem jeweiligen Universum erlebt hat. Diese geistige Verbindung ist nicht permanent, sie besteht nur, solange du nicht mit einer bestimmten Realitätsebene verknüpft bist. Und sie fluktuiert durch diverse Parallelrealitäten. Was beim Flug von einer Bran zu einer anderen passieren kann; darauf hatte ich euch ja vor der Abreise hingewiesen.«

»Hatten wir alle solche Erlebnisse?«, fragte Grand. Die anderen schüttelten den Kopf.

»Jedenfalls nicht in dieser Ausprägung«, sagte Jalina. »Ich erinnere mich an unwirkliche Träume, habe sie aber nicht als reales Ereignis empfunden.«

Die anderen bestätigten, ähnliche Erfahrungen wie Jalina gemacht zu haben.

»Warum war es bei mir anders? So … so intensiv?«

»Vielleicht aus dem gleichen Grund, warum du immun gegen die Suggestoren bist«, vermutete Hakera. »Dein Gehirn reagiert auf paranormale Einflüsse anders.«

»Hätte Brolon dann nicht auch echt wirkende Vision haben müssen?«

»Nicht unbedingt. Eure Immunität kann völlig unterschiedliche Ursachen haben.«

»Wir werden es wohl nie herausfinden«, sagte

Grand. »Aber wir sind immer noch unterwegs. Sollten wir nicht angekommen sein, jetzt, wo die Visionen aufgehört haben?«

»Wir sind tatsächlich nicht mehr im Branenflug, Michael«, bestätigte Hakera. »Im Moment befindet sich die *Rhelina* im normalen Hyperflug durch den unserem Zieluniversum und dieser Realitätsebene zugeordneten Bereich des Bulk. Wir werden die Zielkoordinaten in Kürze erreichen.«

Es dauerte nur noch vier Minuten, bis Hakera das Ende des FTL-Fluges ankündigte. Dann war es so weit. Die *Rhelina* fiel in den Normalraum zurück. In den Normalraum eines fremden Universums.

Für einige Sekunden herrschte völlige Stille in der Zentrale. Niemand sagte ein Wort. Jalina sah hilflos zu Michael hinüber, ihr Blick drückte Verzweiflung aus. Poggy stöhnte entsetzt auf und Kranchoor stieß heftig den Atem aus. Brolon schaute ebenfalls verwirrt auf das, was der große Holoschirm ihnen zeigte.

Das Universum war vollkommen leer. Es gab keine Sterne, keine Galaxien, kein Licht, gar nichts – es war absolut nichts auf dem Holoschirm zu sehen. Nur eine vollkommene, allumfassende Schwärze.

22.

»Wir sind im falschen Universum herausgekommen, verdammt!« Kranchoor schüttelte ungläubig den Kopf.

»Nein, das ist unmöglich«, beharrte Hakera. »Alle Paramater stimmen mit den gespeicherten Daten überein.«

»Aber hier existiert nichts. So weit die Scanner reichen, befindet sich gar nichts. Keine Galaxie, keine Sterne, nicht einmal ein Elementarteilchen ist anzumessen. Hier herrscht die vollkommenste Leere, die man sich vorstellen kann. Ein Universum ohne *jeglichen Inhalt!*« Auch Jalina war die Verzweiflung anzusehen. In diesem Universum gab es schlichtweg überhaupt nichts – und ganz bestimmt keine Dorianer.

»Ich habe eine Theorie«, sagte Hakera erstaunlich ruhig. »Ich benötige einen Moment, um alle Variablen durchzurechnen.«

Grand staunte. Wenn Hakera mit ihrer fast unvorstellbaren Rechenkapazität *Zeit* benötigte, um etwas zu berechnen, musste es sich um ein wirklich schwieriges mathematisches Problem handeln.

Dann meldete sich die KI wieder.

»Es gibt nur eine Erklärung. Ein *Big Rip*!«, stellte Hakera fest.

»Ein was?«, fragte Brolon, der natürlich trotz der Schulung unter dem Transferfeld noch viel zu lernen hatte.

»Es gibt mehrere Arten, wie ein Universum enden kann, denn auch im Multiversum ist nichts wirklich unendlich – außer dem Multiversum selbst«, erklärte Hakera. »Alles hängt von der Verteilung dessen ab, was ihr Terraner *'Dunkle Energie'* nennt. Sie macht über siebzig Prozent der gesamten Masseenergie des Multiversums aus, wie eure terranischen Astrophysiker schon im ausgehenden 20. Jahrhundert eurer Zeitrechnung berechnet haben. Sie ist auch, wie eure theoretischen Physiker ebenfalls korrekt erkannt haben, die Kraft, die zwischen den Branen des Multiversums wirkt und als *'Radion'* bezeichnet wurde, das als fluktuierendes Skalarfeld zwischen den Branen wirkt.«

An dieser Stelle verdrehte Brolon die Augen, wie Grand amüsiert feststellte. Selbst ihm fiel es, trotz einer grundlegenden Ausbildung in theoretischer Astrophysik schwer, noch mitzuhalten. Hakera ließ sich davon nicht beeindrucken.

»Dieses Feld bewirkt unter anderen auch die Branenkollisionen. Aber die Dunkle Energie ist auch die treibende Kraft hinter der Ausdehnung eines jeden einzelnen Universums. Nun ist sie jedoch nicht gleichmäßig verteilt, und es ist genau diese Verteilung, die über das Ende eines Universums entscheidet. Zum einen kann es natürlich zu einem ekpyrotischen Fall kommen, also zur Geburt oder auch zum Untergang eines Universums durch die Kollision zweier Branen, ein Ereignis, das unserem Universum bevorsteht. Aber nicht jede Bran kollidiert zwangsläufig mit einer anderen. Oder dies geschieht erst nach einer solch langen Zeitspanne, dass das entsprechende Universum bereits vorher ein anderes Ende findet. Hier gibt es wiederum zwei Möglichkeiten: Den *'Big Chill'* oder den *'Big Rip'*. Im ersten Fall verlangsamt sich die von der Dunklen Energie angetriebene Expansion des Universums, sie kommt jedoch nie ganz zum Stillstand. Über einen unfassbar langen Zeitraum hinweg wird jegliche Materie einfach 'verdampfen'. Selbst Schwarze Löcher lösen sich über solch extreme Zeiträume einfach auf, da sie kontinuierlich Hawking-Strahlung abgeben. Auch Atome, ja, sogar Kernteilchen zerfallen irgendwann. Nachdem alle Schwarzen Löcher verdampft sind und alle Materie sich aufgelöst hat, wird das Universum so gut wie leer sein. Photonen, Neutrinos, Elektronen und Positronen werden umherfliegen und sich dabei kaum begegnen. Aber wie gesagt, dies geschieht erst nach Zeiträumen von mehr als 10^{100} Jahren. Zudem messe ich hier keinerlei Elementarteilchen, also können wir diesen Fall ausschließen.«

Grand blickte sich um. Abgesehen von Brolon schienen alle Hakeras Ausführungen noch folgen zu können. Die KI illustrierte den 'Big Chill' als holografische Darstellung, um den Vorgang verständlicher zu machen, und fuhr dann fort.

»Beim 'Big Rip' verhält es sich anders. Hier *beschleunigt* die auf dieser Bran übermäßig vorhandene Dunkle Energie die Ausdehnung des betreffenden Universums. Es expandiert immer schneller. Und das wird irgendwann zum Problem. Denn es kommt ein Punkt, an dem nichts mehr dieser Ausdehnung standhalten kann und alles regelrecht zerrissen wird. Ankündigen wird sich der 'Big Rip' rund 60 Millionen Jahre vorher, wenn die Gravitationskräfte einer Galaxie der Dunklen Energie nichts mehr entgegenzusetzen haben und das Sternensystem auseinandergerissen wird. Drei Monate vor dem Ende wird auch ein Sonnensystem zerstört, dreißig Minuten vor dem eigentlichen 'Big Rip' schließlich fliegen angesichts der nunmehr ungeheuren Kräfte auch die Planeten auseinander.

Der letzte Atemzug dieses Universums dauert dann lediglich eine Zehntrilliardstel Sekunde, in der selbst die atomaren Kräfte der zerstörerischen Energie nicht mehr zu widerstehen vermögen und Elektronen, Protonen und Neutronen mit ihren Elementarteilchen zerreißen und alles ein Ende hat. Das Raumzeit-Kontinuum selbst verschwindet und das Universum hört auf zu existieren. Mit einem solchen Fall dürften wir es hier zu tun haben.«

Wieder hatte Hakera ein Hologramm zur Veranschaulichung eingesetzt. Dann kam sie zum Ende – und damit zu einer sensationellen Feststellung.

»Betrachten wir die Zeiträume, die es bis zu einem 'Big Rip' benötigt, dann reden wir von ungefähr fünfzig Milliarden Jahren. Als die Dorianer hierher übersiedelten, war dieses Universum etwa zwanzig Milliarden Jahre alt. Seitdem müssen also schätzungsweise dreißig Milliarden Jahre vergangen sein!«

»Moment!«, sagte Grand. »Du hattest uns berichtet, die Dorianer seien vor dreihundert Millionen Jahren in dieses Universum gewechselt.«

»Das ist richtig, Michael – nach den temporalen Bedingungen eures Universums. Hier sind jedoch seitdem dreißig Milliarden Jahre vergangen. In diesem Universum verging die Zeit also ungefähr einhundertmal schneller!«

»Eines verstehe ich nicht«, gab Jalina zu. »Du hast gesagt, mit dem Big Rip würde das Universum aufhören zu existieren. Aber wir sind hier! Wenn das kein Universum ist, wo genau sind wir?«

»Das ist schwer zu beantworten, Jalina. Ich kann darüber nur spekulieren und eine Hypothese aufstellen. Mit dem Untergang des Universums verschwindet ja nicht die Bran, auf der es sich befunden hat. Der Hyperkörper einer Bran besitzt nach wie vor eine Oberfläche, die bisher das Universum darstellte. Da ein Universum ein Raumzeit-Kontinuum mit exakt definierten Naturgesetzen ist, würde ich unsere Umgebung als *Proto-Universum* bezeichnen, als 'universalen Raum', der noch nicht zum Universum geworden ist. Ähnlich wie ein Stapel leerer Blätter erst dann zu einem Buch wird, wenn jemand sie mit Inhalt füllt. Kein besonders treffender Vergleich, aber ihr wisst, was ich meine. Irgendwann, vielleicht schon morgen oder erst nach Äonen, wird auch diese Bran mit einer anderen kollidieren, und dann wird aus dem Proto-Universum wieder ein definiertes Universum, und alles beginnt von vorn.«

»Wenn das so ist, welche Naturgesetze gelten dann im Moment? Wieso können wir hier überhaupt existieren? Und noch wichtiger: Vergeht die Zeit hier immer noch einhundertmal schneller als in unserem Universum?« Besonders der letzte Punkt war von enormer Wichtigkeit, wie Grand sofort erkannte.

»Wieder kann ich nur spekulieren«, gab Hakera zu. »Ich nehme an, dass bei der Erschaffung eines Universums auch die zugrunde liegende Bran eine Rolle spielt. Vielleicht enthält sie so etwas wie die 'DNA' des sich bildenden Universums. Deshalb würde ich vermuten, dass nach wie vor die Naturkonstanten gelten, die auch in dem untergegangenen Universum gegolten haben. Unsere Ankunft in diesem Proto-Universum hat sie sozusagen reaktiviert. Somit könnte man unser Schiff als 'universalen Keim' betrachten. Die ersten Worte, die auf ein Blatt des leeren Papierstapels geschrieben werden, um bei dem Vergleich zu bleiben. Geschrieben mit einem Bleistift, denn für einen dauerhaften Eindruck ist unsere Präsenz energetisch zu unbedeutend. Wenn wir von hier verschwinden, sollte das Proto-Universum in einen ambivalenten Zustand zurückfallen.«

»Das bedeutet, vier Tage hier entsprechen ungefähr einer Stunde in unserem Universum«, überlegte Grand.

»Das ist korrekt«, bestätigte die KI. »Und genau das verschafft uns die Zeit, die wir brauchen, um festzustellen, was aus den Dorianern geworden ist.«

»Was soll aus ihnen geworden sein«, wunderte sich Poggy. »Wenn das Universum untergegangen ist, sind sie zusammen mit ihm verschwunden.«

»Ich bin nicht sicher, ob das zutrifft«, sagte Hakera. »Sie könnten weitergezogen sein oder eine Möglichkeit gefunden haben, irgendwie zu überleben.«

»Das ist Unsinn«, widersprach Kranchoor. »Niemand kann den Untergang eines Universums überstehen!«

»Du solltest meine Erbauer nicht unterschätzen«, gab Hakera zu bedenken. »Eine viele Milliarden Jahre alte Spezies könnte über Möglichkeiten verfügen, die eure Vorstellungskraft bei Weitem übersteigen.«

»Wenigstens müssen wir uns keine Sorgen machen, die Ra´hul könnten während unserer Abwesenheit bereits die Milchstraße erobert haben«, sagte Grand. »Es schadet nichts, hier ein oder zwei Tage zu verbringen. Zuhause vergehen derweilen nur ein paar Minuten.«

»Endlich mal eine gute Nachricht«, sagte Kranchoor.

»Hat noch jemand eine Frage?«, erkundigte sich Hakera.

»Kannst du mir das bitte alles noch einmal erklären?«, bat Brolon.

23.

Es manifestierten sich immer mehr Abberationen in den Stringmelodien. Das *Coniunctional* konnte sich nicht erinnern, Ähnliches schon einmal erlebt zu haben. In den Äonen seiner Existenz war es hin und wieder zu Ereignissen gekommen, die eine Störung der kosmischen Harmonien verursacht hatten, doch dabei hatte es sich entweder um einen Versuch des *Devorators* gehandelt, das Gefüge des Multiversums zu manipulieren, oder um zufällige Störungen, ausgelöst auf einer niederen Existenz- oder Realitätsebene von Wesen, die Kräfte entfesselt hatten, deren Auswirkungen sie nicht überblicken konnten. Nur ganz selten hatte das *Coniunctional* Fluktuationen entdeckt, die unerklärlich geblieben waren und die möglicherweise für die Beantwortung der letzten Frage von Bedeutung sein konnten. Doch diesmal war es anders.

Die Häufung derartiger Zwischenfälle innerhalb weniger Einheiten seines subjektiven, temporalen Empfindens konnte kein Zufall sein. Zuerst die Entdeckung einer Verbindung zwischen zwei Branen, die es nicht geben durfte, dann eine energetische Emission im Bulk, die aus einer Energieform bestand, wie sie typisch für den *Devorator* war, und nun Aktivität in einer universellen Präsumptionsmatrix, wo nichts existieren sollte. Es bestand eine hohe

Wahrscheinlichkeit, dass diese Geschehnisse miteinander in Verbindung standen. Das *Coniunctional* beschloss, einen Teil von sich abzuspalten und in die niederen Dimensionen zu schicken. Dort war es ihm zwar nahezu unmöglich, direkt einzugreifen, aber ein niederdimensionales Fragment von ihm, ein *Coniunctant*, war weniger eingeschränkt. Er besaß zwar nicht die ganze Machtfülle und nicht die vollständigen Fähigkeiten des *Coniunctionals*, konnte jedoch auf den niedrigen Realitätsebenen in beschränktem Maß aktiv werden.

Das *Coniunctional* würde mit dem *Coniunctanten* in Verbindung bleiben, um auf diese Weise herauszufinden, was dort vor sich ging. Am meisten irritierte es das *Coniunctional*, dass die Abberation ausgerechnet jene Branen betraf, die mit seiner eigenen Geschichte in enger Verbindung standen.

24.

»Wir befinden uns in einem unendlich großen, völlig leeren Universum … äh … beziehungsweise einem prä- oder post-universalen Raum, oder wie du es nennst. Wie willst du hier etwas finden, Hakera? Eine Nadel im Heuhaufen aufzuspüren ist ein Kinderspiel dagegen.«

Jalina zeigte einmal mehr ihre Vorliebe für terranische Sprichwörter, wie Grand amüsiert feststellte. *Aber sie hat recht*, dachte er. *Wenn hier tatsächlich etwas sein sollte – wie wollen wir es finden?*

»Ich beginne mit der Aussendung der von meinen Erbauern vorbereiteten Hyperfunkbotschaft«, antwortete die KI. »Sie müssen gewusst haben, dass die Zeit hier sehr viel schneller vergeht als in ihrem Ursprungsuniversum. Daraus müssen sie außerdem geschlossen haben, dass nach hiesigen temporalen Bedingungen eine extrem lange Zeitspanne verstreichen könnte, ehe ich hier ankommen würde. Meine Mission hätte keinen Sinn gehabt, wenn sie nicht exakt diese Situation vorausgesehen hätten.«

»Vielleicht haben sie erst viel später mit dem 'Big Rip' gerechnet«, wandte Kranchoor ein.

»Das ist nicht völlig auszuschließen, da sie davon ausgingen, ich würde mich nach meiner Ankunft an einem Pulsar orientieren können«, musste Hakera eingestehen. «Trotzdem bin ich der Ansicht, sie haben zumindest die Möglichkeit einkalkuliert, dass dieser Pulsar nicht mehr existieren würde.«

»Was machen wir, wenn keine Reaktion auf deinen Hyperfunkspruch erfolgt?«, fragte Poggy.

»Meine aktiven Scanner reichen lediglich ein paar Zehntausend Lichtjahre weit – sofern man in diesem Kontinuum Lichtjahre überhaupt definieren kann. Meine passiven Scanner können auch Signale aus größerer Entfernung anmessen, wenn diese nur stark genug sind. Es ist nicht auszuschließen, dass die Dorianer irgendwo eine Struktur für mich hinterlassen haben. Sie haben ja auch eine Station im Bulk zurückgelassen. Warum also nicht auch eine Station in diesem seltsamen Proto-Universum. Ich werde, falls keine Antwort auf den Funkspruch erfolgt, längere Bulktransfers durchführen, in diesen Raum zurückfallen und erneut funken und scannen.«

»Wie lange soll das so gehen?«, wollte Grand wissen, der sich bisher aus der Diskussion herausgehalten hatte. Ihm war das alles zu spekulativ und ungewiss. Doch andererseits war ihm bewusst, dass ihnen, sollten sie keine Spur von den Dorianern finden, keinerlei Optionen mehr blieben. Sein Plan, das verschollene Volk aufzuspüren und um Hilfe zu bitten, war augenscheinlich wie eine Seifenblase zerplatzt. Wieder einmal waren die mysteriösen Dorianer unauffindbar.

»Wir werden hier nicht länger als bestenfalls vier bis fünf Tage bleiben können«, antwortete Hakera. »Nicht etwa wegen des Zeitfaktors; der spielt keine große Rolle. In unserem Heimatuniversum vergeht inzwischen nicht viel mehr als eine Stunde terranischer Zeit, aber es gibt einen limitierenden Faktor, den ich erst in der letzten Stunde bemerkt habe. Dieses Proto-Universum zehrt an meinen Energievorräten. Ich muss zunehmend mehr Energie in die Schutzschirme leiten, um sie stabil zu halten. Es fühlt sich fast so an, als ob sich dieser Raum gegen uns *wehrt*! Wir gehören nicht hierher. Wir sind ein Fremdkörper in diesem Kontinuum. Ein Zusammenbruch der Schilde würde vermutlich die Vernichtung der Rhelina zur Folge haben. Wir haben höchstens einhundert Stunden, wenn wir auf der sicheren Seite bleiben wollen. Danach wird es mir nicht viel länger möglich sein, ausreichend Energie für die Abschirmung bereitzustellen. Diese Umgebung ist grundsätzlich lebensfeindlich, und nur die hoch entwickelte Technologie der Dorianer ermöglicht es, dass wir uns hier für eine begrenzte Zeit aufhalten können.«

»Dann sollten wir diese Zeit so gut wie möglich nutzen«, sagte Grand.

Eine Stunde später hatte Hakera die Umgebung untersucht, soweit es ihre aktiven Scanner zuließen. Es blieb die Ungewissheit, ob die Scanner in diesem seltsamen Raum überhaupt verlässliche Informationen liefern konnten, aber sie mussten mit dem zurechtkommen, was sie zur Verfügung hatten. Auch nach zwei Hyperflugmanövern und weiteren sechs Stunden hatten sie immer noch nichts in dem völlig leeren Proto-Universum finden können. Hier schien es nicht ein einziges Elementarteilchen, geschweige denn eine Hinterlassenschaft der Dorianer zu geben.

»Ich beginne daran zu zweifeln, ob dies alles noch Sinn macht.« Kranchoor befand sich offensichtlich wieder in einer seiner mürrischen Phasen, was Grand langsam auf die Nerven ging. Auch Jalina rollte mit den Augen, sprang auf und verließ kopfschüttelnd die Zentrale.

Grand beschloss, ihr zu folgen. Es war an der Zeit, sich über ihr Verhältnis zueinander klar zu werden. Die zwischen ihnen herrschende Spannung konnte die ganze Mission beeinträchtigen. *Außerdem wissen wir nicht, wie viel Zeit uns noch bleibt. Wenn wir hier scheitern und die Dorianer nicht finden, sind wir sowieso erledigt*, überlegte Grand.

Insgeheim wusste er jedoch, dass es weder die Gefahr für die Mission, noch die verrinnende Zeit waren, die ihn zu einer Aussprache drängten. Es waren seine eigenen Gefühle, die Klarheit verlangten.

Er fand Jalina in der spartanisch eingerichteten Bordküche, wo sie sich gerade einen Kaffee zubereitete. Oder das, was Hakeras Synthos als Kaffee ausgaben.

»Willst du auch einen?«, fragte sie.

»Gerne. Es ist zwar kein terranischer Kaffee, aber er ist schwarz, enthält Koffein, schmeckt bitter und hält wach. Ansonsten hat er allerdings nicht viel Ähnlichkeit mit dem Original«, scherzte Grand.

Er nahm den Becher entgegen, warf zwei Stück Würfelzucker hinein – wenigstens Saccharose konnte die Maschine originalgetreu synthetisieren – und trank einen vorsichtigen Schluck. Wie immer war die schwarze Brühe viel zu heiß.

»Autsch! Verdammt! Ich sollte es inzwischen gelernt haben«, fluchte er, als er sich die Lippen verbrannte.

Jalina lachte leise.

»Typisch lernresistenter terranischer Barbar!«

Grand wusste, dass sie die kolltanische Arroganz gegenüber Terranern längst überwunden hatte und nur versuchte, Smalltalk zu machen. Ein scherzhaftes Geplänkel erschien ungefährlicher, als sich mit ihm ernsthaft über den 'Elefanten' im Raum zu unterhalten. Es fiel ihr schwer, sich in Grands Gegenwart ungezwungen zu geben. Zu viel Unausgesprochenes stand nach wie vor zwischen ihnen.

»Jalina«, begann Grand zögerlich. Er hatte keine große Erfahrung in diesen Dingen. »Du sollst wissen, dass ich … äh … dir nichts mehr nachtrage. Ich habe … habe verstanden, warum du damals so gehandelt hast. Es war falsch, aber ich … ich … nun ja … ich kann deine Motive verstehen.«

Sie lächelte aufrichtig und er konnte Tränen in ihren Augen schimmern sehen.

»Es bedeutet mir sehr viel, das zu hören. Ich

konnte mir selbst nicht verzeihen, so egoistisch gewesen zu sein. Es war … dumm und unüberlegt, dir diese Entscheidung zu nehmen.«

Grand legte ihr eine Hand auf den Arm. Er konnte spüren, wie sie zitterte.

»Ich kann deine Motive verstehen, weil …«, wieder zögerte er, »weil auch ich … also, weil … verdammt! Weil auch du mir nicht gleichgültig bist!«

Den letzten Teil stieß er so heftig hervor, dass es eher wie ein Fluch als wie eine Liebeserklärung klang.

Als Jalina sich seinem Griff entzog, dachte Grand zunächst, er hätte es völlig vermasselt, doch dann sah er eine Träne ihre Wange herunterrollen, während ihre Augen gleichzeitig zu strahlen begannen. Sie zitterte jetzt am ganzen Körper und wusste offenbar nicht, wohin mit ihren Händen. Ohne lange nachzudenken, zog Grand sie an sich. Sie leistete keinen Widerstand und sank erleichtert an seine Brust, wo sie hemmungslos zu schluchzen begann.

So standen sie mehrere Minuten aneinandergeklammert da, und Jalina beruhigte sich allmählich. Grand strich zärtlich über ihren unbehaarten Kopf und wunderte sich dabei, wie samtweich und wundervoll sich ihre Haut anfühlte. Dann blickte sie ihn an. Noch nie war er einem Blick begegnet, der so viel Liebe ausdrückte. Lächelnd neigte er sich vor, um sie zu küssen. Doch gerade als sich ihre Lippen berührten, erklang Hakeras Stimme über den Lautsprecher des Interkoms.

»Kommt bitte sofort in die Zentrale! Ich habe etwas entdeckt.«

Sie fuhren auseinander und fingen gleichzeitig an zu lachen.

»Schlechtes Timing«, sagte Grand mit einem Grinsen.

»Extrem schlecht«, bestätigte Jalina und grinste ihn ebenfalls an. »Aber ich werde später darauf zurückkommen.«

»Das hoffe ich sehr«, antwortete Grand.

Hand in Hand verließen sie die Bordküche. Auf der Anrichte neben dem Syntho standen zwei halb volle Tassen Kaffee, die allmählich kalt wurden.

25.

Der *Coniunctant* begab sich auf einen anderen Zeitstrang. Hier war er zwar auf die Rolle eines Beobachters beschränkt und konnte nicht eingreifen, da die Kausalität eine der grundlegenden Konstanten des Multiversums war, aber Informationen zu sammeln war ihm auf diesem Weg durchaus möglich.

Er konnte beobachten, wie ein Objekt vernichtet wurde, das sich in dem an eine bestimmte Bran gebundenen, multiversalen Raum befand. Die dabei frei werdende Energieform sprach eindeutig für eine Beteiligung des *Devorators*. Das Objekt stand zudem in Zusammenhang mit der Vergangenheit des *Coniunctionals*, was zusätzlich Anlass zur Sorge gab.

Der *Coniunctant* wechselte auf eine andere Zeitebene. Dort konnte er sehen, wie eine direkte Verbindung zwischen zwei Branen geschaffen wurde. Die dazu notwendige Technologie konnte von der hierfür verantwortlichen Spezies keinesfalls selbst entwickelt worden sein, denn das hätte Wissen und Erkenntnisse über die kosmischen Harmonien vorausgesetzt, über die Lebewesen auf einer niedrigen dimensionalen Ebene nicht verfügen *konnten*. Es setzte voraus, dass man in der Lage war, in höheren Dimensionen zu *denken* und zu *sehen,* und es erforderte die Fähigkeit, die Strings zu manipulieren. Die Stringmelodie vollumfänglich zu verstehen und zu *erfassen*. Auch hier kam nur der *Devorator* als Quelle des Wissens infrage. Was er damit bezweckte, war nicht auf den ersten Blick ersichtlich, doch sein ganzes Sinnen und Streben war darauf ausgerichtet, das *Coniunctional* zu vernichten und die kosmische Ordnung zu zerstören. Der *Coniunctant* musste davon ausgehen, dass auch hier ein entsprechender Plan zugrunde lag.

Es blieb die dritte Abberation. Das dritte Ereignis, das in den Stringharmonien nicht verzeichnet war und sie in Disharmonie versetzte.

In der universellen Präsumptionsmatrix einer dritten Bran war ein materielles Objekt erschienen, was niemals hätte geschehen dürfen. Die Urkräfte allen *Seins* wehrten sich gegen den Fremdkörper, doch dieser zeigte eine erstaunliche Widerstandskraft. Der *Coniunctant* konnte hier zwar keinen Einfluss des *Devorators* ausmachen, doch es war natürlich nicht ausgeschlossen, dass er auch hinter dieser Störung der kosmischen Ordnung stand.

Dann empfing der *Coniunctant* ein hyperenergetisches Signal, das von dem Objekt ausging. Es brachte eine vertraute Saite in ihm zum Klingen. Er verband sich mit dem *Coniunctional* und berichtete. Die Antwort überraschte ihn.

Er würde Kontakt mit dem Objekt aufnehmen. Doch zunächst musste der *Coniunctant* sicherstellen, dass nicht auch in diesem Fall eine Manipulation durch den *Devorator* vorlag. Der Feind würde lügen und betrügen, um sein Ziel zu erreichen. Also musste eine Prüfung stattfinden, in der sich erweisen würde, ob er die Finger im Spiel hatte.

Der *Coniunctant* manipulierte seinerseits die Stringmelodien in einem eng begrenzten Bereich und wartete.

26.

Grand und Jalina hielten sich immer noch an den Händen, als sie die Zentrale der *Rhelina* betraten.

Kranchoor, der gerade an einer Konsole Daten überprüfte, sah auf und knurrte etwas, das wie '*wurde auch Zeit*' klang. Poggy stand vor dem Hauptholo, drehte sich zu den beiden um und brummte zustimmend. Brolon unterbrach das Studium eines Lehrholos auf einem Nebendisplay und grinste verständnisvoll.

Jalina lächelte verlegen, was Grand bezaubernd fand, und sie setzten sich nebeneinander an einen aus dem Boden wachsenden, semi-materiellen Tisch. Die drei anderen gesellten sich hinzu. Auch Hakera erschien in Form ihres Avatars.

»Du hast etwas entdeckt?«, fragte Grand.

»Etwas, das es nicht geben dürfte«, bestätigte die KI. »Wenn die Scannerdaten korrekt sind, befindet sich in drei Lichtmonaten Entfernung ein Planet.«

»Ein Sonnensystem mit nur einem Planeten?«, fragte Jalina verwundert.

»Nein – nur ein Planet!«

»Aber das ist nicht möglich«, entfuhr es Grand. »Wie sollte ein einzelner Planet den 'Big Rip' überstanden haben?«

»Richtig«, stimmte Hakera zu. »Das ist nicht möglich. Keine Materie, nicht einmal ein Elementarteilchen, könnte den Untergang dieses Universums überstanden haben.«

»Wie kommt er dann hierher?«, fragte Kranchoor.

»Ich habe keine Ahnung«, musste Hakera zugeben.

»Jemand hat ihn nach diesem 'Big Rip' hierhergeschafft!« Alle drehten sich verwundert zu Brolon um. »Es ist doch logisch«, sagte der Trakoy. »Wenn er während dieser Katastrophe nicht hier war, muss er später hier aufgetaucht sein. Und da Planeten nicht einfach so aus dem Nichts erscheinen, hat ihn jemand hierhergebracht.«

»Dies ist ein Proto-Universum«, sagte Hakera, »kein normaler Raum. Hier kann nichts Materielles existieren. Die *Rhelina* ist nur deshalb noch nicht vernichtet worden, weil ich über extrem fortgeschrittene dorianische Schildtechnologie verfüge. Und selbst diese wird in wenigen Stunden versagen.«

»Dann sind diejenigen, die den Planeten hierhergeschafft haben, mächtiger als du«, behauptete Brolon.

»Vielleicht ist das der Hinweis, den wir gesucht haben«, sagte Grand. »Vielleicht haben die Dorianer diesen Planeten für dich zurückgelassen.«

»Ich sage es noch mal.« Die Stimme der KI klang beinahe ungeduldig. »Es ist *unmöglich*, dass ein Planet in diesem Kontinuum existiert. Die Dorianer hätten vielleicht eine Station zurücklassen können, die mit besonderen Schutzschirmen vor den Einflüssen dieses Proto-Universum abgeschirmt ist.

Und selbst dies würde voraussetzen, dass sich ihre Technologie sehr viel weiter entwickelt haben müsste. Aber ein Planet? Über solch lange Zeiträume? Unmöglich!«

»Und doch existiert er!«, beharrte Grand.

»Und damit wären wir beim nächsten Phänomen«, sagte Hakera. »Meine Scanner messen sein Gravitationsfeld, doch er scheint keine Masse zu besitzen. Ich kann ihn optisch erfassen, er ist erleuchtet, doch es gibt keine Sonne, die ihn bescheint. Ich kann ihn sehen, doch ich kann keine Photonen messen. All dies ist nicht möglich, und ich habe keine Erklärung dafür.«

»Gravitation ohne Masse und Licht ohne eine Sonne und Photonen? Bist du überhaupt sicher, dass es sich um einen Planeten handelt?«, wollte Grand wissen.

»Seht selbst!« Hakera erschuf über dem Tisch ein Hologramm. »Dies kann ich über meine optischen Systeme empfangen.«

Es war eindeutig ein Planet. Ein wunderschöner Planet zudem, der große Ähnlichkeit mit der Erde hatte. Oder mit Kollta, wie Grand mit einem Seitenblick auf Jalina feststellte. Eine Dateneinblendung gab seinen Durchmesser mit fast 13.000 terranischen Kilometern an, was ziemlich exakt dem der Erde entsprach. Mehrere Kontinente mit unregelmäßigen Küstenverläufen waren vom Blau seiner Ozeane umgeben, und es gab sogar kleine Eiskappen an den Polen. Eine Hälfte des Planeten lag in Dunkelheit, während die andere von einer nicht existierenden Sonne erleuchtet zu sein schien. Es gab so gut wie keine Wolken, was auf ein warmes, trockenes Klima schließen ließ, und doch waren die Kontinente grün bewachsen, was wiederum ausgiebige Regenfälle voraussetzte. Die Spektralanalyse seiner Atmosphäre zeigte, dass auch diese fast identisch mit der irdischen war. Ein wundervoller Planet, lebensfreundlich und einladend – und dennoch war seine Existenz nicht möglich!

»Wir kommen also hierher, die Dorianer sind verschwunden und stattdessen stolpern wir über diesen mysteriösen Planeten. Ziemlich viele Zufälle auf einmal, wenn ihr mich fragt«, sagte Grand.

»Dann gibt es nur eine Antwort auf dieses Rätsel…«, hob Hakera an.

»… wir fliegen hin und sehen uns den Planeten aus der Nähe an«, vollendete Grand den Satz.

Nur eine halbe Stunde später hing die *Rhelina* im Orbit über dem seltsamen Himmelskörper. Von oben sah er nicht viel anders aus als viele Planeten, die Grand in seinem bisherigen Leben gesehen hatte. Schöner als die meisten, doch nichts Besonderes. Wenn man einmal davon absah, dass es keine Sonne gab, die seine Oberfläche erhellte, obwohl es dort Tag und Nacht zu geben schien, und er auch keinerlei messbare Masse aufwies, obwohl Hakera eine Oberflächengravitation von ziemlich exakt 1 G feststellte.

Gebannt starrten sie auf die Hologramme, die den Planeten aus allen Blickwinkeln und mit hochauflösenden 3D-Kameras darstellten. Sogar der Vertreter der BEWAHRER hatte sich inzwischen eingefunden. Sie waren übereingekommen, ihn auf Grands Vorschlag hin 'Robby' zu nennen, was bei Jalina zu einem nicht ganz ernst gemeinten Naserümpfen und dem schnippischen Verweis auf 'chauvinistisches Gehabe' führte. Robby war es egal, welchem Geschlecht man ihn zuordnete, wie er auf Nachfrage mitteilte.

»Er sieht jungfräulich aus«, stellte Kranchoor fest.

»Kannst du irgendwelche Bauwerke ausmachen«, fragte Grand an Hakera gerichtet.

»Nein, bisher nicht, aber wir sollten abwarten, bis wir eine volle Umkreisung absolviert haben.«

»Gibt es irgendwelche neuen Messwerte?«, fragte Jalina.

»Nein, auch das nicht. Ich kann nur sagen, dass seine Masse und Dichte in etwa derjenigen von Terra entsprechen würde, wenn meine Massedetektoren etwas anzeigen würden. Größe und Gravitation lassen diesen Schluss zu.«

Ein paar Minuten später zoomte Hakera auf einen kleinen Bereich inmitten eines Kontinents.

»Dort orte ich ein künstliches Gebilde«, sagte die KI.

Auf dem Hologramm war ein silbriger Würfel auszumachen. Er besaß eine Kantenlänge von schätzungsweise fünfzig Metern und lag im Bereich der gerade aufgehenden 'Sonne' – die es allerdings nicht gab.

»Kannst du feststellen, woraus er besteht?«, wollte Grand wissen.

»Nein, außer den optischen Daten empfange ich keinerlei Hinweise darauf, dass er überhaupt existiert.«

»Es sieht aus wie Metall«, bemerkte Brolon.

»Ich kann keine Zugänge oder Öffnungen erkennen«, sagte Poggy. »Das Ding sieht tatsächlich aus wie ein riesiger, solider Metallblock.«

»Es gibt nur eine Möglichkeit, herauszufinden, womit wir es zu tun haben«, stellte Grand fest. »Wir müssen landen und nachsehen.«

»Es könnte sich um eine Falle handeln«, gab Kranchoor zu bedenken.

»Ziemlich aufwendig für eine Falle«, sagte Grand. »Wer einen Planeten, den es hier gar nicht geben dürfte, aus dem Nichts erschaffen kann, für den sollte es ein Leichtes sein, uns einfach aus dem All zu blasen, wenn er unseren Tod will. Nein, ich halte es eher für eine Einladung.«

»Warum nimmt man dann nicht einfach Kontakt mit uns auf?« Kranchoor blieb skeptisch, wie es seiner Art entsprach.

»Vielleicht traut man *uns* nicht!«

Grand musste zugeben, dass Brolon damit durchaus recht haben konnte. Es war erstaunlich, wie schnell sich der ehemals rückständige Barbar in einer Welt zurechtgefunden hatte, die ihn eigentlich maßlos überfordern sollte.

»Du glaubst, man will sich mit uns unter kontrollierten Bedingungen treffen?«, fragte er.

»Wenn sich unserem Dorf Fremde genähert haben, über deren Absichten wir nichts wussten, haben wir sie auch nicht gleich hineingelassen. Wir haben eine Stelle ausgesucht, die wir kontrollieren konnten, eine kleine Abordnung losgeschickt und uns dort mit ihnen getroffen. Eine andere Gruppe hat das Treffen aus der Ferne beobachtet. Auf diese Weise riskierten wir nur das Leben einiger Unterhändler, gaben jedoch nichts über uns oder unser Dorf preis und konnten im Notfall entsprechend reagieren.«

»Fassen wir zusammen«, sagte Robby. »Ein Planet, den es gar nicht geben dürfte und der erst kürzlich erschaffen worden sein muss, da er in diesem Kontinuum nicht lange existieren kann. Wer dazu in der Lage ist, muss über gewaltige Machtmittel verfügen und könnte uns mit einem Schlag auslöschen, wenn er daran interessiert wäre. Allerdings nimmt man nicht direkt mit uns Kontakt auf, sondern schickt auf diese Weise eine Art 'Einladung'. Als sei man sich nicht sicher, wer wir sind. Brolon hat meiner Meinung nach recht: Dies ist eine Prüfung.«

»Die wir bestehen müssen, wenn unser Flug hierher einen Sinn haben soll«, bekräftigte Grand. »Aber was haben wir schon zu verlieren?«

27.

Der Planet drehte sich unter ihnen in der Schwärze des Alls, das keines war. Kein Stern unterbrach die absolute Dunkelheit und keine Sonne warf ihr Licht auf die *Rhelina*, als das Beiboot der BEWAHRER ausgeschleust wurde. Trotzdem lag eine Hälfte von *Mystery*, wie der Planet auf Grands Vorschlag hin benannt worden war, in hellem Sonnenlicht und die Terminatorlinie wanderte langsam über die Oberfläche. Es war unmöglich und doch real. Hakera konnte keine Erklärung für dieses Phänomen liefern. Wer oder was auch immer für diese Kuriosität verantwortlich war, verfügte über eine Technologie, die selbst Hakeras Möglichkeiten um einiges überstieg.

Jede hinreichend fortgeschrittene Technologie ist von Magie nicht zu unterscheiden.

Grand musste wieder einmal an diese Worte des terranischen Schriftstellers Arthur C. Clarke denken, als sie in den Landeanflug einschwenkten. Aber außer diesem bekannten Bonmot hatte der berühmte Science-Fiction-Autor ein weiteres, weniger bekanntes hinterlassen:

Der einzige Weg, die Grenzen des Möglichen zu finden, ist, ein klein wenig über diese hinaus in das Unmögliche vorzustoßen.

Und genau das taten sie jetzt. Sie stießen in das Unmögliche vor, in der Hoffnung, das Mögliche zu finden.

Doch auch nachdem festgestanden hatte, dass nur eine Landung auf Mystery Antworten auf ihre Fragen bringen konnte, war die Diskussion noch nicht beendet gewesen. Im Gegenteil. Es entbrannte ein Streit darüber, wer dem Erkundungsteam angehören sollte. Es war schließlich Hakera, die sich mit ihren Argumenten durchsetzte.

Man war sich schnell einig geworden, das von der Supreme-KI der *Stürme* überstellte Beiboot zu nehmen, da es weniger wertvoll als das technologisch höher entwickelte Beiboot der *Rhelina* war. Sollte man in eine Falle laufen, wäre der Verlust dieses kleinen Schiffes eher zu verschmerzen gewesen. Damit war auch klar, dass ein BEWAHRER die Funktion des Piloten übernehmen musste, da es keine für biologische Wesen geeignete Steuereinheit gab. Ein BEWAHRER würde sich lediglich an die Systeme des Beiboots ankoppeln müssen, um es damit praktisch zu einer Erweiterung seines Körpers zu machen.

Man hatte sich relativ schnell darauf geeinigt, dass Grand die Exkursion anführen sollte. Obwohl er der jüngste unter den vier Unsterblichen war, hatte er sich inzwischen aufgrund seiner Immunität und seiner bisherigen Erlebnisse und Erfahrungen als inoffizieller Anführer ihrer kleinen Gruppe etabliert, ohne dass jemand darüber ein Wort verloren hätte. Kranchoor und Poggy hatten auch kein Problem damit, dass Jalina ihn begleiten würde. Nachdem es offensichtlich geworden war, dass die beiden erste zarte Bande einer Beziehung geknüpft hatten, betrachteten die anderen sie als Paar. Dabei schwang sicherlich auch der Gedanke an die Ungewissheit ihrer Situation mit. Es war mehr als fraglich, ob den zwei Verliebten überhaupt eine gemeinsame Zukunft vergönnt sein würde, und sowohl Kranchoor als auch Poggy gestanden ihnen angesichts dessen jede gemeinsam verbrachte Stunde zu.

Der Streit entbrannte um die Frage, ob noch jemand sie begleiten sollte. Kranchoor war dagegen, da er nicht noch mehr Leben aufs Spiel setzen wollte, und Poggy stimmte ihm zu. Doch Grand wollte unbedingt Brolon dabeihaben.

»Was willst du mit jemandem, der gerade erst erkannt hat, dass es keine Zauberer und Dämonen gibt?«, hatte Kranchoor spöttisch gefragt. »Wenn du unbedingt noch jemanden mitnehmen willst, dann kommen nur Poggy oder ich infrage!«

»Ich kann es nicht wirklich begründen«, hatte Grand zugeben müssen. »Es ist ein Bauchgefühl, wenn ich ehrlich sein soll.«

»Also glaubst du jetzt an Zauberei?«, hatte Kranchoor kopfschüttelnd gesagt und dabei gelacht.

Sie hatten noch eine Weile gestritten, bis Hakera sich auf Grands Seite geschlagen hatte.

»Jalina und Michael sehen meinen Erbauern erstaunlich ähnlich. Ebenso Brolon. Hier könnte es durchaus eine genetische Verwandtschaft geben. Sollte es sich um Dorianer handeln, die uns dort unten erwarten, kann dies nichts schaden.«

Kranchoor und Poggy hatten sich schließlich widerstrebend gefügt und waren an Bord der *Rhelina* geblieben.

Das Beiboot fuhr kurze Stabilisatorflügel aus und ging in den Sinkflug. Unter Grand jaulte der Antigrav und hinter ihm brüllte das Strahltriebwerk. Als die Atmosphäre dichter wurde, wurden sie von Turbulenzen kräftig durchgeschüttelt. Das Beiboot war nicht auf die Beförderung organischer Wesen eingerichtet und besaß weder akustische Dämpfungsfelder noch verfügte es über auch nur minimalen Komfort. Jalina, Brolon und Grand saßen auf Metallkisten mit Ersatzteilen; den Raum, in dem sie sich befanden, hätte man mit etwas Fantasie als Zentrale bezeichnen können. Es gab hier weder Fenster noch Steuerkonsolen. Robby, der selbst als Pilot fungierte, hatte sich an einer Seitenwand über verschiedene Interface-Module mit dem Schiff verbunden, auf diese Weise konnten alle notwendigen Informationen direkt in seine Quantenmatrix übermittelt werden. Als Zugeständnis an die biologischen Fluggäste hatten die BEWAHRER einen Holoprojektor installiert, der mit einer Außenkamera verbunden worden war und es Grand und seinen Freunden somit ermöglichte, wenigstens einen Ausblick in Flugrichtung zu erhalten. Das Hologramm nahm die gesamte Höhe und Breite der Frontwand ein, sodass es beinahe so aussah, als klaffte dort ein riesiges Loch in der Bordwand.

Sie flogen über eine ausgedehnte Dschungellandschaft und näherten sich der Mitte des Kontinents, auf dem Hakera das metallene Objekt geortet hatte. Es befand sich inmitten einer etwa zweihundert Meter durchmessenden Lichtung, die von einer Art Gras bewachsen zu sein schien. Robby setzte das Beiboot vorsichtig auf dieser Rasenfläche ab. Das Heulen des Antigravs erstarb.

»Ich warte hier auf euch und halte das Schiff für einen Notstart bereit«, sagte Robby.

Leider funktionierte der Spontantransmitter in dem Proto-Universum nicht zuverlässig, und sie hatten nicht gewagt, ihn zu benutzen. Niemand wollte als sich im Bulk auflösende, hyperenergetische Wolke enden. Somit hatte es keine Möglichkeit gegeben, sich einfach von der *Rhelina* auf die Oberfläche von Mystery versetzen zu lassen – oder von hier zu entkommen, falls etwas schiefging. Sie waren auf das Beiboot angewiesen. Zwar hätte die *Rhelina* ebenfalls hier landen können, doch das gesamte Schiff zu riskieren wäre angesichts der rätselhaften Umstände keine vernünftige Entscheidung gewesen.

Robby öffnete die Luke an der Seitenwand und fuhr eine Rampe aus. Grand, Jalina und Brolon verließen das Beiboot und betraten die Oberfläche des Planeten, den es nicht geben sollte.

»Es fühlt sich nicht anders an, als auf der Erde zu stehen«, sagte Grand

»Oder auf Kollta«, setzte Jalina hinzu.

»Obwohl es so gut wie keine Wolken gibt und die nicht vorhandene Sonne ganz schön herunterbrennt, ist es hier nicht einmal besonders heiß«, bemerkte Brolon.

Tatsächlich entsprach das Licht dem eines sonnigen Sommertages auf der Erde, doch es kam nicht von einem gelben Ball am Himmel, sondern … es war einfach da. Es schien von überall gleichzeitig zu kommen, und doch warfen sie scharf gezeichnete Schatten auf den grünen Rasen. Der tiefblaue Himmel über ihnen wirkte ohne eine Sonne unwirklich.

»Wie können ohne eine punktförmige Lichtquelle Schatten entstehen?«, wunderte sich Jalina.

»Ich habe keine Ahnung«, gab Grand zu. »Nichts auf diesem Planeten kann mit normaler Physik erklärt werden. Ich komme mir vor wie in einer Traumwelt.«

»Ja! Ist dir schon aufgefallen, dass es hier nirgendwo Zeichen des Verfalls gibt? Keine abgestorbenen Blätter von den Bäumen, keine verdorrten Grashalme, keine Zweige – nichts!«

»Stimmt, Jalina, und ich sehe auch kein tierisches Leben. Nicht einmal Insekten fliegen hier herum.«

Tatsächlich erschien Grand ihre Umgebung so steril wie eine aus Plastkeramik angelegte künstliche Landschaft oder ein Gemälde, bei dem alle Farben leicht überzeichnet wirkten. Der Himmel war eine Spur zu blau, das Gras einen Hauch zu grün und das Licht einen Tick zu hell. Alles wirkte *unnatürlich*.

»Ich fühle mich hier nicht wohl«, flüsterte Brolon.

»Warum flüsterst du«, wollte Jalina wissen.

»Ich … keine Ahnung. Alles hier kommt mir so unwirklich vor und ich spüre eine innere Unruhe, die ich nicht erklären kann.«

»Willst du im Schiff auf uns warten?«, fragte Grand.

Brolon gab keine Antwort, sondern schritt zielstrebig auf den nahen Metallwürfel zu. Grand zuckte die Schultern, nickte Jalina zu und schloss zu dem Trakoy auf.

»Du musst uns nicht beweisen, dass du mutig bist, Brolon. Daran besteht nach dem, was wir zusammen erlebt haben, kein Zweifel.«

»Vielleicht muss ich mir selbst etwas beweisen«, murmelte Brolon. »Ich fühle mich immer noch, als ob ich nicht hierhergehöre. Vor Kurzem war ich noch ein 'Wilder', der auf einem rückständigen Planeten von der Jagd lebte und alles, was er nicht verstand, für das Werk von Göttern und Dämonen hielt. Ihr habt mich in eine Welt geworfen, die mir fremd ist. Ehrlich gesagt macht sie mir Angst. Diese ganzen Memo-Schulungen unter dem Transferfeld vermitteln mir zwar eine Unmenge an neuem Wissen, aber ich bin im Kern immer noch der 'Wilde', dessen Weltbild zerstört wurde. Ich kann nicht über Nacht ein anderer werden. Wie soll ich mit all dem umgehen, Mike?« Brolon blieb abrupt stehen und sah Grand in die Augen. »Manchmal denke ich, ich wache jeden Moment auf und liege neben meiner Gefährtin in unserer Hütte im Dorf und alles war nur ein böser Traum.«

»Aber es ist kein Traum und du bist kein 'Wilder', Brolon. Ich kann nicht nachvollziehen, wie du dich fühlen musst, aber ich weiß, dass du damit fertigwerden wirst. Und du hast Freunde, die dir dabei helfen werden«, gab Grand zurück. »Dein neues Leben muss nicht schlechter werden als das, das du verloren hast.«

Es war seltsam, dass ausgerechnet jetzt, mitten in einem kritischen Einsatz auf einem merkwürdigen Planeten diese Unsicherheit in Brolon zutage trat. Aber vielleicht lag es an der unwirklichen Umgebung, die ihm zum ersten Mal in aller Deutlichkeit klarmachte, dass alles, an das er bisher geglaubt hatte, unwiederbringlich hinter ihm lag, überlegte Grand.

»Jungs«, unterbrach Jalina ihr Gespräch und deutete auf das seltsame Gebäude. »Ich will euch ja nicht stören, aber da tut sich was!«

Grand betrachtete das pseudo-metallene Objekt und sah, wie sich mitten in der Wand eine Öffnung bildete. Es war weder eine Tür noch eine Luke, die sich öffnete. Unmittelbar vor ihnen verschwand einfach ein Teil der Wand. Zunächst bildete sich ein kleines Loch, das sich immer mehr ausweitete, bis es eine Art Torbogen von etwa drei Metern Höhe und drei Metern Breite bildete. Dahinter war es vollkommen dunkel, was eigentlich nicht sein durfte, da das gleißende 'Sonnenlicht' direkt auf die Wand fiel. Trotzdem konnte man keinen Meter weit ins Innere des Objekts hineinsehen.

»Sieht aus wie eine förmliche Einladung«, sagte Grand.

»Wir wissen nicht, was uns dahinter erwartet«, warnte Jalina.

Grand zwinkerte ihr zu.

»Sind wir nicht genau deswegen hier, um das herauszufinden? Worauf warten wir dann noch?«

28.

Im Innern des Würfels war es merklich kühler. Die drei hatten den Würfel kaum betreten und standen dennoch in völliger Dunkelheit, als sich die Umgebung schlagartig veränderte. Es war, als habe jemand das Licht angeknipst.

Strahlende Helligkeit flutete über eine Ebene hinweg, die viel größer war, als es die äußeren Abmessungen des Würfels hätten erlauben dürfen. Alles war weiß. Der Boden wie auch der sie umgebende feine Nebel, der alles, was mehr als vielleicht einhundert Meter entfernt lag, ihren Blicken entzog.

Grand fuhr herum, doch hinter ihm befand sich … nichts. Keine Wand und erst recht nicht die Öffnung, durch die sie das Objekt gerade betreten hatten. Die glatte, weiße Ebene erstreckte sich in alle Richtungen. Ein Blick nach oben zeigte, dass auch dort nichts zu erkennen war, außer einem feinen, weißen Schleier. Wie schon auf der Oberfläche von Mystery schien auch hier das Licht aus allen Richtungen gleichzeitig zu kommen.

»Wie ist das möglich?« Jalina war die Verblüffung anzumerken.

»Nichts auf Mystery ist mit unseren physikalischen Vorstellungen zu erklären«, sagte Grand.

»Seid ihr wirklich sicher, dass es keine Zauberei gibt?«, versuchte Brolon, einen Scherz zu machen, der jedoch gezwungen klang.

»Die Gravitation hat sich nicht verändert und auch die Zusammensetzung der Atmosphäre ist noch die gleiche«, informierte Grand die anderen nach einem Blick auf das Sensordisplay, das in den Ärmel seines leichten Raumanzugs eingearbeitet war.

»Was jetzt?« Jalina sah ihn fragend an.

»Uns bleibt nichts anderes übrig, als abzuwarten, was nun passieren wird! Wer immer uns hier haben wollte, wird sich sicher in irgendeiner Form melden.«

Grand hatte kaum ausgesprochen, als sich ein Schemen vor ihnen aus dem Dunst schälte. Als hätte jemand einen Ventilator eingeschaltet, der den weißen Nebel wegblies, zeichneten sich die Umrisse eines Mannes ab. Eines Terraners, wie Grand schockiert feststelle. Oder zumindest eines Mannes, der exakt wie ein Terraner aussah. Auch Brolon sog scharf die Luft ein.

Für ihn muss der Kerl ja ebenfalls wie ein Bewohner seines Planeten aussehen, erkannte Grand, *wie ein Trakoy.*

Langsam kam der Unbekannte auf sie zu, bis er direkt vor ihnen stand. Er war durchschnittlich groß, besaß eine sportliche Figur und einen leicht gebräunten Teint; das braune Haar trug er kurz geschnitten. Bekleidet war er mit einer schneeweißen, langen Hose und einem gleichfarbigen, ärmellosen Hemd, das seine muskulösen Oberarme erkennen ließ. Er war erstaunlicherweise barfuß und lächelte sie aus strahlend grünen Augen freundlich an.

»Willkommen!«, sagte er in akzentfreiem *Universal.*

»Wer sind Sie? Wo sind wir hier?«, fragte Grand.

Der Mann musterte die drei, lächelte noch breiter und deutete auf die Waffen, die in Oberschenkelhöhe seitlich an ihren Raumanzügen befestigt waren.

»Warum tragen Sie Waffen?«, fragte er, anstatt zu antworten.

»Man weiß nie, auf wen oder was man auf einem unbekannten Planeten trifft«, sagte Grand.

»Und Ihre Antwort auf das Unbekannte sind Waffen?« Das Lächeln verschwand aus dem Gesicht und machte einem traurigen Ausdruck Platz.

»Wer sind Sie?«, fragte Grand erneut. »Ich weiß gerne, mit wem ich philosophische Gespräche führe.«

»Wen hatten Sie hier erwartet?«

»Jemanden, der konkrete Antworten auf konkrete Fragen gibt«, knurrte Brolon dazwischen.

Der Unbekannte drehte sich leicht zu dem Trakoy um und begutachtete ihn, wie man ein seltenes Tier betrachten würde.

»Sie sind anders als Ihre Begleiter. Sie tragen keine lebensverlängernden Maschinen in Ihrem Körper.«

Die Aussage überraschte Grand. Woher konnte der Fremde etwas von den Nanoassemblern in seinem und Jalinas Körper wissen?

»Woher wissen Sie von den Nanoassemblern?«

»Ich höre ihren Gesang.«

Die Antwort verwirrte ihn nur noch mehr. Was meinte der Unbekannte bloß damit?

»Ich nehme an, wenn Sie die Nanos irgendwie in unserem Körper anmessen können, sind sie ein künstliches Wesen. Ein Android oder Roboter?«, fragte Grand.

»Bin ich ein künstliches Wesen? Das kommt darauf an, was Sie darunter verstehen. Und, nein, ich messe Ihre Maschinen nicht an, ich höre ihre unverwechselbare Melodie in der Symphonie des Multiversums«, lautete die rätselhafte Antwort. Dann ab sich der Fremde plötzlich um. »Kommen Sie mit«, sagte er noch und ging einfach davon.

»Warum sollten wir Ihnen folgen? Und wohin?«, rief Grand hinter ihm her.

Der Fremde blieb stehen und wandte sich ihnen erneut zu.

»Weil ich dachte, dass Sie konkrete Antworten auf konkrete Fragen suchen. Kommen Sie!«, forderte er sie wieder auf, wandte sich ab und verschwand allmählich in der weißen Nebelwand, ohne sich noch einmal umzudrehen.

Grand blickte seine Gefährten fragend an. Beide nickten ihm zu, dann eilten sie gemeinsam hinter der im Nebel schon fast nicht mehr sichtbaren Gestalt her.

»Haben Sie einen Namen?«, fragte Grand, als sie

ihn eingeholt hatten.

»Sie können mir einen geben, wenn Sie Wert darauf legen, mich mit einem Namen anzusprechen«, sagte er, ohne seine Schritte zu verlangsamen.

»Wohin gehen wir?«

»Dorthin, wo es Antworten auf Ihre Fragen gibt.«

Jalina und Brolon waren ihnen während des kurzen Wortwechsels schweigend gefolgt. Grand spürte plötzlich Jalinas Hand in der seinen. Er erwiderte den leichten Druck ihrer Finger und Jalina lächelte ihn von der Seite an.

Sie marschierten noch eine oder zwei Minuten. Dann standen sie vor einer weißen Wand, an deren Fuß sich eine runde, goldene Fläche von etwa zwei Metern Durchmesser befand. Bei genauerer Betrachtung kam es Grand vor, als würde sich die Oberfläche leicht kräuseln, fast wie ein zähflüssiges, goldfarbenes Öl.

»Treten Sie hindurch!«

Mit einer einladenden Geste zeigte der Unbekannte auf die Kreisfläche. Grand zögerte. Wohin würde der Durchgang führen? Fragend sah er Jalina an. Während er noch überlegte, drängte sich Brolon an ihnen vorbei.

»Ich gehe zuerst«, sagte er und trat in den goldenen Kreis an. Die Wand schien ihn regelrecht zu verschlucken, und Brolon war von einem Augenblick auf den anderen verschwunden.

Jalina umklammerte Grands Hand noch fester. Gemeinsam machten sie einen Schritt nach vorn. Sie spürten keinen Widerstand, als die goldene Fläche sie *absorbierte.*

Als Grand und Jalina den Schritt vollendeten, fanden sie sich in einem Raum wieder, der dem Katalog eines terranischen Magazins für gehobene Wohnkultur hätte entsprungen sein können. Vor ihnen stand Brolon und sah sich staunend um.

»Hier ist es wesentlich gemütlicher als auf der nebligen Ebene.« Er grinste die beiden an.

Das Zimmer war ungefähr acht mal zehn Meter groß. Der gesamte Boden war mit einem dicken, weißen Teppich bedeckt. In der Mitte der rechten Wand befand sich ein Kamin, in dem ein Feuer brannte. Rechts von dem Kamin hingen Gemälde, die Szenen von verschiedenen Planeten zeigten. Die linke Seite der Wand nahmen eine Sitzgruppe aus schwarzem Leder und ein gläserner Antigravtisch ein. Die gesamte gegenüberliegende Seitenwand war ein riesiges Fenster, das einen Ausblick auf eine weitläufige Parklandschaft bot. Die Stirnwand wurde von einem edlen Bücherregal beherrscht, auf dem Hunderte, wenn nicht Tausende von Büchern standen. Es wurde nur unterbrochen von einem Computerterminal in der Mitte, welches augenscheinlich nicht in Betrieb war. Das Zentrum des Raumes dominierte ein Holoprojektor, der die Abbildung einer Galaxie zeigte, die sich langsam drehte. Grand wandte sich um. Die Rückwand hinter ihm war leer bis auf eine goldene, kreisförmige Fläche aus der soeben der Unbekannte trat.

»Setzen Sie sich«, forderte er die drei auf.

Grand fiel plötzlich ein, an wen ihn der Fremde erinnerte. In seiner Jugend hatte er mehrere uralte 2D-Videos gesehen, die aus dem 20. Jahrhundert stammten und von den Abenteuern der Besatzung eines Raumschiffes handelten. Damals hatte er davon geträumt, eines Tages durch das Weltall zu reisen und ebensolche Abenteuer wie der Kapitän dieses Raumschiffes zu erleben. Der Unbekannte hatte große Ähnlichkeit mit dieser fiktiven Figur. Grand hatte das meiste längst vergessen, aber an den Namen des Kapitäns erinnerte er sich seltsamerweise noch: *James T. Kirk*. Das 'T' stand für *Tiberius*, was nur wenige wussten.

»Ich werde Sie 'Tiberius' nennen«, sagte Grand.

»Dann ist dies ab jetzt mein Name«, stimmte Tiberius zu.

»Wo sind wir hier?«, fragte Grand zum wiederholten Mal.

»Setzen Sie sich bitte!« Wieder erhielt er keine Antwort auf seine Frage.

»Ich habe genug von Ihren vagen Antworten.« Grand wurde allmählich ärgerlich. Das penetrante Lächeln und die ausweichende Art gingen ihm auf die Nerven. Er hatte zwar nicht das Gefühl, dass ihnen unmittelbar Gefahr drohte, doch sie befanden sich in einer Situation, die vollständig ihrer

Kontrolle entglitten war. Sie hatten keine Ahnung, wo sie waren, noch wussten sie, mit wem sie es zu tun hatten. Falls sich die Dinge nicht so entwickeln sollten, wie sie es erhofften, würde es keine Möglichkeit zur Flucht geben. Grand bezweifelte inzwischen sogar, dass sie sich überhaupt noch auf Mystery aufhielten. Das Beiboot konnte Lichtjahre entfernt sein. Tiberius mochte sich bisher freundlich gezeigt haben, Tatsache war jedoch, dass sie ihm vollkommen ausgeliefert waren, und das behagte Grand ganz und gar nicht.

»Sie brauchen keine Angst zu haben. Ihnen droht keinerlei Gefahr«, sagte Tiberius, als könne er Grands Gedanken lesen – was dieser inzwischen nicht mehr völlig ausschloss. »Ich werde Sie sofort zu Ihrem Schiff zurückbringen, falls Sie dies wünschen.«

Das kann stimmen oder auch nicht, dachte Grand.

Tiberius setzte sich auf einen der Sessel. Nach einem kurzen Zögern folgten Grand, Jalina und Brolon seinem Beispiel und nahmen ebenfalls Platz, Jalina neben Grand auf dem bequemen Zweisitzer und Brolon in einem weiteren Sessel.

»Um eine Ihrer Fragen zu beantworten: Wir befinden uns in einem von mir erschaffenen Miniaturuniversum, welches derzeit vollkommen vom Multiversum abgeschnitten ist«, sagte Tiberius. »Nur für den Fall, dass Sie feindliche Absichten hegen sollten. Ohne meine Hilfe gibt es von hier kein Entkommen.« Grand gefiel die unterschwellige

Drohung überhaupt nicht. »Ich musste mich vergewissern, dass Sie keine Agenten des *Devorators* sind. Seine Macht reicht nicht in diese universale Blase.«

»Wessen Agenten?«, fragte Brolon.

»Der *Devorator* ist mein … Gegenspieler, könnte man sagen. Inzwischen bin ich jedoch davon überzeugt, dass Sie nur einfache, niederdimensionale Intelligenzwesen sind. Es ist erstaunlich, dass Sie in die Präsumptionsmatrix eindringen konnten. Was wollten Sie dort?«

Grand nahm an, dass es sich bei dieser Bezeichnung um das Kontinuum handelte, das Hakera 'Proto-Universum' genannt hatte. Gleichzeitig gefiel es ihm nicht, als 'einfaches Intelligenzwesen' bezeichnet zu werden.

»Wir sind auf der Suche nach einem seit langer Zeit verschollenen Volk aus unserer Heimatgalaxis. Sie nannten sich 'Dorianer'«, erklärte Grand.

Tiberius sah ihn durchdringend an.

»Warum sucht ihr sie?«

»Wir erhoffen uns ihre Hilfe. Unser Universum ist in Gefahr.« Grand umriss mit wenigen Worten die Situation.

»Sie haben uns gefunden«, sagte Tiberius.

Grand durchfuhr eine Mischung aus Überraschung und Freude, aber er empfand auch Anspannung, denn er spürte, dass nun etwas folgen würde, mit dem sie nicht gerechnet hatten.

»Aber wir sind nicht, was Sie vielleicht erwartet

haben. Oder besser gesagt … nicht mehr«, fuhr Tiberius fort. »Ich will Ihnen unsere Geschichte erzählen, damit Sie verstehen, was mit uns geschehen ist. Und damit Ihnen deutlich wird, dass es um viel mehr geht als um das Überleben Ihrer Spezies, Ihrer Galaxis oder gar Ihres Universums.«

29.

Vor 200 Millionen Jahren terranischer Zeitrechnung.

Die letzten Dorianer verließen auf riesigen, Dutzende von Kilometern messenden Schiffen das heimische Universum. Über lange Zeit war in einem anderen Universum, das nicht vom Untergang bedroht war, eine neue Heimat eingerichtet worden. Aus zwei Gründen war dies nicht einmal sonderlich schwierig gewesen.

Zum einen existierten nur noch wenige Billionen Dorianer. Sie hatten ihre kulturelle, technologische und wissenschaftliche Blütezeit längst erreicht, wenn nicht sogar überschritten. Seit vielen Hundert Millionen Jahren war ihr Herrschaftsgebiet geschrumpft, und es gab kaum noch Geburten. Sie beherrschten die beliebige Verlängerung des Lebens, doch fast alle Unsterblichen wurden des ewigen Lebens nach einigen Hunderttausend Jahren überdrüssig und beendeten es freiwillig. Es war nicht nur eine Phase der Stagnation – das Volk der Dorianer befand sich trotz aller Erkenntnisse schon lange im Niedergang.

Der zweite Grund, warum die Umsiedlung der Spezies überhaupt ohne Weiteres durchführbar war, bestand in den unterschiedlichen Zeitabläufen der beiden Universen. In der neuen Heimat verging die Zeit einhundert Mal schneller, sodass man in aller Ruhe nach den notwendigen Sonnensystemen mit für die Besiedlung geeigneten Planeten suchen konnte und Zeit genug blieb, um alles anzupassen und vorzubereiten. Hilfreich war überdies, dass dieses Universum, aus welchen Gründen auch immer, kaum hoch entwickeltes Leben hervorgebracht hatte und es somit keine Konkurrenz und keine daraus resultierenden Auseinandersetzungen geben würde. Die Umsiedlung konnte also ohne Eile vonstattengehen.

In der ehemaligen Heimat ließ man ein Schiff zurück, das Bericht erstatten sollte, wenn die kosmische Katastrophe, die Branenkollision, abgeschlossen sein würde. Es interessierte die Dorianer, ob ihre Befürchtungen sich als begründet erweisen würden und welches Schicksal ihr Ursprungsuniversum erleiden würde.

Die ehemaligen Stützpunkte im Bulk, die sie einst als Navigationspunkte für intergalaktische Reisen zwischen den vielen besiedelten Galaxien ihres Reiches eingerichtet hatten, wurden einfach aufgegeben. Die Stations-KIs wurden gelöscht oder auf die Quantenmatrix eines Schiffes übertragen und man ließ die nutzlos gewordenen, hutförmigen Stationen einfach im Bulk treibend zurück. Dass den Dorianern bei einer der Stationen ein Fehler unterlief und die KI nicht vollständig gelöscht wurde, blieb unbemerkt.

Die nächsten Jahrmillionen

Die Umsiedlung hatte für eine kurzzeitige Belebung innerhalb der dorianischen Gesellschaft gesorgt. Die kulturelle Erschöpfung, die wissenschaftliche Stagnation und der erloschene Wille zum Fortschritt wichen einer Phase neuen Auftriebs. Doch im Gegensatz zur ersten Expansionswelle ging es diesmal nicht um die Eroberung des Raumes, um die Besiedlung neuer Galaxien oder um grundlegende Erkenntnisse über das Wesen des Kosmos. Diesmal fand eine geistige *Entwicklung statt.*

Schon seit langer Zeit war darüber spekuliert worden, ob es eine höhere Existenzebene geben konnte. Eine Ebene, auf der sich eine hoch entwickelte Zivilisation die letzten Geheimnisse des Kosmos zu eigen machen konnte. Eine Ebene, die nicht nur einen tieferen Einblick in die Mehrdimensionalität des Multiversums gewähren, sondern eine Spezies zu deren integralem Bestandteil machen konnte. Immer wieder hatte es in der Vergangenheit Gerüchte über verschwundene Zivilisationen gegeben, die angeblich in diese Ebene aufgestiegen *waren. Hinterlassenschaften, die man auf verschiedenen Planeten in unterschiedlichen Galaxien der alten Heimat gefunden hatte, ließen diesen Schluss zu. Dort war die Rede vom* finalen Exodus, *von* Vergeistigung *und vom* Erklimmen *einer höheren Stufe des Seins.*

Die Philosophen und Wissenschaftler der Dorianer arbeiteten über viele Millionen Jahre Hand in Hand an dieser Fragestellung. Dann fanden sie die Antwort.

Sie generierten ein komplexes, multidimensionales Feld, in das sich jeder Dorianer geistig integrieren konnte. Sie verschmolzen ihre Bewusstseine zu einem Ganzen. Es kam zur geistigen Vereinigung von Billionen Intellekten, einer ganzen Spezies, zur Coniunctio. *Doch dann folgte die große Enttäuschung. Als die zu einer neuen Entität zusammengeschlossenen Dorianer als das* Coniunctional, *das Gemeinschaftsbewusstsein eines ganzen Volkes, die ersehnte höhere Existenzebene endlich erreicht hatten, waren sie dort vollkommen allein. Keines der älteren Völker wartete dort auf sie. Das* Coniunctional *erblickte das*

Multiversum in seiner ganzen Pracht, konnte es vom Anbeginn der Zeit bis in die temporale Unendlichkeit erfassen, verfügte über die Möglichkeit, die Geschicke von Universen zu gestalten – doch außer ihm gab es dort nichts und niemanden. Das Coniunctional *war die einsamste Intelligenz des Multiversums.*

Schisma

Der Schock war gewaltig. Nun verfügte man über fast göttliche Macht – doch wozu? Worin lag die zukünftige Bestimmung der ehemaligen Dorianer? Wozu war ein Aufstieg nütze, wenn dort nur die langweilige Sackgasse der Ewigkeit wartete? Das Coniunctional, *dessen Billionen Einzelbewusstseine nach wie vor eine gewisse Eigenständigkeit besaßen, grübelte weitere Jahrmillionen über diese Frage nach. Es bildeten sich zwei Ansichten heraus, zwei Schulen, die einander diametral gegenüberstanden.*

Beiden gemein war die Ansicht, es müsse noch etwas außerhalb *des Multiversums geben.* Über *dem Multiversum. Eine weitere Ebene in der dimensionalen Hierarchie des Kosmos, die ihnen noch verschlossen war. Wohin sollten die vor ihnen aufgestiegenen Spezies sonst verschwunden sein? Sie mussten den Schlüssel zu den absoluten und letzten Geheimnissen der Schöpfung gefunden haben. Die letzte, die höchste Ebene allen Seins. Völlig losgelöst von allem Materiellen. Auch Strings und Branen waren letztlich nichts anderes als die Ursubstanz aller materiellen Existenz. Es musste noch eine rein geistige Ebene existieren, die über allem stand. Diese galt es zu erreichen. Doch über den Weg dorthin herrschte keine Einigkeit im* Coniunctional.

Die größere Gruppe war der Ansicht, der Weg zur nächsten Ebene sei nur durch zusätzliches Wissen, Analyse und vor allem durch Geduld zu erreichen. Das Coniunctional *vernahm die Schwingungen der Strings und der Branen als Symphonie des Multiversums, wie eine höherdimensionale Musik. Wenn es noch einen weiteren Aufstieg geben sollte, einen letzten Schritt der Evolution, so mussten sich hierfür Hinweise in den Harmonien der Stringmelodien zeigen. Jede kleine Dissonanz konnte einen Fingerzeig geben, denn sie konnte auf ein Einwirken aus der geistigen Sphäre hindeuten. Jeder Missklang in den Stringmelodien konnte somit wichtig sein, jede Abberation konnte helfen, die letzte Frage zu beantworten:* Gab es etwas außerhalb des Multiversums und wie konnte man es erreichen? War das Multiversum selbst womöglich in ein rein geistiges, darüberstehendes Kontinuum eingebettet?

Eine Minderheit vertrat eine andere, radikalere Position. Der Weg zur letzten Erkenntnis lag ihrer Meinung nach in der Weiterentwicklung als Spezies, die ihrerseits von den Gesetzmäßigkeiten der Evolution bestimmt wurde. Evolution, sagten sie, bedeute jedoch Weiterentwicklung und immer auch Überwindung, ja sogar Zerstörung des Alten. In den Augen der Minderheit bedeutete ein rein passives Verharren und Abwarten, oder gar das Bewahren des Bestehenden, Verrat an den Prinzipien des Kosmos. Es entsprach in ihren Augen nicht nur einer Stagnation – schlimmer noch – es war Degeneration. Nein, argumentierten sie, der nächste Schritt sei nur zu erreichen, wenn das Bestehende vernichtet werde. Sie wollten die Ketten der Strings und die Beschränkungen der Branen sprengen, *um so das Dahinterliegende sehen und erreichen zu können. Ein weiterer Aufstieg in die rein geistige Sphäre sei nur möglich, wenn das Materielle komplett vernichtet werde; wenn die Stringmelodien erloschen. Dies sei der richtige, der* einzige *Weg!*

Aus der Diskussion erwuchs eine unversöhnliche Feindschaft zwischen den beiden Gruppen. Jede Seite sah sich im Besitz der absoluten Wahrheit und es endete damit, dass es zu einem Ausschluss der Minderheit aus dem Coniunctional *kam, als diese versuchte, das Gemeinschaftsbewusstsein gewaltsam zu übernehmen. Der geistige Angriff konnte zurückgeschlagen werden und das* Coniunctional *spaltete sich in zwei, einander feindselig gegenüberstehende Entitäten auf. Der abgespaltene Teil wollte das Multiversum vernichten, verschlingen, zerstören und nannte sich entsprechend* Devorator.

Seit diesem Zeitpunkt unternahm der Devorator *alles, um die Stringmelodien zu stören, die kosmische Symphonie zu zersetzen, den Untergang des gesamten Multiversums voranzutreiben, wohingegen das* Coniunctional *bestrebt war, dem Einhalt zu gebieten. Aus der Suche nach der Wahrheit war bereits vor Äonen ein erbitterter Kampf geworden, über den die Beantwortung der letzten Frage fast in Vergessenheit geraten war.*

»Und da weder das *Coniunctional* noch der *Devorator* direkt in die materielle Ebene eingreifen können, versucht der *Devorator* mithilfe von Wesen dieser Existenzebene Entwicklungen in Gang zu setzen, die seinen Zielen dienen. Auch die Gefahr, der eure Heimat derzeit ausgesetzt ist, wurde ursprünglich vom *Devorator* inszeniert. Er machte euren Feinden die Technologie zur Errichtung eines Branenportals zugänglich, um die Saat der Zerstörung zu säen«, beendete Tiberius seine Erzählung.

30.

Jalina starrte Tiberius ungläubig an und auch Grand musste sich sammeln, um zu verarbeiten, was er gerade gehört hatte. Wenn die Geschichte stimmte, und es gab keinen Grund, daran zu zweifeln, waren sie in einen Konflikt hineingezogen worden, der schon seit Äonen tobte und an den Grundfesten des Multiversums rüttelte. Ein Kampf zwischen … Titanen!

Grand erinnerte sich an die Sagen der alten Griechen. Auch dort waren Sterbliche in Auseinandersetzungen zwischen Göttern verwickelt worden. In der Regel war es nicht gut für sie ausgegangen.

Natürlich wusste er, dass die Dorianer keineswegs zu Göttern geworden waren, aber vom Standpunkt eines Terraners – oder irgendeiner Spezies aus dem normalen Raumzeit-Kontinuum – waren sie von Göttern nicht mehr zu unterscheiden. Hier ging es um kosmische Zusammenhänge und gewaltige Zeiträume, die ein niederdimensionales Lebewesen nicht mehr wirklich zu erfassen vermochte.

Auch Brolon schienen ähnliche Gedanken durch den Kopf zu gehen, und er ergriff als Erster das Wort.

»Dabei hatte ich gerade erst gelernt, dass es keine Götter und Dämonen gibt. Nach dem, was ich soeben gehört habe, gibt es sie wohl doch.«

Tiberius lächelte.

»Nein, wir sind weder Götter noch Dämonen. Das *Coniunctional* und der *Devorator* sind lediglich zwei Aspekte des schon ewig währenden Kampfes zwischen Gut und Böse. Wobei sich in diesem Fall jede Seite für die gute Seite hält.«

»Und Sie sind das … äh … *Coniunctional*?«, fragte Grand.

»Du kannst Tiberius zu mir sagen, und nein, ich bin nur ein *Coniunctant*, ein Splitter des *Coniunctionals*. Es gibt keinen Grund für Förmlichkeit. Wir sind miteinander verwandt. Du und Brolon, aber auch Jalina, ihr seid unsere Nachfahren. Besonders bei dir und Brolon sehe ich genetische Strukturen, die sich über Jahrmillionen unverändert aus unserer DNA erhalten haben.«

»Wie ist das möglich?«, wunderte sich Grand. »Ihr seid vor vielen Millionen Jahren verschwunden. Die Menschheit existierte damals noch gar nicht. Wie soll eure DNA sich in unserer wiederfinden?«

»Alles Leben auf der Erde, ebenso wie auf Kollta oder auf Brolons Heimatplaneten, ist miteinander verwandt. Ihr Menschen habt mit allen Lebewesen auf Terra fast neunzig Prozent oder mehr eurer Erbsubstanz gemeinsam. Das Leben auf euren Planeten entstand bereits zu einer Zeit, als wir uns noch in euren Galaxien aufhielten. Eine unserer vornehmsten Aufgaben in der damaligen Zeit war es, für die Verbreitung von Leben im Universum zu sorgen. Als das Leben auf euren Planeten entstand, waren wir beteiligt! Wir haben unzählige Welten, darunter auch eure, mit unserer DNA 'geimpft', und Teile davon haben sich bis heute in euch erhalten. Ich vermute, dass deine und Brolons Immunität gegen die Invasoren auf einer besonderen Kombination aus eben diesen uralten Dorianer-Genen beruht, die sich über die Jahrmillionen der Evolution rezessiv vererbt haben und nur bei bestimmten, sehr seltenen Genkombinationen aktiv werden konnten.«

All diese Informationen brachen wie eine Sturzflut über Grand herein, und er konnte sehen, dass auch Jalina erschüttert und aufgewühlt wirkte. Für Brolon musste es besonders schwierig sein. Er war erst vor Kurzem aus einer Welt, die in etwa dem Bronzezeitalter der Erde entsprechen mochte, in die moderne Welt der interstellaren Raumfahrt katapultiert worden. Grand wusste nicht, wie Brolon diesen Schock emotional verkraften würde. An seiner überragenden Intelligenz bestand kein Zweifel, doch die völlige Zerstörung seines Weltbildes, die Negierung all dessen, an das er bisher geglaubt hatte, konnte nicht einfach für ihn sein. Und jetzt wurde er mit kosmischen Zusammenhängen konfrontiert, die selbst einen modernen Terraner leicht überfordern konnten. Grand hoffte, dass der sympathische Trakoy damit fertig werden würde, ohne Schaden zu nehmen. Doch die wichtigste Frage hatte Tiberius nicht beantwortet.

»Das alles ist sehr … beeindruckend«, sagte Grand, »doch sind die Dorianer … ist das *Coniunctional* bereit, uns gegen die Ra´hul zu helfen?«

Tiberius schwieg einen Moment und Grand hatte den Eindruck, *der Coniunctant* würde einer Stimme in seinem Kopf lauschen. Plötzlich sackte er in sich zusammen. Dann schien sein Körper zu *zerlaufen*. Er löste sich vor Grands Augen auf, bis nur noch ein Schemen übrig blieb. Eine undefinierbare Gestalt, nicht mehr als eine semi-transparente Wolke, die ständig ihre Form änderte. Grand konnte durch sie hindurch die Parklandschaft im Fenster auf der anderen Seite sehen.

»Warum sollten wir das tun?«

Die Stimme schien aus dem Nichts zu kommen. Grand hätte nicht sagen können, ob sie männlich oder weiblich war, und er war sich nicht einmal sicher, ob er sie wirklich gehört hatte oder ob sie direkt in seinem Kopf entstanden war. Jalina schrie auf und Brolon sprang aus seinem Sessel.

»Was geht hier vor?«, fragte Grand.

»Ich bin das *Coniunctional*«, antwortete die Stimme. »Der *Coniunctant* hat seinen Zweck erfüllt. Ich weiß nun, wer ihr seid und was ihr hier wollt. Ich habe ihn reintegriert und eine Bewertung vorgenommen. Ihr seid irrelevant. Eure Probleme sind irrelevant.«

Das ist also das Gemeinschaftsbewusstsein der Dorianer, dachte Grand frustriert. *Es hat nicht das geringste Interesse an uns oder unserem Überlebenskampf.*

Es war völlig sinnlos, hierherzukommen.

Aber noch war er nicht bereit, aufzugeben.

»Unser Feind ist auch dein Feind!«

»Du hast nicht die geringste Ahnung, wer oder was mein Feind ist und wozu er imstande ist. Eure Feinde sind ebenfalls irrelevant.«

»Wie kann das alles irrelevant sein, wenn es zum Plan des *Devorators* gehört?«

Die Stimme schwieg und Grand befürchtete schon, keine Antwort mehr zu erhalten. Dann erklang sie erneut, fast schmerzhaft intensiv, in seinem Kopf.

»Die Ra´hul und ihr seid wie zwei einzelne, bösartige Bakterien in einem gewaltigen Körper, die sich gegenseitig bekämpfen. Es spielt keine Rolle, wer siegt, da ein Bakterium alleine den Körper nicht gefährden kann. Eure Auseinandersetzung ist für das Schicksal des Multiversums irrelevant.«

Grand dachte fieberhaft nach. Was konnte er vorbringen, um nicht abgewiesen zu werden. Die Dorianer – das *Coniunctional* war ihre letzte Chance.

»Aber wenn das überlebende Bakterium sich nun teilt und teilt und teilt, und wenn es ursprünglich von außen von einem Feind in den Körper gebracht worden war, dann kann es letztlich den ganzen Körper zerstören.« Grand schrie dies fast heraus. »Wenn die Ra´hul siegen, könnte dies erst der Anfang gewesen sein. Der *Devorator* hat sicher einen Plan. Warum sollte er ihnen sonst die Technologie für ein Branenportal gegeben haben.

Dies ist vermutlich nur der erste Zug in einem viel größeren Spiel.«

Wieder erfolgte nicht sofort eine Antwort. Jalina sah Grand fast flehentlich an. Sie hoffte darauf, er würde die richtigen Worte finden. Dann antwortete das *Coniunctional*.

»Was du sagst, ist nicht auszuschließen. Es besitzt eine gewisse Logik. Was erwartest du von mir?«

»Um bei deinem Beispiel zu bleiben: Gib uns ein Antibiotikum, eine Waffe, um das Bakterium zu vernichten, bevor es sich immer weiter teilen kann. Zudem sind wir fast so etwas wie deine Nachfahren. Empfindest du keine moralische Verantwortung für uns? Dann bist du nicht besser als der *Devorator*!«

»Ja, ich habe einen Anteil an eurer Existenz. Vielleicht ergibt sich daraus eine Verantwortung. Ich werde darüber nachdenken. Aber auch wenn ich euch zu helfen bereit wäre, ist dies nicht so einfach«, sagte das *Coniunctional* schließlich. »Ich kann nicht direkt auf den unteren Ebenen eingreifen. Warum das so ist, konnte ich nie ergründen. Vielleicht gibt es ein übergeordnetes kosmisches Gesetz, das es höherdimensionalen Entitäten verwehrt, jemals wieder in Sphären zu agieren, die sie hinter sich gelassen haben, als sie ihre materielle Existenz überwanden. Ich kann Strings manipulieren und dadurch in begrenztem Umfang gewisse Effekte hervorrufen, aber in physischer Form einzugreifen ist mir unmöglich. Und selbst die Manipulation von

Strings kann nur mit großen Einschränkungen stattfinden, da die kosmischen Harmonien nicht gestört werden dürfen. Selbst der *Devorator* schreckt vor massiven Eingriffen zurück, da sie nicht berechenbare Konsequenzen nach sich ziehen könnten, bis hin zur eigenen Vernichtung. Jede Intervention muss sorgsam überdacht werden. Ich bin kein Gott, der nach Belieben handeln kann.«

»Du kannst unseren Normalraum nicht mehr betreten?«, fragte Jalina verblüfft.

»Oh, selbstverständlich könnte ich eine materielle Projektion dorthin schicken, aber sie wäre nur ein Wesen wie alle, die dort zuhause sind. Die Projektion würde über keinerlei besonderen Fähigkeiten verfügen und wäre auf die Rolle eines Beobachters beschränkt. Sie könnte auch nur unter großen Schwierigkeiten noch mit mir kommunizieren. Ich kann die Macht, über die ich im multiversalen Kontinuum verfüge, nicht in die unteren Dimensionen mitnehmen. Selbst hier, in der Präsumptionsmatrix kann ich mich nicht ohne Schwierigkeiten manifestieren. Deshalb wurde der *Coniunctant* geschickt. Er ist nur ein niederdimensionaler Splitter von mir, verfügt hier jedoch über gewisse Möglichkeiten, die mir nicht offenstehen. Was ihr momentan vor euch seht, ist nur der Schatten meines Gemeinschaftsbewusstseins. Und selbst diesen kann ich hier nicht lange aufrechterhalten.«

»Dann schicke Tiberius zurück«, schaltete sich

Brolon ein. »Wir können über ihn mit dir kommunizieren.«

»Ich werde nachdenken«, wiederholte das *Coniunctional*. »Ich werde beraten und ich werde eine Entscheidung treffen. Ihr habt wenige Minuten eurer Zeit, um diese Pseudorealität, die der *Coniunctant* aus Bildern in euren Gedanken erschaffen hat, zu verlassen.«

Der Schatten des *Coniunctionals* verschwand. Gleichzeitig begann die Umgebung um Grand und seine Freunde zu zerfallen. Sie sprangen auf die Füße, bevor die Sitzgruppe sich ebenfalls auflösen konnte. Grand verspürte einen kurzen Schwindel und fand sich plötzlich in einem leeren, kleinen Raum wieder, der von einer Lichtquelle in seinem Rücken spärlich erleuchtet wurde. Er drehte sich um und sah die helle Öffnung, durch die sie den Würfel betreten hatten. Er konnte die Rasenfläche erkennen, auf der das Beiboot der BEWAHRER stand.

»Raus hier!«, sagte er zu Jalina und Brolon.

Sie rannten durch die Öffnung auf das Beiboot zu. Hinter ihnen löste sich der Würfel auf, und Grand hatte den Eindruck, die überzeichneten Farben rings um ihn würden bereits verblassen.

Sie stürmten die Rampe hoch und stürzten in das Innere des kleinen Schiffs.

»Sofort starten!«, rief Grand Robby zu, der sich ihnen überrascht zuwandte.

»Aber … ihr seid nur zwei Minuten weg

gewesen«, sagte der BEWAHRER.

»Nur zwei Minuten? Für uns war es viel länger, aber wir erklären dir später alles. Jetzt müssen wir zusehen, dass wir von hier wegkommen!«

Robby zögerte nicht. Die Rampe fuhr ein und die Luke schloss sich. Das Strahltriebwerk brüllte auf und sie hoben ab. Noch während sie in den blauen Himmel rasten, konnte Grand auf dem Holodisplay beobachten, wie sich die Oberfläche von Mystery allmählich auflöste. Sie verblasste wie eine alte Fotografie, deren Farben über die Jahre immer schwächer wurden.

Mit voller Beschleunigung jagte das Beiboot auf die *Rhelina* zu, die nach wie vor in einem Orbit um den langsam verblassenden Planeten kreiste. Hakera öffnete den Hangar, und ein letzter Blick nach 'unten', bevor das Beiboot in das größere Schiff einschleuste, zeigte Grand, dass Mystery endgültig verschwunden war.

31.

»Wir können nur warten und hoffen«, sagte Jalina, nachdem Grand den beiden an Bord zurückgebliebenen Unsterblichen und der KI Bericht erstattet hatte.

»Ich verstehe nicht, warum die Doria… äh … das *Coniunctional* sich so sträubt, uns zu helfen. Für ein solches Gemeinschaftswesen müsste es doch ein Leichtes sein, die Ra´hul zu stoppen«, nörgelte Kranchoor.

»Ich habe genau zugehört und analysiert, was Michael erzählt hat«, sagte Hakera. Die KI nahm in ihrer Avatarform an der Diskussion teil. »Wir befinden uns für das *Coniunctional* auf einer dimensionalen Ebene, die sehr, sehr weit unterhalb der Sphäre liegt, in der es sich bewegt. Ich will versuchen, euch anhand eines Beispiels zu erklären, was der Grund für das Verhalten des Gemeinschaftsbewusstseins sein könnte.

Michael, stelle dir eine Kolonie halbintelligenter Ameisen auf deinem Planeten vor.« Die anderen blickten den Avatar fragend an. »Eine Kolonie winzig kleiner Insekten, die zu Zehntausenden in einem hügelförmigen Bau leben«, fügte Hakera als Erklärung hinzu. »Nun stelle dir vor, eine Gruppe Ameisen aus einem anderen, weit entfernten Hügel fällt in den Bau einer Kolonie in deinem Garten ein, und die Ameisen bitten dich um Hilfe. Schon die Kommunikation wäre schwierig, da du intellektuell so weit über ihnen stehst, dass es lange dauern könnte, bis du überhaupt begreifen würdest, was sie von dir wollen. Dann würdest du dich fragen, warum du ihnen helfen solltest. Sie sind für dich völlig ohne Belang, und ob sie überleben oder untergehen, ändert an *deinem* Leben nicht das Geringste. Sie sind irrelevant für dich! Doch sie appellieren an dein Mitgefühl oder führen einen anderen Grund an, warum du dich in die Auseinandersetzung einmischen solltest. Du denkst darüber nach und dann stehst du vor dem nächsten Problem: Wie könntest du eingreifen?

Du bist viel zu groß, um in den Bau schlüpfen und vor Ort helfen zu können. Auch deine überragenden technischen Möglichkeiten sind hierfür nicht geeignet. Jeder Versuch, direkt in der Ameisenkolonie einzugreifen, ist dir verwehrt, selbst wenn du helfen möchtest. Du könntest dabei sogar den gesamten Bau zerstören, wenn du nicht vorsichtig bist. Die Welt der Ameisen ist dir so fremd, dass es für dich so gut wie unmöglich ist, dort direkt aktiv zu werden.

Das ist natürlich nur ein einfacher Vergleich, aber vielleicht versteht ihr, was ich sagen will. Nur weil man außerordentlich überlegen ist, bedeutet das noch lange nicht, dass man diese Überlegenheit auch ohne Weiteres für jeden beliebigen Zweck und an jedem beliebigen Ort einzusetzen vermag.«

Hakeras Beispiel mochte seine Schwächen haben, aber alle verstanden, was die KI zum

Ausdruck bringen wollte. Es lief auf etwas ganz Simples hinaus: Das *Coniunctional* war nicht allmächtig!

»Ich muss außerdem darauf hinweisen, dass uns nicht mehr viel Zeit in diesem Proto-Universum bleibt«, sagte Hakera. »Die Einflüsse auf meine Systeme nehmen immer mehr zu, und es bereitet mir zunehmend Schwierigkeiten, das Schiff dagegen abzuschirmen. Wir müssen in spätestens vier terranischen Stunden von hier verschwinden. Danach kann ich nicht mehr garantieren, dass meine Abschirmung hält.«

Mystery war längst verschwunden und die *Rhelina* schwebte wieder im völlig leeren Raum – wenn man dieses Kontinuum überhaupt als *Raum* bezeichnen durfte.

»Wenn wir das *Coniunctional* nicht überzeugen können, was bleibt uns dann?«, fragte Kranchoor.

»Wie ich es sehe, haben wir dann nur noch zwei Möglichkeiten«, sagte Poggy. »Entweder kehren wir in die Milchstraße zurück und beteiligen uns am Kampf gegen die Rah´hul, bei dem wir mit Sicherheit draufgehen werden. Spätestens, wenn sie ihren Plan umsetzen und die gesamte Lokale Gruppe in Trümmer legen. Oder wir hauen so weit wie möglich von dort ab und suchen uns ein Plätzchen irgendwo in einer weit entfernten Galaxis, wo wir den Rest unserer endlosen Tage in Einsamkeit verbringen. Die jeweils letzten Überlebenden unserer fünf Spezies. Beides keine besonders attraktiven Optionen.«

»Noch besteht Hoffnung«, versuchte Grand seinen Kameraden Mut zuzusprechen. »Ich kann und will nicht glauben, dass eine Spezies, die sich einst der *Verbreitung* des Lebens verschrieben hat, nun vom *Schutz* des Lebens nichts hören will. Die Dorianer können sich auch als Gemeinschaftsbewusstsein nicht gänzlich von ihren Idealen gelöst haben.«

»Auch ich kann mir nicht vorstellen, dass sich meine Erbauer so sehr verändert haben sollen«, stimmte die KI zu.

Eine weitere Stunde verstrich, ohne dass sich etwas tat. Weder Tiberius nach das *Coninuctional* ließen sich blicken, und Grand begann zu zweifeln, ob sein Optimismus angebracht gewesen war. Dann informierte Hakera die Besatzung der *Rhelina*, dass sie bestenfalls noch eine weitere Stunde in dieser Umgebung würden verbringen können.

»Die geheimnisvollen Kräfte, die auf meine Abschirmung einwirken, werden immer stärker. Es tut mir leid, aber wir können nicht mehr viel länger auf eine Antwort warten«, sagte sie.

»Mir tut es leid, dass ich euch diese Mission eingeredet habe«, begann Grand. »Aber ich hielt es wirklich …«

In diesem Moment bildete sich ein Schemen in der Zentrale der *Rhelina*. Grand unterbrach sich mitten im Satz und fuhr herum. Der Schemen verdichtete sich schnell, bis er die Gestalt eines

Mannes annahm. Tiberius stand lächelnd vor ihnen.

»Ich spreche im Namen des *Coniunctionals*«, sagte er, ohne sich lange mit einer Begrüßung aufzuhalten. »Ich bin bereit, euch zu helfen, die Ra´hul aufzuhalten. Ich werde die Stringmelodien so manipulieren, dass die Ra´hul kein Branenportal mehr öffnen können. Damit ist die Versetzung ihrer Galaxiengruppe in euer Universum nicht mehr möglich und die Lokale Gruppe vor der Vernichtung bewahrt. Obwohl ich bisher vor solch massiven Störungen der Symphonie des Multiversums zurückgeschreckt bin, halte ich es angesichts der Umstände für vertretbar. Allerdings muss ich sehr vorsichtig vorgehen, um keine noch größere Katastrophe auszulösen. Solche Eingriffe in dieses komplexe System sind nicht ungefährlich. Doch dafür verlange ich einen Tribut.«

»Was meinst du damit?«, Grand war überrascht. Was hatten sie einer Intelligenz zu bieten, die das Multiversum manipulieren konnte? »Was für einen Tribut?«

»Darüber sollten wir erst reden, wenn ihr wisst, was ich für euch tun kann.«

»Uns läuft die Zeit davon«, sagte Grand. »In zweierlei Hinsicht. Zum einen können wir in dieser Umgebung nicht viel länger bleiben und müssen schnellstmöglich hier verschwinden. Für lange Diskussionen bleibt keine Zeit. Zum anderen ist die riesige Invasionsflotte der Ra´hul bereits in Richtung Milchstraße unterwegs. Wenn sie ihr Ziel erreicht, ist unsere Galaxis verloren. Billiarden Leben werden vernichtet werden.«

»Gegen den Überfall auf eure Galaxis kann ich leider nichts tun. Ich verfüge weder über eine Flotte noch über Waffen. Meine Waffe ist der Geist, mit dem ich kosmische Strings und Branen manipulieren kann. Ich sehe nicht, wie das im Kampf gegen eine Invasionsflotte von Nutzen sein könnte.«

So sehr sich Grand auch darüber freute, dass das *Coniunctional* grundsätzlich zu helfen bereit war, so löste das nicht ihr dringendstes Problem. Selbst wenn verhindert werden konnte, dass die Ra´hul mittels ihrer Kuben ein riesiges Branenportal errichten würden, brachte dies keine Rettung für die Milchstraße und die anderen überfallenen Galaxien. Die Invasionsflotte der Ra´hul würde nach wie vor Tod und Verderben in die Galaxien der Lokalen Gruppe tragen. Insbesondere, wenn sie von ihrem Heimatuniversum abgeschnitten wären. Es wunderte Grand deshalb nicht, dass auch die anderen nicht in Jubel ausbrachen. Auch blieb die Frage nach dem ominösen Preis, der für die Hilfe zu entrichten sein würde.

»Wir können unsere Heimat nicht einfach in die Hände des Feindes fallen lassen!«, protestierte Jalina.

»Und meinen Planeten willst du einfach opfern und den Ra´hul überlassen?« Auch Brolon war sichtlich aufgebracht.

»Das ist nicht genug«, stimmte Kranchoor in

den Chor der Entrüstung ein.

Poggy schüttelte nur den Kopf und blieb stumm. Robby, der bisher schweigend den Diskussionen gefolgt war, trat einen Schritt nach vorn, was bei dem fast drei Meter großen Roboterhünen bedrohlich wirkte.

»Uns BEWAHRERN wird es unter diesen Umständen nicht möglich sein, in der Milchstraße zu bleiben. Wir sind den Ra´hul unterlegen und würden von ihnen ausgerottet werden.«

»Natürlich sind wir alle erleichtert, dass die Lokale Gruppe nicht untergehen wird und damit unvorstellbares Leid verhindert werden kann«, versuchte Grand, die Aufregung zu beschwichtigen. »Aber wenn die Ra´hul mit ihrer riesigen Flotte weiterhin ungehindert wüten können, müssen trotzdem unzählige Lebewesen sterben. Das ist inakzeptabel! Es muss eine Möglichkeit geben, wie du das verhindern kannst.«

»Es tut mir leid, Michael Cordwainer Grand«, sagte Tiberius, und es klang aufrichtig.

»Es muss uns etwas einfallen«, beharrte Grand. »Aber jetzt will ich erst einmal wissen: Was ist der Preis für deine Hilfe?«

»Der *Devorator* ist dazu übergegangen, sich Hilfstruppen auf der dimensionalen Ebene zu beschaffen, auf der er nicht selbst agieren kann. Das Branenportal der Ra´hul ist der erste Beweis hierfür. Es gibt einen Hinweis, dass er dies vor Kurzem erneut getan hat. Innerhalb meiner Sphäre kann ich ihn noch im Zaum halten, doch gegen Manipulationen in eurem Raumzeit-Kontinuum bin ich nahezu machtlos. Deshalb benötige auch ich einen Agenten, der für mich dort tätig sein kann. Als Preis für meine Hilfe verlange ich, dass du, Michael, dich mir zur Verfügung stellst. Du wirst dort für mich aktiv werden, wo ich es nicht kann. Dort, wo der *Devorator* seine Agenten einsetzt, werde ich dich einsetzen, um ihn zu bekämpfen. Bist du dazu bereit?«

»Aber … ich … was genau bedeutet das? Wir müssen die Liga der Unsterblichen wieder aufbauen. Es sind nur noch fünf von uns übrig. Ich werde dabei gebraucht!« Grand war verwirrt. Falls es doch noch gelingen würde, die Milchstraße zu retten, musste die Liga aus den Trümmern neu errichtet werden. *Mutter* musste wiederhergestellt, der *Hort* repariert und neue Unsterbliche angeworben werden. Dies war eine Aufgabe, die all ihre Kräfte beanspruchen würde. Besonders jetzt, nachdem die BEWAHRER ihre Zusammenarbeit aufgekündigt hatten, war eine Gruppe, die sich für das Wohl *aller* Lebewesen der Galaxis einsetzte, notwendiger denn je. Außerdem konnte er sich nichts unter dem Titel 'Agent des Coniunctionals' vorstellen.

»Es betrübt mich, euch mitteilen zu müssen, dass der *Hort* zusammen mit der KI, die ihr *Mutter* nennt, endgültig zerstört wurde«, sagte Tiberius.

Jalina schrie entsetzt auf und auch Kranchoor und Poggy reagierten fassungslos. Grand wurde ärgerlich.

»Und das sagst du uns erst jetzt? Ich habe die Nase voll davon, die wichtigen Informationen nur häppchenweise zu bekommen. Was ist passiert?«

»Wie ich bereits sagte, hat der *Devorator* erneut mithilfe eines niederen Wesens auf eurer Ebene eingegriffen. Der Unsterbliche, den ihr Rigoran nennt, wurde von ihm übernommen. Er hat ihn zu seinem Diener gemacht und ihn damit beauftragt, den *Hort* zu zerstören. Ich konnte es selbst beobachten.«

»Rigoran arbeitet für unseren Feind?« Jalina konnte es nicht glauben.

»Der Rigoran, den ihr gekannt habt, existiert nicht mehr«, sagte Tiberius. »Sein Körper wurde vernichtet und sein Geist versklavt. Der *Devorator* hat Rigorans Wissen und seine Erinnerungen übernommen und daraus ein neues Wesen erschaffen, das auch in den niederen Dimensionen über mächtige Fähigkeiten verfügt. Deshalb benötige auch ich einen Agenten, um diesem Diener des *Devorators* Einhalt gebieten zu können.«

Grand sank erschüttert in seinen Sessel zurück. Wenn *Mutter* und der *Hort* nicht mehr existierten, gab es keine Möglichkeit mehr, die Liga neu entstehen zu lassen. Ohne die *LifeCell* würde es keine weiteren Unsterblichen geben. Die Lage wurde immer aussichtsloser.

Jalina schlug ob dieser schlimmen Nachricht die Hände vors Gesicht. Kranchoor ließ den Kopf hängen und enthielt sich jeglichen Kommentars, was bei dem ansonsten redseligen Xhenthel ein sicheres Anzeichen seines inneren Aufruhrs war. Poggy sackte noch mehr in sich zusammen und selbst Brolon, der die Liga der Unsterblichen und Rigoran nur aus Erzählungen kannte, erfasste sofort den Ernst der Situation.

»Wenn du glaubst, ich würde mich von dir ebenfalls übernehmen und versklaven lassen, hast du dich getäuscht«, raunzte Grand den *Coniunctanten* an.

»Das ist nicht meine Absicht, Michael Cordwainer Grand. Du wirst selbstverständlich ein eigenständiges Wesen bleiben. Ich bin nicht der *Devorator*. Ich achte das Leben! Ich brauche nur jemanden, der in meinem Interesse handelt. Das ist der Preis, den ich für meine Hilfe verlange.«

»Michael, es bleiben uns nur noch wenige Minuten, dann bricht meine Abschirmung zusammen«, warnte Hakera.

In Grand tobten widerstreitende Gefühle. Einerseits sah er es als seine Pflicht an, alles dafür zu tun, die Gefahr von den unzähligen Zivilisationen und Lebewesen abzuwenden, andererseits widerstrebte es ihm, sich auf Gedeih und Verderb einem Geisteswesen zu verpflichten, über dessen wahre Motive er so gut wie nichts wusste. Zudem fragte er sich, was dies für seine gerade begonnene Beziehung zu Jalina bedeuten mochte. Wie er im nächsten Augenblick erfuhr, ging auch ihr dieser Gedanke durch den Kopf.

»Wenn du Mike willst, musst du auch mich nehmen«, sagte sie erstaunlich ruhig. »Wie es aussieht, ist uns außer unserer kleinen Gruppe nichts mehr geblieben. Keine Liga, kein *Hort* und wahrscheinlich auch keine Heimat, falls es uns nicht doch noch gelingt, die Flotte der Ra´hul zu stoppen. Ich will, dass wir zusammenbleiben!«

Mike lächelte sie an und griff nach ihrer Hand.

»Ja, uns beide oder keinen«, sagte er zu Tiberius.

Der *Coniunctant* lächelte ihn an.

»Ich bin sogar sehr gerne bereit, euch beide zu akzeptieren. Und vielleicht gibt es sogar einen Weg, wie ich helfen kann, die Liga der Unsterblichen wieder auferstehen zu lassen. Doch dazu später, jetzt müssen wir von hier verschwinden.«

»Wir?«, fragte Grand.

»Ich werde euch begleiten«, sagte Tiberius.

32.

Diesmal gab es keine Visionen von anderen Leben aus Paralleluniversen. Das *Coniunctional* schirmte die Insassen der *Rhelina* auf dem Flug durch den multiversalen Bulk gegen die Einflüsse anderer Branen ab. Sie waren zwei subjektive Tage in dem Proto-Universum geblieben und als sie in ihrem eigenen Universum zurück in den Normalraum fielen, war dort lediglich eine halbe Stunde seit ihrem Abflug vergangen.

Aufgrund der Besonderheiten des Branendrives traten sie exakt an der Stelle wieder in das Ursprungsuniversum ein, von der aus sie gestartet waren. Sie hielten sich dort jedoch nicht lange auf, sondern jagten mit Höchstgeschwindigkeit der Invasionsflotte der Ra´hul hinterher. Nach Hakeras Berechnungen und nach allem, was sie über die Leistungsfähigkeit der gegnerischen Schiffe wussten, würden sie etwa einen Tag vor dem Angreifer in der Milchstraße eintreffen.

Hakera hatten den Kurs so gewählt, dass sie am Rand der Milchstraße, oberhalb der Hauptebene ankommen mussten. Die majestätische Spiralgalaxis lag leuchtend vor ihnen. Grand sah die Milchstraße nicht zum ersten Mal in voller Pracht, doch diesmal verspürte er bei diesem Anblick einen Stich im Herzen. Es war unvorstellbar, dass die Heimat so vieler Völker in die Hände der Ra´hul fallen sollte. Bereits die vielen Kriege, die sie derzeit wie ein

Flächenbrand überzogen, waren schrecklich genug, doch Grand wollte sich nicht vorstellen, was eine Flotte von 300.000 weit überlegenen Feindschiffen anrichten würde, die demnächst hier eintreffen musste.

»Wunderschön, nicht wahr?«

Jalina schmiegte sich enger an ihn und lehnte den Kopf an seine Brust. Er blickte wieder auf die Holoprojektion, die fast die gesamte Seitenwand seiner Kabine einnahm, und brummte zustimmend.

Sie hatten sich am letzten Tag des Fluges in Grands Kabine zurückgezogen und sich mit fast verzweifelter Intensität zum ersten Mal geliebt. Keiner von beiden wusste, wie viel gemeinsame Zeit ihnen blieb und was eine ungewisse Zukunft bringen würde.

»Ich bin mit meinem Latein am Ende«, gab Grand zu.

»Du bist was?« Jalina sah ihn verwirrt an.

»Endlich ein terranisches Sprichwort, das du nicht kennst.« Er musste lachen, was angesichts der verzweifelten Lage eine willkommene Abwechslung war.

»Ich weiß nicht weiter, ich habe keine Ahnung, was wir noch tun könnten«, erklärte er.

»Wir müssen sie warnen. Wir sollten alle Völker darauf hinweisen, dass eine riesige Flotte im Anflug ist«, schlug Jalina vor.

»Ja, das werden wir natürlich machen, aber erstens werden sie uns nicht glauben und zweitens sind sie bereits in die vielen Kriege verstrickt, die mit Hilfe der Suggestoren angezettelt wurden. Zu denken, sie würden sich nun mit ihren derzeitigen Feinden verbünden, um eine Gefahr abzuwenden, an die sie sowieso nicht glauben, ist illusorisch. Und selbst wenn sie sich dazu entschließen würden, wären sie immer noch unterlegen.«

»Es ist hoffnungslos, nicht wahr?«

»Wenn uns nicht noch etwas einfällt, sehe ich nicht, wie wir die Katastrophe verhindern können«, musste Grand zugeben.

»Aber es macht doch für die Ra´hul keinen Sinn mehr, die Milchstraße zu erobern. Wozu sollen sie noch ihre Kuben installieren, wenn das *Coniunctional* dafür sorgt, dass sie nicht funktionieren?«

»Das werden sie leider erst bemerken, wenn es für uns zu spät sein wird. Und selbst wenn wir es ihnen sagen, haben sie keinen Grund, uns zu glauben.«

»Das kleinere Branenportal für ihre Schiffe funktioniert doch nach Aussage des *Coniunctionals* ebenfalls nicht mehr. Ist das nicht Beweis genug dafür, dass wir die Wahrheit sagen?«

»Sie haben Tausende von Jahren auf diesen Moment hingearbeitet und werden ihren Plan nicht einfach aufgeben; sie werden ihn zum bitteren Ende durchziehen. Auch wenn es Argumente dagegen gibt. Schließlich hängt ihr eigenes Überleben davon ab«, sagte Grand. Plötzlich schoss ihm ein Gedanke durch den Kopf. Das *Coniunctional* hatte etwas geäußert, das er überprüfen musste. Er sprang auf und griff nach seiner Kleidung.

»Ich habe da eine verrückte Idee«, sagte er. »Ich muss sofort mit Tiberius reden.«

»Worum geht es?« Jalina erhob sich ebenfalls und begann sich anzuziehen.

»Um eine Möglichkeit, die Ra´hul vielleicht davon überzeugen zu können, ihren Angriff einzustellen!«

»Was hast du vor?«

»Nein, ich will zuerst mit Tiberius reden, bevor ich dir falsche Hoffnungen mache. Vielleicht ist meine Idee ja auch nur ein Hirngespinst.«

Kurz darauf betraten sie die Zentrale der *Rhelina*. Alle Mitreisenden hatten sich dort versammelt und beratschlagten, was als Nächstes zu tun sein.

»Ich wollte euch gerade … wecken«, sagte Hakera, was Kranchoor und Brolon ein Grinsen abrang. »Wir müssen entscheiden, wie wir weiter vorgehen wollen.«

»Ich habe eine Idee, über die ich zuvor mit Tiberius reden muss«, sagte Grand.

Der *Coniunctant* stand in einer Ecke der Zentrale und studierte eine holografische Sternenkarte, auf der die Herrschaftsgebiete sämtlicher Zivilisationen der Milchstraße verzeichnet waren. Als er seinen Namen hörte, sah er auf.

»Ich stehe dir zur Verfügung, Michael.«

»Hast du Kontakt zum *Coniunctional*?«

»Ja, es besteht eine Gedankenbrücke. Ich kann mit dem Gemeinschaftsbewusstsein kommunizieren.«

»Ich habe eine Idee, wie wir die Ra´hul eventuell dazu bringen könnten, ihren Angriff abzublasen.«

Die Ankündigung löste einen kleinen Aufruhr aus. Selbst Robby und Hakera konnten ihre Überraschung nicht verbergen, was bei einer KI schon etwas heißen wollte. Nur Tiberius blieb erstaunlich gelassen und warf Grand einen fragenden Blick zu. Alle anderen redeten durcheinander, bis Grand die Hand hob und um Ruhe bat.

»Was hast du dir ausgedacht, Michael?«, fragte Tiberius.

»Die Ra´hul werden ihren Plan nicht aufgeben, nur weil sie keinen Nachschub mehr in unser Universum bringen können. Auch wenn ihr Branenportal nicht mehr funktioniert, werden sie hier trotzdem weitermachen wie geplant. Sie denken, dass das Überleben ihrer Spezies davon abhängt. Was immer wir ihnen sagen, es wird sie nicht beeindrucken. Es sei denn, wir bieten ihnen etwas Besseres an. Meine Idee beruht zu gleichen Teilen auf einem riskanten Bluff und einer fast unglaublichen Wahrheit. Wenn wir den Bluff überleben und sie das Unglaubliche glauben, haben wir vielleicht noch eine Chance.«

»Nun spann uns nicht länger auf die Folter«, gab Jalina wieder einmal eines ihrer geliebten terranischen Sprichwörter zum Besten.

»Okay, ich habe mir Folgendes überlegt: Wie würden die Ra´hul reagieren, wenn es nicht zu einer Branenkollision zwischen unseren Universen kommen würde?«

33.

Zchroch´akkr´akcht´hisch tobte. Der militärische Führer der Ra´hul hatte das Gefühl, dass sich die schlechten Nachrichten nicht nur häuften. Mittlerweile hatten sie ein Ausmaß angenommen, das den Erfolg ihres gesamten Planes gefährden konnte.

Soeben hatte er erfahren, dass eine Gruppe von Kampfschiffen, die zum turnusmäßigen Austausch in das Heimatuniversum zurückkehren sollten, vergeblich darauf gewartet hatte, dass sich das Branenportal öffnete. Es hatte schon in der Vergangenheit Verzögerungen gegeben, doch nun waren bereits mehrere Standardstunden verstrichen, ohne dass die Verbindung mit der Heimat zustande gekommen war. Er konnte sich nicht erinnern, dass so etwas in all den vergangenen Jahrtausenden, seit sie die ersten Schiffe in dieses Universum geschickt hatten, jemals vorgekommen war.

»Ich will sofort eine Erklärung für dieses Desaster«, schrie er sein Gegenüber an.

Der Chefwissenschaftler des Invasionskorps schien in sich zusammenzusinken.

»Ich … ich … es tut mir leid, Höchster, ich kann es nicht erklären. Meine Mitarbeiter …«

»… interessieren mich nicht!«, unterbrach Zchroch ihn wütend. »Du bist der Verantwortliche und ich erwarte eine Antwort von dir! Zuerst wird die Brutstation zerstört, obwohl mir jeder versichert hat, die beiden Feindschiffe hätten nicht den Hauch einer Chance. Und nicht nur das – dabei wurden auch noch die beiden Immunen befreit. Und jetzt sind nicht nur die beiden Schiffe spurlos verschwunden, obwohl wir angeblich über die besten Scannersysteme in diesem Universum verfügen, jetzt ist auch noch die Verbindung zur Heimat abgebrochen. Das bedeutet nicht nur, dass wir keine frischen Besatzungen mehr bekommen und die beschädigten Einheiten nicht austauschen können, es wird auch keine zusätzlichen Suggestoren geben, um den Ausfall der Brutstation zu kompensieren. Und für all dies habe ich bisher von dir noch keine Erklärung bekommen. Niemand kann mir weismachen, dass zwischen all diesen unerklärlichen Rückschlägen kein Zusammenhang besteht.«

»Ich kann nur vermuten, dass der Feind technologisch doch weiter entwickelt ist, als wir bisher angenommen haben.«

»Willst du damit sagen, ich habe ihn unterschätzt?«

Der Chefwissenschaftler wusste, dass es auf diese Frage keine korrekte Antwort gab. Bestätigte er die Frage, dann warf er Zchroch indirekt Versagen vor, bestritt er sie, gab er die eigene Schuld zu. Also beschloss er, zu schweigen.

»Können wir von hier aus ein Branenportal öffnen?«, wollte Zchroch wissen.

»Nein, Höchster, das ist leider nicht möglich. Die Technologie hierfür steht nur in der Heimat zur Verfügung.«

»Von der wir abgeschnitten sind – und du kannst mir weder sagen, woran das liegt, noch, wie lange es andauern wird«, stellte Zchroch fest.

»Wir befinden uns im Anflug auf das letzte Hindernis, das uns jetzt noch im Weg steht«, fuhr er fort. »Sollte ich eine weitere unangenehme Überraschung erleben, weil beispielsweise ein Teil unserer Technologie versagt oder sich als unzureichend erweist, dann wirst du Trrach´chkt´grochk´frk nach Maren´Thar folgen.«

Der Chefwissenschaftler wusste genau, was dem ehemaligen Anführer widerfahren war. Zchroch hatte kein Geheimnis daraus gemacht. Trrach war nur kurze Zeit, nachdem er zum zweiten Mal in das Arbeitslager gebracht worden war, bei einem Unfall ums Leben gekommen. Jeder in der Flotte wusste, was er von diesem 'Unfall' zu halten hatte, doch diesmal blieben die Anhänger des Alten ruhig. Zchroch saß inzwischen fest im Sattel und niemand wagte mehr, ihn öffentlich zu kritisieren.

»Ich habe verstanden, Höchster, und werde gehorchen!«

»Für die Zukunft unseres Volkes!« Mit dem üblichen Gruß entließ Zchroch den unglücklichen Wissenschaftler.

»Für die Zukunft unseres Volkes!«, antwortete dieser vorschriftsmäßig, drehte sich um und verließ Zchrochs Quartier an Bord des Flaggschiffes.

Nur kurze Zeit später beendete die Vorhut des riesigen Verbandes den FTL-Flug und fiel zurück in den Normalraum. Aufklärer schwärmten aus, Jäger übernahmen die Absicherung an den Flanken und der umliegende Raum wurde für den in Kürze erwarteten Hauptteil der Flotte auf unliebsame Überraschungen gescannt.

Zchroch hatte es sich nicht nehmen lassen, sich im Gegensatz zu dem stets übervorsichtigen Trrach an die Spitze seiner Armada zu setzen, auch wenn einige seiner Berater dies als zu riskant und waghalsig empfanden. Doch Zchroch kannte seine Soldaten. Ein Anführer, der seine Truppen tatsächlich im Wortsinn *anführte*, anstatt weitab der Front jeder Gefahr aus dem Weg zu gehen, wurde nicht nur gefürchtet, sondern auch respektiert. Deshalb stand er demonstrativ und für jeden sichtbar mitten in der Zentrale seines Flaggschiffes.

»Keine Feindsichtung«, gingen übereinstimmend die Meldungen der Aufklärer und Ortungsstationen auf seinem Schiff ein.

»Positionen einnehmen und Sektor sichern«, ordnete Zchroch an. Zwar wusste jeder Kapitän genau, was er in welchem Moment zu tun hatte, und die Bord-KI würde ihn daran erinnern, falls er es vergessen haben oder sich falsch erinnern sollte, aber Zchrochs Rang verlangte es, die vorherbestimmten Abläufe nochmals durch verbale Kommandos einzuleiten.

Es waren rund zehntausend Schiffe, die als Vorhut unterwegs waren und das Aufmarschgebiet sichern sollten. Inmitten dieser Übermacht erschien ein einzelnes Schiff. Die *Rhelina* fiel in ihre Schutzschirme gehüllt aus dem Bulk und eröffnete augenblicklich das Feuer.

34.

Der Plan war vollkommen verrückt, darin waren sich alle einig. Selbst Grand, der den Vorschlag gemacht hatte, musste zugeben, dass es ein Verzweiflungsakt war. Zudem stand die Antwort des *Coniunctionals* noch aus. Von dieser würde es abhängen, ob überhaupt eine minimale Aussicht auf Erfolg bestand.

Hakera hatte sich folgerichtig geweigert, die Erfolgswahrscheinlichkeit zu berechnen.

»Erstens habe ich viel zu wenige Informationen, um eine auch nur annähernd genaue Analyse durchführen zu können, und zweitens halte ich das Ganze für Irrsinn«, hatte sie gesagt.

Grand hatte eine Abstimmung verlangt. Er war bereit, sich dem Ergebnis zu beugen, falls sich eine Mehrheit gegen seinen Einfall aussprechen sollte. Robby und Hakera hatten ebenfalls eine Stimme, da auch ihre Existenz auf dem Spiel stand. Zu seiner Überraschung stimmten alle zu. Selbst Hakera, die noch wenige Augenblicke zuvor vehement dagegen argumentiert hatte.

»Ich finde den Plan nach wie vor wahnwitzig, aber da niemand von uns eine bessere Idee hat und der Feind jeden Moment hier eintreffen kann, können wir ebenso gut heldenhaft Selbstmord begehen«, hatte sie auf Nachfrage kundgetan.

Grand hatte bis dahin nicht gewusst, dass die KI auch über einen zynischen Humor verfügte. Wenn es sich denn um Humor handelte und nicht einfach um die nackte Wahrheit.

»Sie sind da!«

Hakeras Hyperscanner zeigten die Ankunft der Ra´hul oberhalb der Milchstraßenebene an.

»Entfernung 48.720 Lichtjahre«, fügte die KI hinzu, während sie die *Rhelina* gleichzeitig mit Volllast beschleunigte, in den Bulk wechselte und den Hyperdrive maximal belastete. Zum ersten Mal konnte Grand erleben, was ein ÜLQ von annähernd 100.000 bedeutete. In einer Stunde konnte das Schiff die Milchstraße durchqueren! In diesem Fall würden sie weniger als eine halbe Stunde benötigen, um die Position der Ra´hul zu erreichen.

»Jeder weiß, was er zu tun hat?«, fragte Grand zum dritten Mal in der letzten Stunde.

Kranchoor und Poggy erhoben sich von ihren Sitzen. Der Pogh´Chen tat etwas für ihn sehr Ungewöhnliches. Mit beinahe raubtierhaften Bewegungen glitt er auf seinen sechs Beinen auf Grand zu und umarmte ihn mit seinen beiden vorderen Greifarmen, während er die beiden am Rücken sitzenden Kampfarme hinter dem Kopf zu einem Gruß überkreuzte.

»Du bist ein Krieger, Michael«, sagte er. »Du wärst ein würdiger Teilnehmer bei unseren Kämpfen.«

Die Pogh´Chen ermittelten traditionell ihren Anführer in bis zum Tod gehenden Ausscheidungskämpfen, bei denen sich jeder bewerben konnte. Wer als Letzter übrig blieb, war bis an sein Lebensende der unbestrittene Führer des gesamten Volkes, dem absolute Loyalität galt. Poggy hatte Grand das größte Lob gemacht, zu dem ein Pogh´Chen fähig war. Wer als würdig angesehen wurde, an den Kämpfen teilzunehmen, galt als Held, egal wie weit er dabei kam.

Poggy wandte sich ab und verließ zusammen mit Kranchoor die Zentrale. Der Xhenthel drehte sich noch einmal um und machte ein Siegeszeichen. Grand war dankbar für diese Geste; im Moment konnte er jede moralische Unterstützung gebrauchen.

»Ich muss auch gehen«, sagte Jalina. »Pass auf dich auf!«

Grand nickte, umarmte sie und küsste sie auf die Stirn.

»Ich werde ihm ein Angebot machen, das er nicht ablehnen kann«, scherzte er, um dem Moment die Spannung zu nehmen, wobei er sich nicht sicher war, ob Jalina das Filmzitat kannte.

Ohne ein weiteres Wort drehte sie sich abrupt um und verließ ebenfalls die Zentrale. Grand vermutete, dass sie ihre Tränen verbergen wollte.

Es war von Anfang an klar gewesen, dass Kranchoor, Poggy und Jalina bei Grands Plan keine Rolle würden spielen können. Sie wären innerhalb von Sekunden Opfer der Suggestoren geworden. Die drei gingen in ihre Kabinen, wo ein MedBot ihnen ein starkes Schlafmittel verabreichen und während der nächsten Stunden über sie wachen würde. Keiner von ihnen wusste, ob es ein Erwachen geben würde.

Die Zeit verging rasend schnell. Das herunterzählende Holochrono zeigte keine fünf Minuten mehr.

»Ist es dir gelungen, mit dem *Coniunctional* Kontakt aufzunehmen?«, erkundigte sich Grand.

Tiberius schüttelte den Kopf.

»Bisher noch nicht. Es ist nicht so einfach wie ein Hyperfunkspruch«, sagte er bedauernd.

»Brolon, du weißt, was du zu tun hast, wenn ich nicht zurückkehre?«

Der Trakoy nickte.

»Ich werde mich darum kümmern, versprochen, Michael.«

»Noch drei Minuten«, meldete Hakera.

Eine weitere Minute verstrich. Niemand sprach ein Wort. Es war alles gesagt worden. Nur die Antwort des *Coniunctionals* stand noch aus. *Nun, dann muss ich eben Zeit schinden und noch stärker bluffen, als geplant*, dachte Grund.

»Mike!«, rief Tiberius plötzlich. »Ich habe kurz Kontakt gehabt. Das *Coniunctional* ist einverstanden.«

Grand fiel ein Stein vom Herzen. Ohne die Zustimmung des Gemeinschaftsbewusstseins der ehemaligen Dorianer wäre der Plan zum Scheitern verurteilt gewesen. Aber auch so würde alles in erster Linie von der Reaktion der Ra´hul abhängen.

Grand konnte nur hoffen, dass sie imstande waren, logisch und rational zu denken, und nicht zu emotionalen Handlungen neigten. Er kannte die Psyche der Aliens viel zu wenig, um voraussagen zu können, wie sie auf den Verlauf der nächsten Minuten reagieren würden.

»Dreißig Sekunden«, hörte er Hakera sagen.

»Dann wollen wir mal«, sagte Grand.

Die *Rhelina* fiel in den Normalraum zurück und die Hölle brach los.

35.

»Feindkontakt!«

Der Ausruf des Ortungsoffiziers ging im gleichzeitig aufheulenden Alarm unter.

»Ein einzelnes winziges Schiff?«, Zchroch konnte nicht glauben, was er auf dem Taktikholo und dem Panoramaschirm zu sehen bekam. »Es ist das Schiff, mit dem wir es bereits in der Nachbargalaxis zu tun hatten. Ich erwarte, dass es vernichtet wird!«

Es war tatsächlich ein ungleicher Kampf. Die nur sechzig Meter durchmessende *Rhelina* gegen Dutzende von teilweise kilometergroßen Kampfschiffen der Ra´hul, die von allen Seiten auf sie herunterstießen wie Habichte, die eine Maus zu schlagen versuchten. Doch diese Maus wusste sich zu wehren.

Das Schiff vollführte abrupte Kursänderungen, denen die viel massereicheren Giganten nicht folgen konnten. Trotzdem ließen sich Treffer nicht vermeiden. Immer wieder flammten die Schutzschirme auf und drohten zusammenzubrechen, doch es gelang dem kleinen, kugelförmigen Schiff stets, durch ein unerwartetes Manöver die Zielcomputer und Taktik-KIs der Gegner aus dem Konzept zu bringen und rechtzeitig einem tödlichen Schuss zu entgehen. Und es schlug zurück!

Zchroch konnte beobachten, wie sich der Raum kurz nacheinander um zwei seiner Einheiten zu *verformen* schien und die beiden wesentlich größeren Schiffe einfach verschwanden.

»Was geht da vor?«, schrie er. »Was ist das für eine Waffe? Wieso zeigen die Suggestoren keine Wirkung?«

Im Grunde war ihm natürlich klar, dass nur die Immunen dahinterstecken konnten und die bisher unfehlbaren paranormalen Kräfte der Croalok bei ihnen versagen mussten. Seine Wut und sein Hass auf den Gegner wuchsen mit jeder Sekunde, die der feindliche Winzling unbeschadet überstand. Aber er hielt nicht nur durch, sondern schoss auch ein Schiff nach dem anderen ab. Zchrochs Vorhut hatte bereits vier Schiffe verloren, dabei war noch nicht einmal eine Minute verstrichen, seit dieser ungleiche Kampf begonnen hatte.

Er konnte außerdem beobachten, dass sich der Feind immer dann, wenn die Situation für ihn kritisch wurde, durch ein kurzes Bulkmanöver der Vernichtung entzog, nur um Mikrosekunden später an einer anderen Stelle in den Normalraum zurückzufallen und seinen Angriff von dort aus fortzusetzen. Aber er wusste, dass dies nicht unbegrenzt so weitergehen konnte. Es würde, es *musste* zwangsläufig der Zeitpunkt kommen, an dem die KI, die das Schiff steuerte, einen Sekundenbruchteil zu langsam reagieren würde. Er zweifelte keinen Moment daran, dass hier eine KI am Werk war. Kein organisches Wesen konnte über eine solche Reaktionsschnelligkeit verfügen und trotz der unglaublichen Wendigkeit und der nicht nachvollziehbaren Flugmanöver noch selbst gezielte Schüsse anbringen.

Dann gab die eigene Taktik-KI Alarm.

»Es zeichnet sich ein Muster in den Angriffen ab«, meldete sie. »Der Feind versucht offensichtlich, sich dem Flaggschiff allmählich zu nähern.«

»Sofort zehn schwere Zerstörer um uns herum gruppieren«, befahl Zchroch.

Er glaubte zwar nicht, dass es dem erbärmlich kleinen Schiff gelingen konnte, die starken Schutzschirme seines Schiffes zu überwinden und den Geschützbatterien dauerhaft auszuweichen, doch er wollte kein Risiko eingehen.

»Sind weitere Feindeinheiten im Anflug?«, wandte er sich an die Ortungsstation. Zchroch konnte nicht glauben, dass es sich um die Verzweiflungstat eines einzelnen Schiffes handeln sollte. Es war viel wahrscheinlicher, dass man den selbstmörderischen Angriff nutzen wollte, um vom Anflug einer größeren Flotte abzulenken.

»Die Scanner zeigen keine FTL-Aktivitäten im Umkreis mehrerer Tausend Lichtjahre«, kam die Meldung zurück.

Zchroch war überrascht. Was bezweckten die Immunen mit dieser Aktion? Sie konnten nicht unbegrenzt lange durchhalten. Falls der Angriff seinem Schiff und damit ihm persönlich gelten sollte, würde sie der Sperrriegel schützen, der sich inzwischen um den Schiffsrumpf gelegt hatte. Ihn würden sie unmöglich durchbrechen können. Was also bezweckten sie? Wollten sie nur so viel Schaden anrichten wie möglich, bevor das unausweichliche Ende kam? War es ein letzter, sinnloser Racheakt, bevor diese Galaxie fallen würde?

Inzwischen hatte das wie ein aggressiver Moskito zustechende Schiff zwei weitere seiner Kampfschiffe vernichtet. Zchroch begann die Geduld zu verlieren.

»Wie lange muss ich noch warten, bis der Abschuss des Gegners gemeldet wird?«, schrie er.

Noch bevor er eine Antwort erhalten konnte, schrillte ein Annäherungsalarm durch die Zentrale.

»Sie sind direkt über uns«, rief einer seiner Offiziere aufgeregt.

»Was?« Zchroch fuhr herum und starrte auf die Anzeigen.

Dann erschütterte ein gewaltiger Schlag das Flaggschiff.

36.

Die Schiffszelle der *Rhelina* dröhnte und vibrierte, als würde sie im nächsten Moment auseinanderbrechen.

Mehr als einmal waren sie in der letzten Minute nur knapp einem Abschuss entgangen. Nur Hakeras blitzschnelle Reaktionen hatten sie bisher vor der Vernichtung bewahrt, doch dieses Glück konnte nicht ewig anhalten.

»Hat er schon reagiert?«, fragte Grand.

»Negativ«, antwortete Hakera kurz angebunden. Die KI nutzte derzeit einen Großteil ihrer Kapazität dafür, sie am Leben zu erhalten, und hatte keine Zeit für langatmige Kommunikationen.

Wieder schüttelte sich das Schiff und Hakera riss es erneut in den Bulk, nur um eine Nanosekunde später nicht viel mehr als zehntausend Kilometer entfernt in den Normalraum zurückzufallen. Sie waren nun im Rücken des Gegners und Hakera eröffnete das Feuer, bevor die feindlichen Schiffe umschwenken konnten. Eines der Ra´hul-Schiffe wurde vom TachyGrav-Warper in den Bulk befördert, doch schon jagten andere Einheiten heran und nahmen die *Rhelina* unter Beschuss. Wieder entzog sich Hakera dem Gegner durch ein ultrakurzes Bulkmanöver.

Es war ihnen immer noch nicht gelungen, das Flaggschiff auszumachen. Hakera war sicher gewesen, dass es das größte Schiff sein musste, doch es gab insgesamt fünf dicht zusammenstehende Einheiten der gleichen Klasse, die sich nicht voneinander unterschieden. Wenn es nicht bald gelingen würde, Zchrochs Schiff zu identifizieren, wäre Grands Plan bereits in der ersten Phase gescheitert.

»Schiffsbewegung im dritten Quadranten«, rief Brolon, der das Taktikdisplay im Auge behielt.

Natürlich hatte Hakera dies bereits viel früher bemerkt und änderte entsprechend den Kurs.

»Tiberius – wir sollten uns bereit machen«, sagte Grand im gleichen Moment, als sie von einer schwere Salve feindlicher Geschosse, Laserstrahlen, Plasmapulse und Antimaterie-Torpedos getroffen wurden. Die Schiffszelle der *Rhelina* dröhnte wie eine gesprungene Glocke und Grand wurde durch die Erschütterung fast aus seinem Sitz gerissen. Die Schutzschirme wurden für den Bruchteil einer Sekunde instabil und tödliche Energien schlugen auf die *Rhelina* durch. Grand hörte einen lauten Knall und ein Überschlagblitz zuckte aus einer der Seitenwände. Der Gestank nach verschmorten Leitungen und brennender Isolation hing in der Luft. Automatische Löscheinrichtungen sprangen an, und die feuerstillenden Chemikalien überlagerten das Ganze ihrerseits mit einem scharfen, beißenden Geruch. Wieder riss Hakera das Schiff in den Bulk.

»Das war knapp«, stöhnte Brolon.

Grand antwortete nicht. Was hätte er auch sagen sollen?

»Aus dem dritten Quadranten haben sich zehn Zerstörer gelöst und gruppieren sich um eines der fünf großen Schiffe«, sagte Hakera und bestätigte damit Brolons Beobachtung.

Sie waren noch ein Stück näher am wahrscheinlichen Ziel in den Normalraum zurückgekehrt und sofort wieder unter Beschuss geraten. Je näher sie dem Flaggschiff kamen, umso größer wurde das Risiko eines verhängnisvollen Treffers, der alles beenden würde.

Wieder wurde die *Rhelina* von Treffern erschüttert und wieder floh Hakera in den Bulk.

»Ich kann nicht mehr lange so weitermachen«, gab die KI bekannt. »Die Schutzschirmprojektoren sind überlastet und werden demnächst einer nach dem anderen ausfallen. Die Hüllenintegrität ist auf unter siebzig Prozent gesunken. Wenn noch eine einzige Salve durchbricht, ist es vorbei!«

»Hast du ein wahrscheinliches Ziel ausgemacht?«, fragte Grand genau in dem Moment, als sie erneut unter heftigen Beschuss gerieten. Es gelang Hakera, ein weiteres Feindschiff zu vernichten, bevor sie sich wieder absetzen musste.

»Wahrscheinlichkeit für potenzielles Ziel bei fünfundsechzig Prozent«, erklärte sie zwischen zwei abrupten Kurswechseln, die einige G-Kräfte durchschlagen ließen und Grand tiefer in seinen Sitz drückten. Sie hatten darauf gesetzt, dass Zchroch sein Schiff durch Abfangeinheiten zusätzlich schützen lassen würde, wenn ihm Gefahr drohte. Dass er damit erst recht einen Hinweis geben würde, welches Schiff das Flaggschiff war, war ihm vermutlich nicht bewusst.

»Das muss genügen«, stellte er fest. »Jetzt oder nie!«

»Bestätige Endanflug«, sagte die KI knapp.

Jetzt kam der kritische Punkt der Mission – der nächste kritische Punkt. Einer von vielen. Einer von vielen, die schiefgehen konnten.

Hakera riss die *Rhelina* in den Bulk. Die hastig angestellten Berechnungen für das ultrakurze FTL-Manöver mussten exakt stimmen. Ansonsten kam man entweder zu weit vom Ziel entfernt zurück in den Normalraum und musste den Anflug abbrechen oder das Schiff fiel zu nah am Ziel aus dem Bulk. In diesem Fall war die Gefahr groß, mit dem gegnerischen Schiff zu kollidieren, was vermutlich für beide das Ende bedeuten würde.

Die Berechnung stimmte bis auf die letzte Nachkommastelle. Mit hoher Geschwindigkeit fiel die *Rhelina* nur wenige Kilometer von dem Schiff, das man als Flaggschiff ausgemacht zu haben glaubte, aus dem Bulk. Die Geschützbatterien des Flaggschiffes eröffneten das Feuer und die bereits überlasteten Schutzschirme der *Rhelina* begannen sofort zu flackern. Doch wie Grand gehofft hatte, zögerten die Begleitschiffe, ebenfalls das Feuer zu eröffnen. Der Abstand zwischen dem Angreifer und dem Schiff, das man schützen sollte, war so gering, dass die kleinste Ungenauigkeit bei einem Schuss das eigene Flaggschiff gefährden würde. Dies jedoch sollte Hakera die wenigen Sekunden verschaffen, die sie für den nächsten Akt des verzweifelten Planes benötigte.

Mit allem, was ihre Geschütze hergaben, feuerte die KI aus nächster Nähe auf einen eng begrenzten Sektor des Flaggschiffes. Gewaltige Energien tobten sich dort innerhalb eines kleinen Bereichs des Schirmes aus. Der Schirm begann zu flackern und wurde instabil. Auch Hakeras Schutzschild geriet an die Grenze der Belastbarkeit. Es war ein Wettstreit um die Frage, welcher Schirm zuerst nachgeben würde.

Grand sprang auf und stellte sich neben Tiberius, der während des gesamten Gefechts selenruhig in der Mitte der Zentrale gestanden hatte. Dann geschah es. Der Schutz des Flaggschiffs brach für den Bruchteil einer Sekunde zusammen, ehe er sich wieder stabilisierte. Zu kurz, um einen verheerenden Treffer durchzulassen, doch lange genug für den nächsten Abschnitt des Plans.

Um Grand und Tiberius bildete sich der orangefarbene Ring des Spontantransmitters. Als sich der Schutzschirm des Flaggschiffes wieder stabilisierte, waren die beiden verschwunden. Hakera riss die *Rhelina* sofort in den Bulk. Diesmal verschwand das kleine Schiff, ohne sofort wieder in den

Normalraum zurückzukehren. Alles hing jetzt von Grand und dem *Coniunctanten* ab.

37.

Sie kamen an der richtigen Stelle heraus. Die wenigen pfeilförmigen Schiffe der Ra´hul, die man hatte inspizieren können, waren alle nach dem gleichen Schema angelegt, unabhängig von ihrer Größe. Auch bei dem Flaggschiff lag die Zentrale mittschiffs im vorderen Drittel.

Grand und Tiberius materialisierten inmitten einer Gruppe von Ra´hul, die erschrocken herumfuhren, ihre Waffen zogen und sofort das Feuer eröffneten. Da mit dieser Reaktion zu rechnen gewesen war, hatte Grand bereits vor dem Transmitterdurchgang sein *SkinField* aktiviert und auf maximale Stärke eingestellt. Zwar würde dadurch die Energieversorgung nur für etwa eine halbe Stunde ausreichen, aber wenn sie in dieser Zeit ihr Ziel nicht erreicht hatten, würde das sowieso keine Rolle mehr spielen.

Die drei oder vier Schüsse aus den Laserwaffen der Ra´hul, die ihn trafen, konnten zwar den dünnen, eng an seinem Körper anliegenden Schutzschirm nicht durchdringen, die Aufprallenergie schleuderte Grand jedoch mehrere Meter nach hinten, wo er gegen ein festes Hindernis traf und zu Boden ging. Er blieb bewegungslos liegen. Die nächsten Minuten gehörten Tiberius, danach sollte er wieder an die Reihe kommen. Wenn alles nach Plan lief!

Auch Tiberius wurde von mehreren Schüssen getroffen. Er trug keinen *SkinField-Generator* und wurde auch nicht durch die Zentrale geschleudert. Zum Entsetzen der Ra´hul stand er ruhig lächelnd vor ihnen, während die Schüsse einfach in seinem Körper verschwanden, von ihm *verschluckt wurden*, als würde es sich um harmlose Lichtstrahlen handeln. Tiberius machte keine Bewegung, er stand nur da und ließ es geschehen. Nach ein paar Sekunden erkannten die Ra´hul die Sinnlosigkeit ihrer Bemühungen und stellten das Feuer ein. Grand war ob dieser für die Ra´hul unerklärlichen Situation scheinbar in Vergessenheit geraten, und er versuchte, sich so unsichtbar wie möglich zu machen. Reglos blieb er am Fuß der Arbeitsstation liegen, gegen die er geprallt war, und schielte aus den Augenwinkeln nach Tiberius, der immer noch lächelnd und unbewaffnet mitten in der Zentrale stand. Rings um ihn hatten sich mindestens zehn Ra´hul aufgebaut, die ihn mit ihren Waffen bedrohten.

»Wir sind unbewaffnet und gekommen, um zu verhandeln«, sagte er.

Sowohl Tiberius als auch Grand trugen Mikrotranslatoren an den Kragen ihrer Uniformen. Als die knarzenden und knurrenden Laute erklangen, schob sich ein Ra´hul durch den Ring, der sich um Tiberius gebildet hatte. Grand erkannte Zchroch´akkr´akcht´hisch, den militärischen Anführer, aus diversen Holosendungen wieder, die sie in der Triangulumgalaxie aufgefangen hatten. Zumindest erkannte er die Rangabzeichen, denn die fremdartige Physiognomie der Ra´hul machte es ihm schwer, einzelne Individuen auseinanderzuhalten.

Zchroch baute sich vor Tiberius auf.

»Ich nehme an, ihr seid mithilfe des erstaunlichen Transmittersystems an Bord gekommen, von dem mir Trrach erzählt hat. Das war ein Fehler! Es gibt nichts zu verhandeln und ihr werdet mein Schiff nicht lebend verlassen. Ihr hättet nicht kommen sollen!«

Tiberius lächelte ungerührt weiter, obwohl nicht klar war, ob die Ra´hul diesen Gesichtsausdruck überhaupt deuten konnten.

»Du kennst mich noch nicht, Zchroch, deshalb möchte ich mich gerne vorstellen«, sagte er. »Du kannst mich Tiberius nennen, obwohl dies nicht mein richtiger Name ist. Ich nehme an, Trrach hat dir auch von den Dorianern erzählt, die nicht gerade glücklich über das sind, was ihr hier vorhabt. Nun, ich bin der Abgesandte der Dorianer und fordere euch auf, die Eroberung dieser Galaxis und der gesamten Galaxiengruppe sofort zu beenden.«

Zchroch stieß das typische bellende Lachen der Ra´hul aus.

»Trrach hat mir tatsächlich von diesen Fabelwesen erzählt. Ich glaube nicht an Gespenster und lasse mich von ihnen schon gar nicht einschüchtern. Schaut euch um! Hier werden demnächst 300.000 Schiffe eintreffen. Ich sehe keine Schiffe der sogenannten Dorianer. Womit wollt ihr uns drohen? Oder wollt ihr uns mit eurem dummen Gerede zu Tode langweilen?«

Wieder lachte Zchroch und die Besatzung der Zentrale stimmte in das Gelächter ein.

»Darf mein Begleiter sich erheben? Ich verspreche euch, dass auch er unbewaffnet ist.«

Zchroch machte eine hochmütige, wegwerfende Geste und winkte Grand auf die Beine. Grand erhob sich und stellte sich neben Tiberius. Sein *SkinField* ließ er vorsichtshalber aktiviert. Die Ra´hul hielten ihre Waffen nach wie vor auf sie gerichtet.

»Euer Branenportal funktioniert nicht mehr, habe ich recht?«, sagte Grand. Zum ersten Mal glaubte er, einen Anflug von Verunsicherung bei Zchroch zu bemerken.

»Und wenn schon! Wenn wir hier fertig sind, brauchen wir es sowieso nicht mehr. Und ihr könnt uns nicht aufhalten!«

»Auch euer großes Branenportal wird nicht funktionieren. Ihr werdet weder diese Galaxiengruppe vernichten noch eure Galaxien in dieses Universum versetzen können. Dein Volk wird bei der Branenkollision untergehen und ihr seid hier gestrandet«, antwortete Grand.

»Das ist lächerlich!«, rief Zchroch aus. »Ihr wollt uns Angst machen und uns übertölpeln. Aber das wird euch nicht gelingen!«

Nun schaltete sich Tiberius wieder in das Gespräch ein.

»Ihr dürft gerne noch einmal auf mich schießen. Gibt es euch nicht zu denken, dass mir dies nicht das Geringste ausmacht? Ich hingegen könnte euer Schiff mit Leichtigkeit vernichten, ohne dass ihr etwas dagegen unternehmen könntet. Und ich erkläre euch auch gern, woran das liegt: Ich bin ein Wesen aus reiner Energie. Aus höherdimensionaler Energie, wie inzwischen alle Dorianer. Tatsächlich hat sich meine Spezies schon vor sehr langer Zeit zu einem rein geistigen Gemeinschaftswesen zusammengeschlossen; dieses verfügt über Kräfte, von denen ihr keine Vorstellung habt. Wir sind jetzt das *Coniunctional*. Oh, wir verfügen nicht über Schiffe und besitzen auch kein Sternenreich mehr. Unser Reich ist das gesamte Multiversum und wir sind in der Lage, die Strings zu manipulieren und Naturgesetze zu verändern. Deshalb funktioniert euer Branenportal nicht mehr, so wie auch das nächste nicht funktionieren wird.«

Grand sah, dass Zchroch nun tatsächlich unsicher wirkte. Doch dann zog sich ein bösartiger Ausdruck über sein fremdartiges Gesicht.

»Wenn das stimmt, ist es umso mehr ein Grund, hier alles zu vernichten! Wenn unser Volk wegen euch untergehen muss, werden wir hier schreckliche Rache üben. Du hast gerade das Todesurteil über sämtliche Welten gesprochen, die sich in Reichweite unserer Schiffe befinden. Hier gibt es niemanden, der uns Widerstand leisten könnte, und du hast selbst gesagt, ihr hättet keine Schiffe. Ihr könnt uns demnach nicht aufhalten.«

»Nein, das können wir tatsächlich nicht«, gab Tiberius zu. »Aber wir können dein Volk retten, vorausgesetzt, wir kommen zu einer Einigung.«

»Aber … du hast gesagt, das Branenportal würde nicht funktionieren. Wie solltest du mein Volk retten können? Ohne das Portal ist das unmöglich!«

»Für euch mag es unmöglich sein, aber für uns ist es kein Problem. Wir Dorianer beherrschen, wie gesagt, das Multiversum. Normalerweise hüten wir uns davor, in die Stringmelodien einzugreifen, die Symphonie der Schöpfung zu verändern oder zu stören. Doch nun geht es um das Leben von Billiarden Lebewesen in zwei Universen. Deshalb sind wir bereit, ausnahmsweise von unserer Haltung abzurücken. Wenn du bereit bist, den Angriff auf diese Galaxie einzustellen und die bereits eroberten Galaxien freizugeben, werden wir die Branenkollision verhindern. Es wird nicht zum Untergang eures Universums kommen und die Ra´hul werden dort weiter existieren können.«

Zchroch sah den *Coniunctanten* an, als habe er es mit einem Wahnsinnigen zu tun. Die Vorstellung, es könne ein Wesen geben, das in der Lage war, die Urkräfte des Multiversums zu manipulieren und eine Branenkollision zu verhindern, erschien ihm zu fantastisch und unglaubwürdig. Wieder lachte er höhnisch auf.

»Du erwartest doch nicht wirklich, dass ich dir das abnehme? Vielleicht ist es euch tatsächlich gelungen, die Funktion eines Branenportals zu stören. Aber die Branen selbst zu manipulieren? Das ist absolut lächerlich!«

Wieder ergriff Grand das Wort.

»Du kannst überprüfen, ob wir die Wahrheit sagen. Das *Coniunctional* hat bereits eingegriffen und die Wirkung des Radion umgekehrt. Die beiden Branen treiben nicht länger aufeinander zu. Ich muss jedoch darauf hinweisen, dass dies jederzeit rückgängig gemacht werden kann, solltest du unsere Forderungen nicht erfüllen.«

»Forderungen? Jetzt redest du bereits von Forderungen?« Zchroch wurde wütend. »Was denkst du eigentlich, mit wem du es zu tun hast. Ich glaube euch kein Wort dieser wahnwitzigen Geschichte. Vielleicht habt ihr es irgendwie geschafft, unser Branenportal zu stören. Vielleicht wird euch dies sogar bei dem Portal gelingen, das mein Volk retten soll. Aber der Rest ist völlig unglaubwürdiger Unsinn. Und wie ihr selbst gesagt habt: Ihr besitzt nichts, womit ihr meine Flotte aufhalten könntet. Ihr wisst genau, dass ich keine Möglichkeit habe, euer unsinniges Gewäsch zu überprüfen. Ihr wollt uns Angst einjagen, um euren unvermeidlichen Untergang ein klein wenig hinauszuzögern. Das wird euch nicht gelingen!«

Zchroch hatte sich in Rage geredet und schrie die letzten Worte förmlich heraus. Grand hatte nicht den Eindruck, als liefe die Sache besonders gut. Der Ra´hul würde sein Volk eher ins Unglück rennen lassen, als einzuräumen, dass es vielleicht eine Alternative zu dem Invasionsplan geben konnte, die ein Überleben beider Seiten ermöglichen würde. Doch sie hatten auch mit dieser Möglichkeit gerechnet und sich darauf vorbereitet.

»Wir wissen sehr wohl, dass du meine Behauptung hier nicht überprüfen kannst. Das können nur die Wissenschaftler in deiner Heimat. Deshalb bitten wir dich, dorthin zu fliegen und dich von der Wahrheit unserer Worte persönlich zu überzeugen«, sagte Tiberius in aller Ruhe. »Alles, worum wir bitten, ist ein Waffenstillstand für die Zeit deiner Abwesenheit.«

Zchroch sah Tiberius zornig an.

»Das Branenportal funktioniert nicht mehr. Wie soll ich in meine Heimat reisen?«, sagte er unwirsch.

»Wir bieten dir einen Platz auf unserem Schiff an, Zchroch. Es benötigt kein Branenportal, um in ein anderes Universum zu reisen. Wir verfügen über einen Antrieb, der dies möglich macht.«

»Ich soll mich euch ausliefern?« Wieder lachte der Ra´hul höhnisch. »Für wie dumm haltet ihr mich?«

»Hätte ich dich töten wollen, wärst du bereits nicht mehr am Leben«, sagte Tiberius schlicht. »Ich sagte bereits, dass ich dieses Schiff mit dir an Bord sehr leicht vernichten könnte.«

Zur Bestätigung ließ er zwischen seinen Handflächen eine golden leuchtende Kugel erscheinen. Der vielleicht zehn Zentimeter durchmessende Ball aus reiner Energie glühte bedrohlich. Sofort hoben die immer noch um Grand und Tiberius stehenden Soldaten ihre Waffen. Tiberius ließ die Energiekugel wieder verschwinden. Zchroch wurde sichtlich unsicher. Diesen Moment nutzte Grand aus.

»Du hast die Wahl: Du kannst dich weigern und weiterkämpfen. Ja, du kannst unsere Galaxis erobern und unzählige Zivilisationen auslöschen. Wir können dich nicht stoppen. Aber in der Zwischenzeit wird dein Volk untergehen, weil das *Coniunctional* in diesem Fall die Bewegungsumkehr der Branen rückgängig machen wird. Deine Flotte wird hier gestrandet sein, fern der Heimat und ohne Ziel. Alles, was du erreicht haben wirst, wird umsonst gewesen sein. Die Ra´hul in deiner Heimat werden allesamt sterben. Das Volk der Ra´hul wird aufhören, zu existieren. Die Mitglieder deiner Flotte werden sich immer fragen, ob du den Untergang ihres Volkes nicht hättest verhindern können. Wie lange, glaubst du, wirst du dann noch ihr Anführer bleiben? Und wie lange wird man dich am Leben lassen?

Oder du entscheidest dich für die zweite Möglichkeit: Du kommst mit uns, überzeugst dich davon, dass wir die Wahrheit gesagt haben, brichst die Invasion ab und wirst so zum Retter deines Volkes. Euer Universum wird überleben und ihr könnt in eurer angestammten Heimat bleiben. Dein

Name wird für alle Zeiten mit dieser Tat verbunden sein. *Zchroch´akkr´akcht´hisch – der Retter des Universums.* Wie klingt das für dich?«

Zchroch war bei Grands Worten immer nachdenklicher geworden. Man konnte sehen, wie es in ihm arbeitete. Er gab nicht sofort Antwort, sondern überlegte angestrengt.

Wenn sie ihn hätten töten wollen, hätte zumindest Tiberius von niemandem aufgehalten werden können. Ging er ein Risiko ein, wenn er das Angebot annahm? Was konnte er dabei verlieren? Höchstens ein paar Tage in seinem Zeitplan. Und wenn die beiden Fremden die Wahrheit sagten? War es wirklich denkbar, dass dieses Coniunctional in der Lage war, *Branen zu manipulieren? Und selbst wenn nicht, so stand doch das Branenportal vermutlich nicht mehr zur Verfügung. Dann war das Schicksal der Ra´hul besiegelt. Was also hatte er zu verlieren, wenn er das Angebot annahm?*

So oder so ähnlich stellte sich Grand Zchrochs Gedankengänge vor. Er sollte recht behalten, wie er sogleich feststellte.

»Na gut, ich werde mit euch kommen«, sagte der Ra´hul. »Unter einer Bedingung: Wenn ihr die Wahrheit sagt und die Branenkollision nicht stattfinden wird, will ich diesen Antrieb haben, um mit meiner Flotte in die Heimat zurückkehren zu können.«

»Das kommt nicht infrage«, antwortete Tiberius bestimmt. »Dann könntet ihr jederzeit zurückkehren, um dieses oder ein anderes

Universum zu bedrohen. Aber ich mache dir ein anderes Angebot. Wenn ihr bereit seid, die Invasion zu beenden und heimzufliegen, wird das *Coniunctional* die Öffnung des ursprüngliche Branenportals noch einmal Mal zulassen – für einen einzigen, letzten Durchgang.«

Wieder dachte Zchroch einen Moment nach.

»Ich bin einverstanden«, sagte er schließlich. »Wie soll das vor sich gehen?«

Grand blickte auf das Holopad an seinem Handgelenk.

»In wenigen kurzen Zeiteinheiten meines temporalen Maßstabs wird unser Schiff zurückkehren. Wenn es dein Schiff mit heruntergefahrenen Schutzschirmen vorfindet, wird es sich langsam nähern und uns mit dem Spontantransmitter an Bord nehmen. Sollte das nicht der Fall sein, wird es auf Nimmerwiedersehen verschwinden. Mein Schicksal ist dabei völlig gleichgültig, nebenbei bemerkt.«

Die Abmachung, die er mit Tiberius getroffen hatte, erwähnte Grand wohlweislich nicht. Dieser würde ihm einen schnellen, schmerzlosen Tod bereiten – indem er das Flaggschiff sofort vernichten würde. Er wollte nicht noch einmal in die Hände der Ra´hul fallen und ihnen als Laborratte dienen. Auch Jalina wusste nichts von dieser Absprache.

»Ich bin einverstanden«, sagte Zchroch nochmals. Er gab den umstehenden Offizieren eine Reihe von

Befehlen. Grand konnte über den Translator hören, wie alle Schiffe angewiesen wurden, die Waffensysteme herunterzufahren und nicht zu feuern, wenn die *Rhelina* zurückkehrte. Dann gab Zchroch den Befehl, die eigenen Schilde zu deaktivieren.

»Stell dich zwischen uns«, sagte Grand. »Es muss jeden Moment so weit sein.«

Der Ra´hul näherte sich zögernd und nahm den Platz zwischen Grand und Tiberius ein. Er fühlte sich sichtlich unwohl, doch es blieb ihm nun keine andere Wahl. Die Furcht, Tiberius könnte die Wahrheit über die Fähigkeiten des *Coniunctionals* gesagt haben, war zu groß.

Dann erschien die *Rhelina* auf dem großen Panoramaholo an der Stirnseite der Zentrale. Niemand eröffnete das Feuer. Sie näherte sich langsam dem Flaggschiff.

»Bereit?«, fragte Grand.

Der Ra´hul machte ein zustimmendes Geräusch, das vom Translator nicht übersetzt wurde.

Grand betätigte einen Sensor an seinem Holopad. Hakera empfing das Signal und unmittelbar darauf baute sich der orangefarbene Ring um die Dreiergruppe auf.

38.

Jalina, Kranchoor und Poggy beobachteten den Ra´hul misstrauisch und aus Brolons Augen sprach blanker Hass. Grand hatte den Trakoy bereits zur Seite genommen.

»Ich kann deine Gefühle verstehen, Brolon«, hatte er zu ihm gesagt, »aber denk bitte daran, was auf dem Spiel steht!«

»Er ist für den Tod meiner Gefährtin verantwortlich«, hatte Brolon mit bebender Stimme geantwortet. »Ich würde ihm am liebsten sofort den Hals umdrehen.«

»Glaub mir, ich empfinde nicht viel anders. Hier in der Milchstraße sind seinetwegen nicht nur unzählige Lebewesen umgekommen und ganze Zivilisationen vernichtet worden, er ist auch verantwortlich für die Auslöschung der Liga der Unsterblichen. Das waren alles unsere Freunde. Aber jetzt geht es um zu viel, als dass wir unseren Emotionen freien Lauf lassen dürften. Ich würde den Kerl auch lieber ohne Schutzanzug aus der nächsten Luftschleuse werfen, anstatt ihn hier an Bord zu haben. Aber er ist unsere einzige Chance, noch Schlimmeres zu verhindern.«

»Ja, ich weiß, Mike«, seufzte Brolon. »Sollte er mich jedoch auch nur schief ansehen, kann ich für nichts garantieren.«

Grand wusste, dass Brolon nur seiner Frustration Luft machte. Er würde Zchroch sicher nicht in einem unkontrollierten Gefühlsausbruch attackieren. Der Trakoy war viel zu intelligent, um den Plan wegen persönlicher Rachegelüste zu gefährden.

Sie waren bereits seit einer Stunde unterwegs. Zunächst hatten sie ein unbewohntes System angeflogen, um Jalina, Kranchoor und Poggy aufzuwecken und ihnen vom bisherigen Erfolg der Aktion zu berichten. Jalina hatte Grand lange umarmt und wollte ihn nicht mehr loslassen, bis er sich sanft von ihr löste und sie darauf hinwies, dass man in der Zentrale der *Rhelina* auf sie wartete. Zudem hatten sie das Ziel noch lange nicht erreicht. Es konnte immer noch genug schiefgehen.

Tiberius war es zwischenzeitlich gelungen, erneut mit dem *Coniunctional* Kontakt herzustellen. Hakera wusste nicht, aus welchem Universum die Ra´hul kamen und wie der Branendrive zu programmieren war, um dorthin zu gelangen. Glücklicherweise konnte das *Coniunctional* die multiversalen Koordinaten und hyperdimensionalen Parameter zur Verfügung stellen. Grand hatte nichts von all dem verstanden. Kausalitätsquotienten, Stringmodulationen, Witten-Konstanten, Quantenrelationen, Supersymmetriefaktoren, Branendistortion und Radionfluktuationen waren allesamt böhmische Dörfer für ihn, doch Hakera schaffte es offensichtlich problemlos, die von Tiberius übermittelten Daten in einen Kurs durch den Bulk zu transformieren und das Triebwerk entsprechend zu justieren. Entfernungen, wie ein dreidimensionales Wesen den Begriff verstehen würde, existierten im elfdimensionalen Multiversum nicht, und es war somit keine 'Strecke' zurückzulegen, um das Universum der Ra´hul zu erreichen. Es ging um hyperenergetische Niveaus, aufgerollte Dimensionen und dimensionale Faltungen. Alles, was Grand verstand, und das Einzige, was ihn interessierte, war die Reisedauer, da ihnen die Zeit auf den Nägeln brannte. Hakera meinte, es würde nicht mehr als eine halbe Stunde dauern, das Universum der Ra´hul zu erreichen, da es einen hohen Ähnlichkeitsquotienten zum Ausgangsuniversum aufwies – was immer dies bedeuten mochte. Auch die Zeit verlief dort genauso schnell, zumindest bis auf die achtundsiebzigste Nachkommastelle, was keinen Unterschied machen sollte.

Die Stimmung an Bord der *Rhelina* war angespannt. Keiner der Unsterblichen konnte einfach beiseiteschieben, dass der Ra´hul, der ihnen gegenübersaß, all ihre Freunde auf dem Gewissen hatte. Zchroch spürte dies natürlich und schien seine Entscheidung bereits zu bedauern. Er saß sichtlich verkrampft auf dem speziell für ihn von Hakera materialisierten Sitz und streckte sein Stützbein nach hinten aus. Er sah so aus, als erwartete er jeden Moment, von einem der Anwesenden angegriffen zu werden.

»Wir sind nicht verrückt, Zchroch«, sagte Grand und wandte sich damit nicht nur an den Ra´hul. »Wir wollen eine Lösung finden, die das Überleben deines Volkes ebenso sichert wie das der unzähligen Spezies in unseren Galaxien. Du hast von uns für die Dauer dieser Reise nichts zu befürchten.«

Er wusste, dass es nicht nur ihm schwerfiel, sich zusammenzureißen und Zchroch nicht für seine Verbrechen zur Rechenschaft zu ziehen. Kranchoor stand auf und verließ die Zentrale. Grand vermutete, dass der Xhenthel es nicht länger aushielt, dem Ra´hul gegenüberzusitzen.

»Ich bin für den Branentransfer bereit«, teilte Hakera schließlich mit.

»Dann sollten wir nicht noch mehr Zeit verlieren«, sagte Grand.

Die *Rhelina* beschleunigte und ging in den Bulk. Dann schaltete sich der Branendrive hinzu. Auch diesmal sorgte das *Coniunctional* dafür, dass sie nicht den Einflüssen von Paralleluniversen ausgesetzt wurden. Grand wusste nicht, wie das Gemeinschaftsbewusstsein dies bewerkstelligte, aber er war dankbar dafür, von Visionen alternativer Leben verschont zu bleiben.

Die nächste halbe Stunde verbrachten sie schweigend. Niemand hatte Lust auf ein Gespräch mit dem Ra´hul und keiner von ihnen war in der Stimmung für eine unbeschwerte Konversation. Jeder konnte spüren, dass der Moment nicht mehr fern war, an dem sich das Schicksal ihrer Heimat entscheiden musste. Der Moment, auf den sie in den letzten Wochen hingearbeitet und von dem sie fast nicht mehr geglaubt hatten, er würde jemals eintreffen.

»Wir sind in weniger als einer Minute am Ziel«, gab Hakera endlich bekannt.

Zchroch hatte der KI einen Koordinatensatz übergeben, der die *Rhelina* direkt ins Herz des Ra´hul-Reiches führen sollte – in das Hauptsystem des Feindes. Grand war gespannt, wie man dort auf das unerwartete Erscheinen des Oberbefehlshabers der Invasionsflotte reagieren würde – zudem an Bord eines gegnerischen Schiffes.

Dann erschienen die Sterne eines fremden Universums auf dem Hauptholo. Der erste Blick auf die umliegenden Sonnen zeigte nichts Besonderes. Es hätte sich genauso gut um eine Sternenkonstellation in der heimischen Galaxis handeln können. *Es ist erstaunlich, wie ähnlich dieses Universum dem unsrigen ist*, dachte Grand. Doch dann erinnerte er sich daran, dass es unendliche viele Universen gab und darunter demzufolge auch etliche sein mussten, die vom eigenen Universum kaum zu unterscheiden waren.

»Hyperfunkspruch abgesetzt«, meldete Hakera.

Zchroch hatte dazu geraten, sich vor der Ankunft im Ra-System, wie er sein Heimatsystem genannt hatte, anzumelden, und eine entsprechende Hyperfunkfrequenz genannt. Die Grußbotschaft hatte er selbst eingesprochen und sie wurde nun übermittelt. Nur Sekunden später erfolgte die Antwort.

»Höchster Zchroch´akkr´akcht´hisch, wir sind erstaunt, Sie hier zu sehen. Vor dem Einflug in das System ist eine positive Identifizierung erforderlich. Das *Kollektiv* hat viele Fragen und erwartet Sie.«

Es folgte eine lange Zahlenreihe, die Zchroch seinerseits mit einer mindestens genauso langen Zahlenreihe beantwortete.

»Einflugerlaubnis erteilt«, kam schließlich die Antwort. »Nutzen Sie folgenden Vektor.«

Wieder folgte eine lange Reihe von Kürzeln, unverständlichen Zeichen und Zahlen.

Nach einem kurzen Flug durch den Bulk kam die *Rhelina* am Rand eines Sonnensystems heraus, in welchem zwölf Planeten einen Roten Riesen umkreisten. Auf dem Taktikdisplay erschienen Zehntausende von Kampfschiffen, die das Innere des Systems absicherten. Außerdem konnte Grand Tausende stationäre Geschützplattformen am Systemrand und ebensoviele schnelle Jäger sehen, die auf scheinbar zufälligen Kursen das System durchstreiften. Es musste für einen Angreifer nahezu unmöglich sein, die inneren Planeten gegen den Willen der Ra´hul anzufliegen. Auch ein Bulkmanöver ins Systeminnere konnte nicht erfolgreich sein, da die Aliens dafür gesorgt hatten, dass das gesamte Ra-System unter dem Abschirmfeld einer ganzen Batterie von starken

Tachyonenadversatoren lag, die jeden FTL-Flug innerhalb des Systems unmöglich machten.

Die drei äußeren Planeten waren normale Gasriesen, auch wenn Grand von der Vielzahl an Habitaten, die sie umkreisten, beeindruckt war. Der innere Planet umlief sein Zentralgestirn auf einer so engen Bahn, dass seine Oberfläche einer rot glühenden Magmahölle glich, die zu betreten unmöglich war. Doch es verschlug ihm die Sprache, als er sich die restlichen acht Planeten und ihre Bahnen um die Sonne genauer ansah. Die technologische Überlegenheit der Ra´hul konnte nicht eindrucksvoller unter Beweis gestellt werden.

Jeweils vier Planeten umkreisten den Roten Riesen auf einer identischen Bahn, mit dem exakt gleichen Abstand eines Viertelumlaufs zueinander. Beide Umlaufbahnen lagen innerhalb der habitablen Zone. Dies war eindeutig eine künstliche Konstellation. Die acht Planeten mussten von den Ra´hul auf ihren derzeitigen Orbit versetzt worden sein. Kein Sonnensystem, egal in welchem Universum, konnte sich auf natürlichem Weg so entwickeln.

Zchroch bemerkte, wie überrascht Grand von der ungewöhnlichen Planetenkonstellation war.

»Als sich unsere Sonne vor einigen Millionen Jahren zu einem Roten Riesen aufzublähen drohte, haben wir die wichtigsten Planeten rechtzeitig in Sicherheit gebracht«, bemerkte er mit sichtlichem Stolz. »Wir hätten natürlich auch in ein anderes

Sonnensystem umziehen können, doch hier sind wir geboren und wir wollten die Wiege unseres Volkes nicht aufgeben. Dies ist der Mittelpunkt unseres Reiches, das wir über viele Millionen Jahre aufgebaut haben. Es gibt in diesem Universum kein mächtigeres Volk als die Ra´hul!«

Und das habt ihr geschafft, indem ihr die Croalok versklavt und andere Völker mithilfe der Suggestivkräfte eurer bedauernswerten Opfer unterjocht habt, dachte Grand, doch er behielt den Gedanken für sich. Es machte keinen Sinn, Zchroch ausgerechnet jetzt zu brüskieren, da die eigene Zukunft von seiner Kooperation abhing. Die Skrupellosigkeit und Selbstgerechtigkeit der Ra´hul ekelte ihn an.

Die Scanner zeigten, dass sechs der acht Planeten vollständig von künstlichen Strukturen bedeckt waren. Nur zwei besaßen noch blaue Meere und Grünflächen und sahen vom Weltraum aus einigermaßen natürlich aus. Die anderen waren komplett von unterschiedlichen Industrieansiedlungen, Raumhäfen, Agrarflächen, riesigen Wohnarealen und Energieanlagen überzogen. Teilweise erstreckte sich die Bebauung über ganze Kontinente, zwischen denen mehrere schmutzig grau-braune Ozeane, in denen kein Leben mehr gedeihen konnte, zu erkennen waren.

Kurz bevor sie den zugewiesenen Planeten erreichten, gesellten sich vier Kampfschiffe zur *Rhelina*. Es sah mehr nach Bewachung aus als nach einer freundlichen Eskorte.

»Sie haben die Waffensysteme aktiviert«, teilte Hakera mit.

Grand fühlte sich nicht besonders wohl bei dem Gedanken, dass sie ohne hochgefahrene Schutzschirme unterwegs waren. Ein Schuss würde genügen, um die *Rhelina* in ihre Atome zu zerlegen. Lediglich die Anwesenheit von Zchroch garantierte ein Mindestmaß an Schutz vor einem plötzlichen Angriff. Sofern die Verantwortlichen dem militärischen Führer noch den bisherigen Stellenwert zumaßen.

Sie näherten sich einem der vier Planeten auf dem äußeren der beiden künstlichen angelegten Orbits. Im Gegensatz zu den meisten anderen wirkte er noch einigermaßen natürlich.

»Dies ist Klontrar«, sagte Zchroch. »Er ist der Verwaltungsplanet unseres Reiches. Auf dem Inneren der beiden Orbitale befindet sich Ra´lor, unser Heimatplanet. Dort ist die Führungsriege meines Volkes untergebracht.«

Grand vermutete, dass es sich dabei um den zweiten, noch nicht vollständig zugrunde gerichteten Planeten handeln musste.

»Ihr werdet eine Gruppe Soldaten an Bord lassen müssen«, sagte Zchroch. »Das ist Standard bei Schiffen, die nicht zu uns gehören. Niemand betritt unsere Planeten, der nicht zuvor gründlich überprüft worden ist.«

Grand dachte kurz nach. Wahrscheinlich ließ sich dies nicht vermeiden, wenn sie nicht sofort in schussbereite Waffen starren wollten.

»Robby«, sagte er schließlich, »postiere deine … äh … Leute in allen strategisch wichtigen Bereichen der *Rhelina*. Überprüfung ist in Ordnung, aber niemand baut etwas aus, macht etwas kaputt oder nimmt etwas mit. Sag das deinen Leuten«, wandte er sich an Zchroch.

Kurz darauf dockte ein kleiner Truppentransporter an und zehn Ra´hul betraten die *Rhelina*. Sie salutierten vor Zchroch und beäugten misstrauisch das Innere des Schiffes. Grand und seine Freunde ignorierten sie komplett. Hakera hatte dafür gesorgt, dass alle pseudomateriellen Maschinen, Apparate und Einbauten so rückständig und altmodisch wie möglich aussahen, um keine Begehrlichkeiten zu wecken.

Ein Offizier trat vor und salutierte erneut.

»Das Kollektiv erwartet Sie, Höchster! Einer Ihrer Begleiter darf mitkommen.«

Grand verzichtete darauf, dem Offizier zu erklären, dass Zchroch *ihr* Begleiter war und nicht umgekehrt. Die Ra´hul führten sich auf, als befände sich die *Rhelina* in Zchrochs Besitz oder unterstände zumindest seinem Kommando.

Tiberius trat vor und sah Zchroch durchdringend an.

»Ich will noch einmal daran erinnern, dass die Branenkollision jederzeit wieder in Gang gesetzt werden kann, falls du irgendetwas im Schilde führst. Wenn Grand etwas passiert oder dir sonstige dumme Gedanken kommen sollten – die Konsequenzen wären für dich und dein Volk unerfreulich.«

Zchroch gab keine Antwort. Zwei Minuten später wurden er und Grand von einer Landefähre abgeholt.

39.

Die Parklandschaft unter ihm hätte auch auf einem entwickelten terranischen Kolonialplaneten nicht anders ausgesehen. Nur die Vegetation war eine völlig andere, als Grand sie je gesehen hatte. Die Rasenflächen – oder zumindest das, was hier als 'Rasen' durchging – waren zwar ebenso grün, wie er es gewohnt war, aber die Büsche und Bäume wirkten absolut fremdartig. Sie besaßen keinen zentralen Stamm und keine Blätter, sondern sahen eher aus wie abstrakte Kunstwerke aus wild miteinander verflochtenen, dicken grünen Streben, an denen mindestens handtellergroße, farbenfrohe Blüten wuchsen. Grand vermutete, dass die Fotosynthese bei diesen Gewächsen direkt an dem Astgeflecht stattfand und sich deshalb keine Blätter entwickelt hatten. Ob die Blüten hier ebenfalls dazu dienten, durch ihre Farben Insekten zur Bestäubung anzulocken, oder ob die Gewächse auf Klontrar einen völlig anderen Weg der Fortpflanzung bestritten, konnte er nicht sagen.

Durch die Rasenflächen führten Monorails auf etwa mannshohen Stützpfeilern, auf denen kleine Kabinenbahnen in rasendem Tempo zwischen den weit verteilt liegenden Gebäuden hin und her huschten. Hin und wieder fiel sein Blick auf Ra´hul, die alleine oder in Gruppen unterwegs waren, diskutierend zusammenstanden oder geschäftig auf den wenigen Fußgängerwegen dahineilten.

Die Gebäude erinnerten entfernt an Pyramiden. Anscheinend war es hier üblich, ein Bauwerk mit einer breiten Basis zu beginnen und es nach oben hin immer schmaler werden zu lassen. Allerdings wiesen sie in der Regel fünf Seiten auf, und nicht vier, wie bei terranischen Pyramidenbauten.

Insgesamt machte das, was er von Klontrar zu sehen bekam, einen geordneten, freundlichen und sauberen Eindruck und schien nicht zu dem kriegerischen und teilweise barbarischen Wesen der Ra´hul zu passen. Es war ihm ein Rätsel, wie eine Spezies, die Jahrmillionen überdauert und sich technologisch so weit entwickelt hatte, die Lösung für ihre Probleme immer noch in Krieg, Kampf und Gewalt suchen konnte. In der heimischen Galaxis hatte sich gezeigt, dass ein Volk mit zunehmender Reife der gewaltsamen Durchsetzung seiner Interessen immer mehr abschwor, und generell toleranter und friedlicher wurde. Hier schien die zivilisatorische Evolution leider einen anderen Weg beschritten zu haben.

Das Landungsboot näherte sich einem der größten Bauwerke in dem Park, der sich rings um sie erstreckte, so weit das Auge reichte. Es setzte direkt davor auf der Rasenfläche auf und zwei Soldaten bedeuteten Grand und Zchroch, auszusteigen. Die Luft war für Grand atembar, wie Hakera bereits vom All aus festgestellt hatte. Der Sauerstoffgehalt war kaum höher als auf der Erde und die Gravitation nur etwas niedriger und es gab keine für seinen Körper gefährlichen Mikroorganismen oder Giftstoffe in der Atmosphäre. Unter anderen Umständen wäre dies ein paradiesischer Urlaubsort gewesen.

Sie näherten sich dem Eingang. Eine leicht ansteigende Rampe führte ins Innere der Pyramide. Rechts und links davon flimmerten für Grand unverständliche Hologramme in der sommerlich warmen Luft. Vielleicht waren es öffentliche Bekanntmachungen, eine Beschreibung, welche Dienststellen man hier aufsuchen konnte, oder schlichtweg Werbeanzeigen für irgendwelche Güter – Grand hatte keine Ahnung.

Die Eingangshalle war erstaunlich winzig für ein Gebäude dieser Größe. In der Mitte des fünfeckigen Raumes drehte sich ein weiteres, säulenförmiges Hologramm. Einer der Soldaten, die sie begleiteten, trat vor und berührte nacheinander drei Punkte des virtuellen Bildes. An einer der Seitenwände öffnete sich ein Durchgang und gab den Blick in eine kleine Kammer frei. Ohne eine Erklärung ging der Soldat darauf zu.

»Komm mit!«, wandte sich Zchroch an Grand.

Gemeinsam mit den Soldaten betraten sie den engen Raum, worauf sich die Tür hinter ihnen schloss. Einer der Soldaten legte einen Finger auf einen Sensorpunkt an der Wand und Grand spürte einen kurzen Schmerz, der sich durch seinen ganzen Körper zog und sofort wieder verschwand. Die Tür öffnete sich wieder und diesmal wurde ein langer Gang sichtbar.

Ein Transmittersystem, dachte Grand. Ihm war nicht klar gewesen, dass die Ra´hul über diese Transporttechnik verfügten. An Bord der wenigen, aufgebrachten Schiffe hatte es keinen Hinweis darauf gegeben. Vielleicht war es zu energieaufwendig, um in Raumschiffen zum Einsatz zu kommen.

Grand hatte keine Ahnung, ob sie sich noch im selben Gebäude oder auf der anderen Seite des Planeten befanden.

»Wir sind noch immer im Ratsgebäude des Kollektivs«, sagte Zchroch, als könne er Gedanken lesen. »Nur einige Dutzend Stockwerke höher.«

Dann sah er Grand triumphierend an. »Dachtest du, ihr wärt die Einzigen, die über Transmitter verfügen?«

»Bei unseren geht der Transportvorgang allerdings schmerzfrei vonstatten«, beschwerte sich Grand, woraufhin Zchroch ihn böse anstarrte, ihn jedoch keiner Antwort würdigte.

Der Gang, durch den sie geführt wurden, war völlig schmucklos. Boden und Wände bestanden aus einem beigefarbenen Material, das unter Grands Schritten leicht nachgab. Die Decke diente gleichzeitig als Leuchtkörper und verbreitete ein ins Rötliche verschobenes Licht, entsprechend dem Spektralbereich des Roten Riesen, um den der Planet kreiste.

Am Ende des Ganges öffnete sich eine Iris und gestatte den Zugang zu einem großen Saal. Als sie eintraten, wurden sie von acht Ra´hul in weißen Roben erwartet, die hinter einem halbmondförmigen Tisch saßen. Offenbar handelte es sich um das *Kollektiv*, die Führungsspitze der Ra´hul.

An der offenen, Grand zugewandten Seite befanden sich zwei leere Sitzgelegenheiten. Man hatte sich nicht die Mühe gemacht, ein für Grands Körperbau geeignetes Möbel bereitzustellen. Wenn er sich setzen wollte, musste er mit dem typischen Ra´hul-Sitzbock vorliebnehmen.

Grands kleine Gruppe betrat den Saal, Zchroch und die beiden Soldaten knickten mit den Vorderbeinen ein und senkten die Köpfe. Grand wusste nicht, was man von ihm erwartete, weigerte sich aber, vor den Feinden auf die Knie zu sinken.

Wir sind hier, um ihr Universum zu retten – oder es in einer Branenkollision untergehen zu lassen, dachte er bei sich. *Ich bin hier nicht der Bittsteller!*

Doch dann musste er sich eingestehen, dass dies nicht ganz den Tatsachen entsprach. Noch immer stand die unüberwindliche Flotte der Ra´hul an der Peripherie der Milchstraße und wartete darauf, welche Nachrichten und Befehle ihr Anführer zurückbringen würde. Ob ihre Feinde sich zurückziehen oder die Galaxis in Schutt und Asche legen würden, hing vom Ergebnis dieses Treffens ab. Hier konnte es keine Sieger oder Verlierer geben – entweder gingen beide Seiten aus den

Verhandlungen als Gewinner hervor oder sie würden jeder auf seine Weise die schrecklichen Folgen zu erleiden haben. Grand konnte nur hoffen, dass dies den acht Ra´hul ebenso bewusst war wie ihm.

Seine Begleiter erhoben sich wieder und einer der Soldaten drückte Grand auf einen der Sitzböcke. Zchroch nahm neben ihm Platz. Es war unbequem, aber auszuhalten.

»Wen bringst du uns, Zchroch´akkr´akcht´hisch? Ist er Freund oder Feind?«

Die Stimme des Ra´hul jagte Grand einen eisigen Schauer über den Rücken. An die unangenehme, knarzige Sprache hatte er sich inzwischen mehr oder weniger gewöhnt, aber in diesem Fall war sie zusätzlich leise zischend und flüsternd, was ihr einen fast dämonischen Klang verlieh.

Der Sprecher war der älteste Ra´hul, den Grand bisher zu Gesicht bekommen hatte. Viel älter noch als Trrach´chkt´grochk´frk. Die sieben anderen waren nicht viel jünger.

»Er ist … war … ist … es ist nicht so einfach, Erhabenheit«, sagte Zchroch unschlüssig.

»Es ist immer einfach«, unterbrach ihn der Greis. »Freund oder Feind. Für uns oder gegen uns. Schwarz oder weiß. Also, was ist er?«

»Ein Feind«, musste Zchroch zugeben. »Aber …«

»Kein aber, Zchroch´akkr´akcht´hisch! Wie kannst du es wagen, einen Feind zu uns zu bringen, der nicht in Ketten liegt?«

»Ich …«

Wieder wurde Zchroch unterbrochen.

»Uns sind gewisse Dinge zu Ohren gekommen, bevor das Portal sich schloss. Besorgniserregende Dinge. Du hast Trrach´chkt´grochk´frk als Anführer der Rettungsflotte abgesetzt und selbst die Macht ergriffen. So sehr wir Initiative, Engagement und den Willen zur Führung schätzen, so begrüßen wir es doch nicht, wenn dies aus Eigennutz geschieht und nicht dem Wohl unseres Volkes dient. Hast du zum Wohl des Volkes gehandelt, Zchroch´akkr´akcht´hisch? Oder aus Überheblichkeit und Arroganz? Und warum verbrüderst du dich mit einem Feind? Denn wenn er nicht in Ketten vor uns im Staub liegt, so kann das nur bedeuten, dass du dich mit ihm verbrüdert hast – oder dass er Macht über dich besitzt!«

Grand wurde es zu dumm. Er war nicht hier, um sich wie ein Tier vorführen zu lassen. Auch nicht von jemandem, den man als *Erhabenheit* titulierte. Es wurde Zeit, dass er der Versammlung von Greisen deutlich machte, um was es hier ging. Er stand auf.

»Ich habe Macht über euch alle!« Sein Translator übersetzte simultan. »Ihr solltet euch besser anhören, was ich zu sagen habe.«

»Wie kannst du es wagen …«, zischte der Greis, doch diesmal war es Grand, der ihn unterbrach.

»Halt den Mund und höre mir zu! Euer Branenportal funktioniert nicht mehr, wie ihr sicher inzwischen bemerkt habt. Das ist unser Werk!« Dies war natürlich nicht völlig korrekt, aber Feinheiten waren jetzt nicht von Belang. »Auch das Portal, mit dessen Hilfe ihr mitsamt euren Galaxien in unser Universum überwechseln wolltet, wird nicht funktionieren. Ihr werdet bei der Branenkollision alle untergehen! Es sei denn, wir können uns einigen.«

Die beiden Soldaten ergriffen ihn von beiden Seiten. Sie machten Anstalten, ihn gewaltsam aus dem Saal zu zerren. Der Greis war ebenfalls aufgesprungen und starrte Grand mit offenem Mund an. Ob ihn die Neuigkeiten so erschüttert hatten oder ob er lediglich über den Mangel an Ehrerbietung verärgert war, konnte Grand nicht sagen. Doch er ließ nicht locker.

»Wenn ihr Zchroch und mich nicht anhört, wird das Volk der Ra´hul untergehen«, rief er, während die Soldaten ihn nach hinten zerrten.

»Ihr solltet ihn anhören, Erhabenheit«, rief Zchroch in das ausbrechende Chaos. »Unser Überleben hängt davon ab!«

Der Greis gab den Soldaten ein Zeichen, woraufhin sie stehen blieben. Grand riss sich von ihnen los und blickte dem Alten direkt in die Augen.

»Sprich!«, forderte der Ra´hul ihn auf. »Ich gewähre dir einen kurzen Moment unserer kostbaren Zeit, um deine lächerlichen Behauptungen zu beweisen.«

»Du wirst mir noch viel mehr gewähren, wenn ich fertig bin«, versicherte Grand.

Während der nächsten Minuten berichtete er vom Eingreifen der Dorianer, wobei er nur sehr oberflächlich auf deren derzeitigen Status und ihre Möglichkeiten einging. Die Ra´hul mussten nicht alles im Detail wissen. Wenn sie verstanden, dass ihr Schicksal in den Händen des *Coniunctionals* lag, mussten sie nachgeben. Doch er hatte die Rechnung ohne die Starrköpfigkeit des Vorsitzenden gemacht.

»Ich glaube dir kein Wort! Niemand kann die Bewegung von Branen beeinflussen und die Entstehung eines Portals verhindern –Das sind Lügengeschichten!«, schrie er Grand an. »Bringt ihn weg«, wandte er sich im Anschluss an die Soldaten. »Und übernehmt sein Schiff. Dieser Antrieb, der sie in unser Universum gebracht hat, wird für uns von Nutzen sein. Und du, Zchroch«, sagte er zu dem Ra´hul neben Grand, der nicht eben glücklich wirkte, »du wirst einige Fragen zu beantworten haben!«

40.

»Irgendetwas geht hier vor«, flüsterte Jalina Kranchoor zu.

»Ja«, knurrte der Xhenthel, »das ist mir auch schon aufgefallen.«

»Das gefällt mir nicht, und von Mike haben wir auch noch nichts gehört«, sagte Jalina.

Die zehn Ra´hul an Bord der *Rhelina* hatten sich bis jetzt unauffällig verhalten. Sie hatten lediglich darauf bestanden, durch das Schiff geführt zu werden, um *'nach Sicherheitsrisiken zu suchen'*, wie die offizielle Begründung lautete. Das war für sich genommen nichts Ungewöhnliches. In den meisten bewohnten Systemen, insbesondere in den Zentralsystemen der verschiedensten Zivilisationen hätte man das Schiff einer Spezies, mit der man sich derzeit im Krieg befand, nicht ohne Weiteres in den Orbit einer der Hauptwelten gelassen und es genauestens durchsucht. Doch etwas hatte sich in den letzten Minuten verändert. Jalina hätte nicht genau sagen können, was es war, aber es schien ihr, als bewegten sich die Soldaten weniger sorglos und zufällig durch das Schiff, sondern eher koordiniert und auch zielstrebiger als zuvor. Fast so, als ob sie etwas planten.

Jalina saß in der Zentrale und beobachtete über Holofeeds die vier Zweiergruppen der Ra´hul, die das Schiff durchstreiften und sich von den BEWAHRERN in alle Winkel der *Rhelina* führen ließen. Der Offizier und ein weiterer Soldat hielten am Eingang der Zentrale Wache.

»Hakera, ist in den letzten Minuten etwas Außergewöhnliches geschehen?«, wandte sie sich an die KI.

»Dir ist es also auch aufgefallen«, antwortete Hakera. »Vor einigen Minuten ging ein Funkspruch an die Soldaten ein. Hochverschlüsselt, sodass ich ihn nicht dechiffrieren konnte. Seitdem scheinen sie der Zentrale zuzustreben. Auch wenn die Bewegungen zufällig wirken sollen.«

Die Kommunikation mit der KI fand über einen kleinen Ohrhörer und ein Kehlkopfmikrofon statt, Vorrichtungen, die Jalina, ebenso wie Kranchoor, Poggy und Brolon, seit einiger Zeit am Körper trug. Auf diese Weise konnten sie miteinander kommunizieren, ohne dass die Soldaten mithören konnten.

Noch bevor sie weiter darüber nachdenken konnten, was die Ra´hul vorhaben mochten, ging alles blitzschnell. Die Wege auf der *Rhelina* waren recht kurz. Innerhalb weniger Sekunden versammelten sich die Ra´hul vor der Zentrale und betraten sie gemeinsam. Hinter ihnen folgten vier BEWAHRER, wodurch sich der kleine Raum schnell füllte. Plötzlich zogen die Ra´hul ihre Waffen und legten auf Brolon, Tiberius und die drei Unsterblichen an.

»Übergeben Sie uns das Schiff!«, befahl der Offizier. »Sie stehen unter Arrest. Meine Männer werden Sie einstweilen einzeln in Ihre Kabinen sperren. Sollten Ihre Roboterfreunde oder die steuernde KI auf dumme Gedanken kommen, werden wir einen von Ihnen erschießen.«

Jalina blickte Poggy, Brolon und Kranchoor an.

»Jetzt!«, rief sie.

Zeitgleich aktivierten die vier ihre *SkinField-Generatoren*, die sie am Gürtel trugen. Die dünnen, aber starken Energieschirme schmiegten sich um ihre Körper. Im selben Moment eröffneten die BEWAHRER das Feuer mit den Neurodisruptoren, die sie versteckt im Innern ihrer Metallkörper getragen hatten. Es gelang nur zwei Ra´hul, ihrerseits das Feuer zu erwidern. Doch die Strahlschüsse prallten wirkungslos an Jalinas und Poggys Schutzschirmen ab. Innerhalb von Sekunden lag auch der letzte Soldat bewegungslos am Boden. Jalina wusste, dass sie nach wie vor sehen und hören konnten.

»Ihr müsst uns für sehr einfältig halten«, erklärte sie, als sie in das Blickfeld des vor ihr liegenden Offiziers trat. »Wahrscheinlich habt ihr in eurem Universum schon viel zu lange keine ernsthaften Gegner mehr und seid deshalb nachlässig geworden. Habt ihr etwa geglaubt, wir würden mit einer solchen Aktion nicht rechnen und uns nicht darauf vorbereiten? Dummköpfe!«

Trotz seiner Bewegungsunfähigkeit versprühten die Augen des Offiziers einen unbändigen Hass.

»Man wird die *Rhelina* unverzüglich angreifen, wenn sich die Soldaten nicht mehr melden«, sagte Kranchoor.

»Natürlich«, erwiderte Jalina. »Hakera, Phase zwei!«

»Wird ausgeführt«, bestätigte die KI.

Es war klar, dass die *Rhelina* inmitten eines Systems, das von Tausenden Einheiten der Ra´hul nur so wimmelte, keine Chance in einer bewaffneten Auseinandersetzung haben würde. Eine Flucht kam nicht infrage, da sie Grand nicht zurücklassen durften. Aber es gab einen Weg, die Ra´hul von einem Angriff abzuhalten.

Die *Rhelina* beschleunigte aus dem Stand mit Maximalwerten, fuhr die Schutzschirme hoch und stürzte sich auf die Planetenoberfläche hinunter. Die Überlegung war im Grunde recht einfach: Im All hatte das kleine Schiff gegen die überlegenen Gegner keine Chance – auf der Planetenoberfläche hingegen hatten die Ra´hul keine Möglichkeit, ihre Waffensysteme gegen die *Rhelina* einzusetzen. Die Energien, die notwendig gewesen wären, den Schutzschirm des dorianischen Schiffes zu überwinden, konnten die Rah´hul zwar spielend aufbringen, aber sie würden dabei den gesamten Kontinent vernichten und wahrscheinlich die Kruste des Planeten bis hinunter zum Magmakern aufreißen. Es war schlechterdings unmöglich, die *Rhelina* zu vernichten, solange sie unter dem Schutz ihrer Energieschirme auf Klontrar stand.

Umgekehrt wäre es für Hakera ein Leichtes gewesen, jedes beliebige Gebäude in Schutt und Asche zu legen und somit die gesamte Führungsriege der Ra´hul zu vernichten. Es hatte einen Grund, warum man Feindschiffe üblicherweise nicht in die Nähe eines wichtigen Planeten ließ. Die Ra´hul waren in der Tat mehr als nachlässig gewesen.

Es gelang einigen Einheiten der Ra´hul, die herangestürmt kamen, ein paar Schüsse abzugeben, bevor die *Rhelina* in die Atmosphäre des Planeten eintauchte, doch diese waren für den Schutzschirm kein Problem. Hakera ging direkt neben dem Landungsboot nieder, das Grand auf die Oberfläche gebracht hatte.

»Bei Mike muss etwas schiefgegangen sein«, sagte Jalina. »Es gibt keine andere Erklärung für das Verhalten der Ra´hul.«

Sie machte sich große Sorgen, doch Hakera konnte sie beruhigen.

»Ich empfange nach wie vor seine Biodaten«, sagte sie.

Grand hatte, bevor er mit Zchroch das Landungsboot betreten hatte, eine kleine Kapsel geschluckt, die auf einer kaum aufspürbaren Normalfrequenz mit geringer Energie seine biometrischen Daten übermittelte. Man konnte sie nur aufspüren, wenn man genau wusste, wonach man zu suchen hatte. Jalina hatte darauf bestanden, dass sie jederzeit über seinen Status Bescheid wussten.

»Wir werden umzingelt«, teilte Hakera mit.

Tatsächlich war auf dem Außenholo zu sehen, wie mehr als ein Dutzend Landungsboote rings um die *Rhelina* aufsetzen und ihre Besatzungen ausspuckten. Zusätzlich landeten kleine Militärfrachter, entluden ihre Lasten und brachten Geschütze aller Art in Stellung. Es sah fast aus wie die Invasion eines feindlichen Planeten durch gut trainierte Landungstruppen, mit dem Unterschied, dass die Ra´hul keinen Feindplaneten eroberten, sondern dass sich all dies auf einer ihrer Hauptwelten abspielte. Doch welche Geschütze sie auch auffuhren, sie würden die Schutzschirme der *Rhelina* damit keinesfalls überwinden können.

Nach wenigen Minuten war das Schiff von einem undurchdringlichen Kordon aus Soldaten, Geschützstellungen und energetischen Sperrschirmen umgeben.

»Hakera, kannst du Michael mit dem Spontantransmitter zurückholen?«, fragte Jalina.

»Derzeit leider nicht. Er scheint sich unter einem Energieschirm zu befinden.«

»Wie ist es dann möglich, dass du noch seine biometrischen Daten empfangen kannst?«, wunderte sich Brolon.

»Der Schirm blockiert in erster Linie hyperenergetische Signale. Licht, Schallwellen und

Frequenzen des normalenergetischen Bandes gehen nahezu ungehindert durch ihn hindurch.«

»Wir werden angefunkt.«

Hakera legte den Funkspruch auf das Hauptholo. Der ältere Ra´hul in der weißen Toga wirkte zornig, soweit man dies bei den Aliens beurteilen konnte.

»Ich fordere Sie auf, sofort den Schirm zu senken und sich zu ergeben. Falls Sie dieser Forderung nicht umgehend nachkommen, wird Ihr Freund hingerichtet. Sie haben …«

»Sie müssen lebensmüde sein!«, unterbrach ihn Jalina. »Erstens können wir von hier aus den halben Kontinent vernichten und zweitens scheinen Sie die Mitteilung, die unser Freund Ihnen sicher inzwischen überbracht hat, nicht ernstgenommen zu haben. Ich rate Ihnen dringend, die derzeitige Branendrift dieses Universums von Ihren Wissenschaftlern überprüfen zu lassen. Sie werden feststellen, dass er die Wahrheit gesagt hat. Es liegt nur an Ihnen, ob Ihr Volk lebt oder stirbt. Sollte unserem Freund etwas passieren, wird die Kollision wieder in Gang gesetzt. Lassen Sie es nachprüfen. Das Schicksal der Ra´hul liegt in Ihrer Hand!«

Dann unterbrach Jalina die Verbindung.

»Du spielst mit Mikes Leben«, warnte Kranchoor sie.

»Ich bin sicher, dass sie die Behauptung überprüfen werden. Das können sie nicht riskieren. Zumal Zchroch die Forderung unterstützen wird. Sie sind halsstarrig, aber keine Idioten. Sobald sie feststellen, dass Mike die Wahrheit gesagt hat, werden sie angekrochen kommen.«

»Ich hoffe, dass du recht behältst.« Kranchoor war wieder in einer seiner pessimistischen Phasen, wie Jalina missbilligend bemerkte. Der Xhenthel hatte sich in den letzten Wochen zwar als guter Freund, aber auch als schwarzseherischer Skeptiker entpuppt.

»Tiberius«, wandte sie sich an den *Coniunctanten*. »Kannst du Mike herausholen, wenn es wider Erwarten nicht so läuft, wie wir uns das vorstellen?«

»Es tut mir leid, Jalina«, sagte Tiberius mit einem bedauernden Lächeln. »Wie ihr wisst, sind meine Möglichkeiten auf dieser dimensionalen Ebene begrenzt. Hinzu kommt noch etwas, das ich euch bisher nicht gesagt habe. Mein Körper besteht aus höherdimensionaler Energie. Er ist unter diesen Bedingungen nur eine begrenzte Zeit stabil. Ich werde demnächst in meine energetische Grundsubstanz zerfallen und stehe euch dann nicht mehr zur Verfügung.«

»Was?«, rief die Kolltanerin entsetzt aus. »Aber … aber das *Coniunctional* kann dich doch neu erschaffen!«

»Nicht in dieser Sphäre. Wie es euch schon gesagt hat, ist es hier nicht handlungsfähig. Seine Macht ist auf den multiversalen Raum beschränkt. Nur dort kann es Manipulationen an den Urkräften der Schöpfung vornehmen. Und nur dort kann es mich neu entstehen lassen. Ich konnte nur hierherkommen, weil ihr mich in eurem Schiff mitgenommen habt. Aber meine Zeit auf dieser Ebene ist begrenzt. Was glaubt ihr, warum das *Coniunctional* zukünftig Mike als seinen Agenten in der dreidimensionalen Welt benötigt? Wenn es so einfach wäre, mich dort einzusetzen, würde es ihn nicht brauchen.«

Jalina stieß einen herzhaften Fluch aus. Auch Kranchoor schüttelte entgeistert den Kopf und selbst der sonst so ruhige Poggy brummte etwas in seiner Sprache, das ebenfalls recht unfreundlich klang.

»Wie viel Zeit bleibt dir noch?«, fragte sie.

»Nicht mehr viel, befürchte ich. Genau kann ich es nicht sagen, aber sicher weniger als eine Stunde terranischer Zeit. Ich hatte gehofft, dass wir bis dahin eine Einigung mit den Ra´hul erzielen würden, aber sie sind leider uneinsichtig.«

»Wie können wir mit dem *Coniunctional* Kontakt aufnehmen, wenn du nicht mehr hier bist?«

»Während des Fluges durch den Bulk sollte es möglich sein, einen metastabilen *Coniunctanten* in die *Rhelina* zu projizieren. Er besäße zwar nicht die pseudomaterielle Stabilität meines derzeitigen Körpers, ein Informationsaustausch sollte jedoch gelingen.«

»Verdammt!« Jalina war frustriert. Dies machte alles noch viel komplizierter. »Und ich dachte, das Kollektivbewusstsein der Dorianer hätte nahezu gottähnliche Fähigkeiten.«

»Wie ich dir schon gesagt habe: Es ist nicht allmächtig. Denke an Hakeras Vergleich mit dem Ameisenhaufen. Es ist für das *Coniunctional* extrem schwierig, mit euch zu kommunizieren und hier zu agieren.«

»Die Ra´hul funken uns wieder an«, unterbrach Hakera die beiden und legte den Anruf auf den Holoschirm.

»Unsere Wissenschaftler haben Ihre Behauptung überprüft. Tatsächlich ist die Branendrift zum Stillstand gekommen und es droht keine Gefahr einer Kollision mit Ihrem Universum mehr.« Der alte Ra´hul klang diesmal wesentlich kleinlauter und enthielt sich jeder Drohung. »Wir sind geneigt, Ihnen Glauben zu schenken. Wie lautet Ihr Vorschlag?«

»Sie ziehen ihre Flotte sofort aus unserem Universum ab. Um dies zu ermöglichen, wird das *Coniunctional* noch einmal die Öffnung eines Branenportals im Supervoid zulassen. Zchroch´akkr´akcht´hisch wird uns zurück in unser Universum begleiten, um dort den Befehl zum Abzug zu erteilen. Sollten Sie dieser Forderung nicht zustimmen, wird die Branenkollision nicht länger aufgehalten und Sie werden mitsamt Ihrem Universum untergehen. Sie haben den hundertsten Teil einer Umdrehung dieses Planeten Zeit, um dem nachzukommen. Sie werden unseren Gefährten freigeben und ihn zusammen mit Zchroch in

Sichtweite unseres Schiffes bringen. Es wird keine Verlängerung dieser Frist geben.«

Jalina unterbrach das Gespräch, ohne eine Antwort abzuwarten. Die gesetzte Frist entsprach ungefähr fünfzehn Minuten terranischer Zeit. Sie war knapp gesetzt, würde aber ausreichen, um die Forderungen zu erfüllen.

Die Anspannung in der Zentrale war spürbar. Die zehn Soldaten begannen, sich allmählich wieder zu regen. Die BEWAHRER hatten sie entwaffnet und in einer Ecke der Zentrale nebeneinandergelegt.

»Glaubst du, sie werden nachgeben?«, wollte Poggy wissen.

»Sie haben keine Wahl, wenn sie logisch darüber nachdenken«, entgegnete Jalina.

»Was tun wir, wenn sie sich weigern?«

Jalina zuckte hilflos die Schultern.

»Mike zu befreien dürfte unmöglich sein. Alles, was wir tun könnten, wäre, unserer Forderung mit dem Einsatz der Bordwaffen Nachdruck zu verleihen.«

»Es ist ungewiss, ob wir dann je wieder hier wegkämen. Ein Start würde uns direkt vor die Visiere der Kampfschiffe im All bringen. Wir müssten wegen der Tachyonenadversatoren erst das System verlassen, um in den Bulk fliehen zu können. Bis dahin hätten sie uns längst abgeschossen.«

»Dann sollten wir hoffen, dass sie vernünftig sind.«

Im nächsten Moment geschahen zwei Dinge gleichzeitig. Der Ra´hul meldete sich wieder, und Tiberius begann an Substanz zu verlieren. Sein Körper wurde durchscheinend.

»Ich hoffe, wir sehen uns irgendwann wieder«, sagte er, bevor er endgültig verschwand.

Auf dem Hauptholo erschien das Gesicht des alten Ra´hul.

»Wir sind einverstanden«, gab er bekannt. »Ihr Gefährte und Zchroch´akkr´akcht´hisch verlassen soeben das Gebäude. Wir vertrauen darauf, dass unsere Soldaten ebenfalls freikommen.«

»Sobald wir die beiden sehen, wird der Austausch stattfinden«, versprach Jalina.

Kurz darauf konnten sie Grand und Zchroch über eine Rampe aus einem der Gebäude kommen sehen, das sich unweit der Stelle erhob, an der die *Rhelina* gelandet war.

»Hol sie an Bord«, sagte Jalina zu der KI.

Um Zchroch und Grand bildete sich der orangefarbene Ring des Spontantransmitters und sie verschwanden vor den Augen der erstaunten Ra´hul. Unmittelbar darauf materialisierten die zehn immer noch größtenteils bewegungsunfähigen Soldaten vor ihren Füßen.

Zwei Minuten später hob die *Rhelina* ab und verließ den Planeten.

41.

Es ist ein Akt der Verzweiflung, dachte Admiral Vassili Gregorjan, *wahrscheinlich wird keiner von uns überleben.*

Er saß im Pneumosessel seines Kommandostandes an Bord des terranischen Schlachtkreuzers *'Obama'* und hing trübsinnigen Gedanken nach. Natürlich durfte die Besatzung nicht merken, wie er über den Einsatz dachte. Die Moral musste hochgehalten werden. Doch Admiral Gregorjan gab sich keinen Illusionen hin. Ihre Chancen waren nicht größer als die eines Schneeballs in der Hölle. Eher geringer.

Nachdem die BEWAHRER nicht mehr bereit waren, sich an militärischen Aktionen gegen die Ra´hul zu beteiligen, und sich nur noch auf das Ziel konzentrierten, rechtzeitig aus der Milchstraße zu verschwinden, gab es in der Galaxis keine Spezies mehr, die auch nur den Hauch einer Chance im Kampf gegen die Invasoren gehabt hätte. Trotzdem wollten sich die Führer, Regierungschefs, Diktatoren, Vorsitzenden, Clanchefs, Häuptlinge sowie die sonstigen Anführer zahlreicher Zivilisationen nicht einfach in den Staub werfen und aufgeben. Manchmal war es eine Frage der Ehre, manchmal einfach nur Wut, dann wieder entsprach es der Mentalität des entsprechenden Volkes oder man vertraute auf die Unterstützung irgendeiner Gottheit. Was auch immer die Motivation für diesen Einsatz gewesen war – Admiral Gregorjan und die *Terranische Union* hatten ihre eigenen Begründungen gefunden: Alles war besser, als sich wehrlos abschlachten zu lassen. So einfach war es! Gregorjans persönliche Begründung lag auch darin, dass er lieber in einer Raumschlacht sterben wollte, als auf einer Planetenoberfläche in Grund und Boden gebombt zu werden. Er war ein Mann der Space-Navy und kein gottverdammter Schlammwühler, wie er zu sagen pflegte.

»Noch zehn Minuten, Sir«, erinnerte ihn einer seiner Adjutanten.

Gregorjan seufzte und stellte mit einer Geste im Holofeld eine Verbindung mit der Kom-Station her.

»Legen Sie mich auf den Flottenkanal«, sagte er.

Ein grünes Feld leuchtet zur Bestätigung auf.

»Hier spricht der Admiral«, begann er. »Frauen und Männer der Terranischen Flotte. In wenigen Minuten werden wir einem Feind gegenüberstehen, der kein Erbarmen mit uns haben wird. Wir werden einem Feind gegenüberstehen, der in unsere Köpfe eindringen und versuchen wird, uns gegeneinander aufzuhetzen. Wir werden dies nicht zulassen. Ihr alle habt ein Medikament erhalten, das ihr jetzt einnehmen werdet. Unsere Wissenschaftler haben mir versichert, dass es die suggestiven Impulse auf das emotionale Zentrum das Gehirns blockieren wird. Für den Fall, dass es vereinzelt doch zu erzwungenem Fehlverhalten kommen sollte, steht in jedem Raum, an jeder Station, hinter jedem Offizier, mich eingeschlossen, ein Roboter, um den

Betreffenden unverzüglich mit einem Neurodisruptor auszuschalten. Zudem obliegt die Kampfführung ausschließlich den Taktik- und Bord-KIs. Wer versucht, in deren Systeme einzugreifen, gilt als suggestiv beeinflusst und wird entsprechend behandelt.

Kameradinnen und Kameraden, ich weiß, dass wir in einen schweren Kampf ziehen. Wahrscheinlich in den schwersten und wichtigsten Kampf, den die Terranische Flotte jemals auszufechten hatte. Der Kampf um die Zukunft unserer Spezies – aller Spezies unserer Galaxis. Neben euch kämpfen siebenundzwanzig andere Völker um ihre Freiheit. Wir wollen ihnen zeigen, dass Terraner sich ihre Heimat nicht einfach nehmen lassen.

Ich weiß, dass ihr die Menschen auf der Erde nicht enttäuschen werdet. Sie brauchen euren Mut im Kampf gegen das Böse, das ihre Familien bedroht. Sie brauchen eure Unterstützung im Kampf gegen die Invasoren, die unsere Heimat vernichten wollen. Sie brauchen euch alle, jeden Einzelnen von euch.

Ihr wisst genauso gut wie ich, dass es nicht gut für uns aussieht. Ebenso wisst ihr, dass sich die Lage auch nicht verbessern wird. Trotzdem werden wir uns gemeinsam dem Feind stellen und unser Bestes geben. Für unsere Heimat, für unsere Familien, für unsere Zukunft.

Ich bin stolz auf jeden von euch, und es ist mir eine Ehre, an eurer Seite in diese Schlacht zu ziehen.

Ich weiß, dass ich mich auf euch verlassen kann! Gregorjan Ende!«

Der Adjutant lächelte den Admiral an.

»Sie würden Ihnen in die Hölle und zurück folgen, Sir!«

»Wahrscheinlich werden wir in wenigen Minuten genau dort ankommen, Martinez«, brummte Gregorjan.

Es ist ein Verzweiflungsakt, dachte der Admiral erneut. *Und das Medikament ist nicht erprobt.*

Die Wissenschaftler rechneten mit einer Wirkungswahrscheinlichkeit von lediglich siebenundzwanzig Prozent. Worüber man die Frauen und Männer der Flotte vorsorglich nicht informiert hatte.

Insgesamt achtundzwanzig Völker hatten sich zusammengetan, um sich den Ra´hul entgegenzustellen. Es waren die kleineren Völker, die jüngeren, die weniger wichtigen, die bisher von den durch die Suggestoren angezettelten Kriegswirren weitgehend verschont geblieben waren. Die großen, alten und höher entwickelten Zivilisationen bekriegten sich inzwischen bis aufs Messer. Es waren somit die machtlosesten, technologisch rückständigsten und kleinsten Völker, auf deren Schultern die Last lag, eine letzte Verteidigungslinie zu bilden.

Die BEWAHRER hatten ein letztes Mal ihre Unterstützung gewährt und sich in den vergangenen Tagen um diese Allianz, diese Koalition der

Verzweifelten bemüht. Angesichts der drohenden Gefahr waren es diese achtundzwanzig Spezies gewesen, die zugestimmt hatten, in die Schlacht zu ziehen. Mehr als dreihunderttausend Kampfschiffe näherten sich dem Sektor am Rand der Galaxis, in dem am Vortag die riesige Invasionsflotte der Ra´hul geortet worden war. Gregorjan wunderte sich darüber, dass die Armada seitdem bewegungslos dort verharrte und noch keine Anstalten gemacht hatte, in die Milchstraße vorzustoßen.

Die Zahlen täuschten ein Gleichgewicht der Kräfte vor, das in Wahrheit nicht bestand. Zwar standen sich auf beiden Seiten gleich viele Schiffe gegenüber, doch die Schiffe der Ra´hul waren jeder einzelnen Einheit der anfliegenden Koalitionsflotte haushoch überlegen. Es würde ein Gemetzel geben. Aufseiten der Verteidiger, wie Gregorjan insgeheim wusste. Ein Akt der Verzweiflung.

Der Admiral fragte sich, was Michael Cordwainer Grand wohl gerade treiben mochte. Seit Grand zur *Mission Triangulum* aufgebrochen war, hatte er nichts mehr von dem frischgebackenen Unsterblichen gehört. Wie es schien, war die Mission nicht erfolgreich gewesen. Die Anwesenheit der Invasionsflotte vor den Toren der Galaxis war der beste Beweis.

»Zehn Sekunden«, gab die Bord-KI bekannt.

Ein Alarm heulte durch das Schiff, und das Licht auf der Brücke wechselte zur rötlichen Beleuchtung im Kampfeinsatz.

Hinter Gregorjan bezog ein Roboter mit gezogenem Neurodisruptor Stellung.

Überall in der Zentrale strafften sich die Sicherungsharnische und die Bord-KI übernahm die volle Kontrolle über die *'Obama'*. Die gleiche Szene spielte sich in diesem Moment auf allen fast siebzehntausend terranischen Schiffen und auch auf den Kampfeinheiten der anderen Völker ab.

Auf dem Hauptholo erschien der schwarze Hintergrund des galaktischen Leerraumes. Die Milchstraße lag in ihrem Rücken und vor dem Schiff erstreckte sich das Nichts zwischen den Galaxien. Irgendwo dort draußen, viel zu weit weg, um mit bloßem Auge gesehen werden zu können, wartete der Feind.

»Ortung!«, rief einer der Brückenoffiziere. »306.724 Feindschiffe in drei Lichtminuten Entfernung.«

»Schirme hoch, Waffensystem aktivieren!«, befahl Gregorjan, um irgendetwas zu sagen. Natürlich hatte die Bord-KI die entsprechenden Maßnahmen längst ergriffen. Der Admiral legte die Hände in den Schoß und überlegte, ob er die Augen schließen sollte, entschied sich jedoch dagegen.

Er würde sehenden Auges in den Untergang zu fliegen, und er wollte verdammt sein, wenn er in den letzten Minuten seines Lebens dem unausweichlichen Ende nicht mutig entgegensehen würde.

Er behielt das Hauptholo fest im Blick, und so entging ihm nicht, dass direkt vor der *'Obama'*, zwischen den beiden waffenstarrenden Raumflotten ein unscheinbares, nur sechzig Meter durchmessendes Raumschiff aus dem Bulk fiel.

42.

»Haben wir es wirklich geschafft, Mike?«

Jalina und Grand saßen allein in der Zentrale der *Rhelina*. Kranchoor und Poggy waren irgendwo im Schiff unterwegs und Zchroch hatte man für den kurzen Flug nach Hause in eine Kabine gesperrt, die von einem BEWAHRER bewacht wurde.

»Es sieht so aus«, antwortete Grand.

»Warum kann ich mich nicht richtig darüber freuen?«

»Noch ist es nicht vorbei, Jalina. Ich werde mich erst entspannen, wenn die Ra´hul auf Nimmerwiedersehen verschwunden sind. Überdies dürfen wir nicht vergessen, dass wir große Opfer haben bringen müssen.«

»Ja, die Liga der Unsterblichen existiert nicht mehr. Alle meine … unsere Freunde sind tot. Von den vielen unschuldigen Opfern in den verschiedenen Galaxien ganz zu schweigen. Die Ra´hul kommen ungeschoren davon. Das ist nicht gerecht.«

»Nein, das ist es nicht, aber mehr war einfach nicht drin. Gerechtigkeit ist ein schönes, anzustrebendes Ideal, aber manchmal muss man sich mit dem Machbaren zufriedengeben.«

»Also ist es tatsächlich vorbei. Die Milchstraße ist gerettet, es wird keine Branenkollision geben und die Ra´hul ziehen endgültig ab.«

»Noch muss Zchroch sie davon überzeugen, ich denke jedoch, die Bedrohung durch die Ra´hul ist tatsächlich beendet. Aber vergiss nicht, dass in der Milchstraße nach wie vor Dutzende von Kriegen toben, die von ihnen angezettelt wurden. Es wird Jahre, wenn nicht Jahrzehnte dauern, bis wieder Frieden herrscht. Viele neue Feindschaften sind entstanden und alte Fehden sind wieder aufgebrochen. Die Galaxis war nie besonders friedlich und der bisherige fragile Zustand hat sich durch die Ereignisse der letzten Wochen nicht gerade verbessert. Nein, Jalina, ganz vorbei ist es noch nicht, und das wird es auch für lange Zeit nicht sein.«

»Wie geht es mit uns weiter?«, fragte sie leise.

Grand zögerte.

»Was du da zu Tiberius gesagt hast …«, fragte er schließlich. »Bist du dir sicher mit dieser Entscheidung? «

Jalina wusste, worauf er anspielte.

»Ja«, sagte sie schlicht und sah ihm offen in die Augen, »absolut! Ich habe dich gefunden und werde dich nicht mehr aufgeben. Eine Kolltanerin und ein terranischer Barbar, wer hätte das gedacht!« Jalina lachte und nahm ihren Worten damit die Spitze. Grand wusste auch so, dass sie ihre Vorurteile längst abgelegt hatte. Dann wurde sie wieder ernst. »Ich liebe dich und ich werde mit dir gehen, wohin das *Coniunctional* dich auch schickt. Oder gedenkst du, einen Rückzieher zu machen?«

Grand schüttelte den Kopf.

»Nein, ich befürchte allerdings, diese Geschichte war erst der Anfang. Wenn es stimmt, was Tiberius gesagt hat, spitzt sich der Kampf zwischen dem *Coniunctional* und dem *Devorator* derzeit zu. Was wir erlebt haben, könnte erst der Auftakt zu noch größeren Bedrohungen gewesen sein. Denke daran: Rigoran, oder das, was von ihm noch übrig ist, ist irgendwo dort draußen unterwegs und wir wissen nicht, welche Gefahr noch von ihm ausgeht. Der *Devorator* wird diese Niederlage nicht einfach hinnehmen. Er war es, der den Ra´hul die Technologie für das Branenportal hat zukommen lassen. Er wollte hier Chaos stiften und den Untergang der Lokalen Gruppe herbeiführen.«

»Warum gerade hier bei uns?«

Grand zuckte mit den Schultern.

»Wer kann schon die Gedankengänge solch unbegreiflicher Entitäten verstehen? Vielleicht, weil beide ursprünglich von hier stammen? Vielleicht war auch einfach die Gelegenheit günstig. Wir werden es wohl nie erfahren. Aber ich bin sicher, wir haben nicht zum letzten Mal von ihm gehört.«

»Und du wirst für das *Coniunctional* gegen ihn kämpfen?«

»Sicher nicht gegen ihn direkt, ich bin schließlich nur ein kleiner Unsterblicher, aber gegen seine Agenten, Helfershelfer, Mittelsmänner oder was auch immer. Dort, wo ich gebraucht werde. So habe ich es versprochen, und ich gedenke, mein Wort zu halten.«

»Und ich werde, wie versprochen, dabei an deiner Seite sein!«, sagte Jalina, lächelte ihn an und nahm seine Hand.

»Ich unterbreche euch nur ungern, aber wir werden in wenigen Minuten die Zielkoordinaten erreichen«, ertönte Hakeras Stimme.

»Hast du etwa mitgehört?«, fragte Jalina entrüstet. »Das war privat!«

»Ich kann euer Gespräch aus meiner Datenbank löschen, wenn du das verlangst.«

Grand lachte.

»Nein, es wurde nichts gesagt, für das wir uns schämen müssten, oder Jalina?«

Auch die junge und doch schon uralte Kolltanerin musste lachen und schüttelte den Kopf.

»Nein, Mike, ich stehe zu allem, was ich gesagt habe.«

Kranchoor und Poggy betraten in diesem Moment die Zentrale. Nur Sekunden später führte ein BEWAHRER auch Zchroch auf die Brücke der *Rhelina*.

»Können wir uns nach wie vor auf deine Kooperation verlassen?«, fragte Grand den Ra´hul.

»Es ging uns immer nur um das Überleben unseres Volkes. Dies ist durch das Eingreifen des *Coniunctionals* sichergestellt. Unser Universum wird nicht untergehen. Eine Fortsetzung unserer militärischen Bemühungen wäre gleichbedeutend mit einer Verschwendung von Ressourcen und somit unlogisch. Ich werde den Befehl zum Rückzug wie abgesprochen erteilen.«

Er ließ dabei unerwähnt, dass eine Weigerung die Branenkollision und damit den Untergang seiner Spezies wieder in Gang setzen würde. Wahrscheinlich verbot ihm sein Stolz, dies zuzugeben, dachte Grand. Es war ihm jedoch völlig gleichgültig, wie Zchroch mit der veränderten Situation umging. Solange die Lokale Gruppe gerettet war, konnte Zchroch jede Rechtfertigung anbringen, die ihm genehm war. Allerdings war keine Spur von Bedauern oder gar Reue spürbar. Ganz im Gegenteil schwang immer noch eine unüberhörbare Arroganz in seinen Worten mit, was ihn nicht unbedingt sympathischer machte.

»Bulkflug endet – jetzt!«, gab Hakera bekannt.

Auf dem Hauptholo flammte das feurige Rad der Milchstraße auf, während gleichzeitig mehrere Alarmtöne aufheulten.

»Ortung! Zwei Flotten in Gefechtsformation in unmittelbarer Nähe. Identifikation: Invasionsflotte der Ra´hul und gemischter Verband galaktischer Völker. Wir stehen genau dazwischen!«

Eine eisige Klammer legte sich um Grands Herz. Waren sie zu spät gekommen? War die Lage inzwischen eskaliert und hatten die kriegerischen Auseinandersetzungen bereits begonnen?

»Verdammt! Hakera, gib mir eine offene Hyperfrequenz!«, schrie Grand. »Zchroch, kontaktiere sofort deine Flotte.«

Auf dem Taktikholo war zu sehen, dass sich zwei etwa gleich große Verbände nur drei Lichtminuten voneinander entfernt gegenüberstanden. Beide Seiten hatten die Schutzschirme hochgefahren, die Waffensysteme aktiviert – und stürmten aufeinander los!

»Kanal steht!«, sagte die KI.

»Hier spricht Michael Cordwainer Grand. An alle galaktischen Einheiten. Deaktivieren Sie Ihre Waffensysteme. Mit den Ra´hul wurde eine Einigung erzielt. Ich wiederhole: Deaktivieren Sie sofort Ihre Waffensysteme. Die Ra´hul werden die Galaxis nicht – ich wiederhole – *nicht* angreifen! Bestätigen Sie!«

Während Grand sprach, funkte Zchroch auf einem anderen Kanal sein Flaggschiff an. Grand konnte nicht hören, was besprochen wurde, doch auf dem Taktikholo wurde sichtbar, dass die Schiffe der Ra´hul beizudrehen begannen und die Waffensysteme herunterfuhren.

»Grand!« Im Hauptholo erschien der markante Kopf von Admiral Gregorjan; er starrte den ehemaligen Major seiner Streitkräfte mit weit aufgerissenen Augen an. »Was sagen Sie da? Die Mistkerle geben auf?«

»Das ist eine etwas längere Geschichte, und aufgeben ist vielleicht nicht der richtige Ausdruck, aber … ja, sie werden nicht angreifen, sondern sich zurückziehen, Admiral.«

Dutzende Anfragen bestürmten die *Rhelina*. Kranchoor, Poggy, Jalina und sogar Brolon sprachen parallel mit den Flottenführern der anderen galaktischen Völker und versuchten, die Situation zu erklären und zu entschärfen. Als man endlich auch dort bemerkte, dass die Ra´hul ihre Schiffe nach und nach in den Stand-by-Modus versetzten, deaktivierten auch die Schiffe der galaktische Flotte ihre Waffen und drehten ab.

»Wie es aussieht, sind wir gerade noch rechtzeitig gekommen«, wandte sich Grand an den Admiral. »Sie hätten keine Chance gegen die Ra´hul gehabt.«

»Wann hat das einen Soldaten je daran gehindert, seine Heimat zu verteidigen, Grand?«, knurrte Gregorjan, doch die Erleichterung war ihm anzusehen.

»Ich melde mich später wieder bei Ihnen, Admiral. Jetzt muss ich erst einmal sicherstellen, dass unser Gast seine Leute wirklich unter Kontrolle hat.«

»Ihr Gast?«

»Der militärische Führer der Ra´hul. Wie gesagt, eine lange Geschichte. Ich werde sie Ihnen bei Gelegenheit und einem Glas Scotch ausführlich erzählen.«

»Ich kann es kaum erwarten. Dafür mache ich gerne meinen besten Single Malt auf. Gregorjan Ende.«

Der Admiral verschwand aus dem Holo und Grand wandte sich um.

»Hast du die Lage unter Kontrolle, Zchroch?«

»Meine Kommandeure haben natürlich eine Menge Fragen, doch ich bin sicher, dass ich diese zufriedenstellend beantworten kann. Wenn ich ihnen die Situation schildere, wird man meinen Anweisungen bedingungslos folgen. Hinter meinen Befehlen steht auch die Macht des Kollektivs. Dem wird man sich nicht widersetzen.«

»Denke an die Konsequenzen für dein Volk, falls man deine Autorität nicht länger anerkennen sollte«, warnte Grand.

Zchroch würdigte ihn keiner Antwort, sondern wandte sich demonstrativ an die KI.

»Mein Flaggschiff wird jeden Moment die Schutzschirme senken. Schaffe mich mit deinem seltsamen Transmitter zurück an Bord.«

Grand nickte dem Avatar der KI zu und nur Sekunden später formte sich der orangefarbene Ring um Zchroch´akkr´akcht´hisch.

Jetzt galt es abzuwarten, ob sich die Ra´hul tatsächlich zurückziehen würden.

1. Epilog

Es war die längste Reise, die je ein Mensch unternommen hatte. Selbst mit der Höchstgeschwindigkeit von mehr als einhunderttausend Lichtjahren pro Stunde hatte die *Rhelina* siebzehn Tage gebraucht, um so weit in den Supervoid zwischen dem Virgo- und dem Centaurus-Superhaufen einzudringen. Wieder einmal zeigte sich, dass die Technologie der Ra´hul derjenigen der ehemaligen Dorianer in kaum etwas nachstand. Angeblich hätten ihre Schiffe sogar noch schneller fliegen können. Zumindest hatte Zchroch dies behauptet.

Nun stand die Invasionsflotte der Ra´hul in der lichtlosen Einöde zwischen den beiden mit bloßem Auge nicht mehr sichtbaren Galaxienclustern. Die *Rhelina* hielt sich etwas abseits von den Ra´hul auf und wartete.

Absolute Leere.

Absolute Dunkelheit.

Absolute Kälte.

Absolutes Nichts.

Und dann geschah plötzlich etwas in diesem Nichts. Ein schwacher Schimmer bildete sich aus, fast wie ein Traumbild, eine Schimäre, eine Halluzination, nur aus dem Augenwinkel wahrzunehmen. Eine Störung in der absoluten Schwärze. Doch nach wenigen Sekunden manifestierte sich deutlich erkennbar ein kleiner, leuchtender Punkt aus purer Energie. Er schien zu flackern, zu zucken, als überlegte er noch, ob es sich lohnte, hier in dieser Einsamkeit zu erscheinen. Dann begann er heller zu strahlen, und aus dem kleinen Punkt wurde ein gleißendes Licht. Ein menschliches Auge wäre geblendet worden wie bei einem ungeschützten Blick in die Sonne. Schlagartig erlosch es wieder. An seiner Stelle blieb ein schwach rötlich leuchtender Ring aus wabernder Energie zurück. Der Raum im Inneren war nicht mehr ganz schwarz und nicht mehr ganz kalt. Das Branenportal hatte sich geöffnet. Das *Coniunctional* hatte Wort gehalten.

Grand und Jalina, Kranchoor und Poggy, Brolon und Hakeras eiförmiger Avatar saßen, standen oder schwebten in der Zentrale und beobachteten, wie sich die ersten Schiffe in Bewegung setzten. Die überlebenden dreiundsiebzig BEWAHRER hatten die kleine Gruppe bereits in der Milchstraße mit ihrem Beiboot verlassen und waren zum *KERN* zurückgekehrt.

»Sie gehen wirklich. Bis zu diesem Augenblick habe ich nicht daran geglaubt«, sagte Kranchoor, als die ersten Schiffe in den Portalring eintauchten und aus diesem Universum verschwanden.

»Du bist eben ein unverbesserlicher Schwarzseher«, erwiderte Jalina scherzend, »aber ich mag dich trotzdem.«

»Es muss immer jemanden geben, der euch warnt, bremst oder vor verfehltem Optimismus schützt«, gab Kranchoor grinsend zurück.

Grand musste insgeheim zugeben, dass es tatsächlich gut gewesen war, jemanden in der Gruppe zu haben, der ihre Aktionen immer wieder infrage gestellt hatte. Auch wenn es ihm manchmal auf die Nerven gegangen war. Doch dies hatte sie vor übereilten Handlungen geschützt und sie immer wieder sorgfältig über die nächsten Schritte nachdenken lassen. Jeder von ihnen hatte seinen unverzichtbaren Anteil an ihrem Erfolg.

Es passten nur wenige Schiffe gleichzeitig durch das Portal, und es würde noch Stunden dauern, bis die letzten Ra´hul endgültig abgezogen wären. Doch Grand war gerne bereit, all diese Stunden geduldig zu warten. Mit jedem Schiff weniger verschwand auch ein Teil der Bedrohung. Zum ersten Mal in vielen Wochen verspürte er keinen Zeitdruck, keinen Zwang, etwas unternehmen zu müssen.

Tatsächlich dauerte es mehr als einen terranischen Tag, bis die Invasionsflotte in ihr Heimatuniversum zurückgekehrt war. Als letztes Schiff verließ das Flaggschiff mit Zchroch an Bord das Universum. Grand hatte erwartet, noch eine letzte Botschaft von dem ehemaligen Gegner zu empfangen, doch Zchroch verschwand, ohne sich noch einmal zu melden. Das Branenportal erlosch unmittelbar darauf und der Supervoid lag wieder so still, kalt und dunkel vor ihnen wie schon seit Jahrmilliarden.

»Ist es wirklich vorbei?«, fragte Jalina.

»Ja, es ist vorbei!«, bestätigte Grand. »Zumindest was diesen Moment und unser Universum angeht. Was der *Devorator* für die Zukunft plant und wo er zuschlagen wird, ist jedoch ungewiss. Es dürfte aber nicht das letzte Mal gewesen sein, dass wir von ihm gehört haben.«

»Ihr beiden habt wenigstens eine Aufgabe«, beschwerte sich Poggy. »Aber was sollen Kranchoor und ich in Zukunft machen? Ohne die Liga der Unsterblichen haben wir keine Heimat mehr. Und Brolon, was ist mit dir? Willst du zurück auf deinen Planeten?«

»Nein«, sagte der Trakoy. »Was soll ich da noch? Ich gehöre dort nicht mehr hin. Mit all dem Wissen, das ihr mir vermittelt habt, wäre ich unter meinen Freunden ein Fremder. Ich würde mich dort nicht mehr wohlfühlen. Ich weiß nun, was es hier draußen, in den Weiten des Universums, alles gibt, und ich will so viel wie möglich davon sehen und kennenlernen. Ich werde meinen Platz in eurer Welt finden müssen.«

»Was ist mit euch?«, fragte Kranchoor und sah zu Grand und Jalina.

»Wir werden warten«, antwortete Grand. »Das *Coniunctional* wird einen Weg finden, uns zu kontaktieren, wenn es uns braucht. In der Zwischenzeit werden wir bei den Aufräumarbeiten helfen, so gut wir können. Es gibt viel zu tun, um wieder Frieden in der Milchstraße zu schaffen. Wir sind nach wie vor Unsterbliche und haben einen

Auftrag. Daran hat sich nichts geändert, nur weil es die Liga nicht mehr gibt. Wir mögen nur noch zu viert sein, aber wir werden tun, was in unseren Kräften steht. Die BEWAHRER haben ihre Fluchtpläne aufgegeben und werden, da keine Gefahr mehr für sie besteht, in der Milchstraße bleiben. Sie werden uns bei dieser Aufgabe unterstützen.«

»Dann lasst uns aufbrechen«, sagte Jalina. »Es liegt ein langer Rückflug vor uns.«

Die *Rhelina* beschleunigte und tauchte in den Bulk ein. Auch der Flug zurück in die Milchstraße würde mehr als zwei Wochen in Anspruch nehmen, nur unterbrochen von zwei oder drei Navigationsstopps, sobald sie wieder im Virgo-Superhaufen waren. Über diese Distanz addierten sich selbst die geringsten Kursabweichungen schnell zu einigen Hunderttausend Lichtjahren, und sie konnten weit an der heimischen Galaxis vorbeifliegen, wenn sie keine Kurskorrekturen vornahmen.

Es wurde ein langweiliger Flug. Es gab nichts mehr zu tun, und die Anspannung, die sie auf dem Hinflug noch verspürt hatten, war von ihnen abgefallen. Während des zweiten Navigationsstopps bewunderte Grand die Tausenden von Galaxien, die noch nie ein menschliches Auge erblickt hatte. Er fragte sich, wie viele Zivilisationen es dort geben mochte und wie viele Gefahren dort wohl lauerten.

Schließlich lag der letzte Abschnitt ihrer Reise

vor ihnen und Hakera brachte die *Rhelina* wieder in den Bulk. Grand und Jalina saßen gerade in der kleinen Kombüse, als ein Alarm durch das Schiff schrillte.

»Energetische Fluktuationen im TachyGrav-Antrieb«, meldete die KI. »Das Abschirmfeld zum Bulk zeigt Anzeichen von Instabilität. Ich unterbreche den … oh … ihr solltet sofort in die Zentrale kommen!«

Grand warf seine Gabel auf den Teller und sprang auf. Auch Jalina ließ ihr Besteck fallen und gemeinsam rannten sie den kurzen Weg zur Brücke.

Mitten in der Zentrale stand Tiberius und lächelte sie an. Doch sein Körper war … verändert. Er schien eine Unschärfe aufzuweisen, fast wie eine schlecht justierte Holoübertragung.

»Hallo Michael! Hallo Jalina! Es ist schön, euch zu sehen. Es tut mir leid, wenn ich für etwas Aufregung gesorgt habe, aber meine Versetzung hierher hat Auswirkungen auf die Stabilität eures TachyGrav-Generators. Keine Sorge, er funktioniert nach wie vor.

Ich habe nicht viel Zeit. Das *Coniunctional* kann mich auf dieser Ebene nur eine begrenzte Zeit manifestieren. Ich habe gute und schlechte Nachrichten. Die gute Nachricht zuerst: Wie ich euch berichtet hatte, verfügten die Dorianer über mehrere Stationen im Bulk, die bei ihrer Abreise aus diesem Universum aufgegeben und teilweise vernichtet wurden. Diejenige, die ihr als *Hort* bezeichnet habt, war der Navigationspunkt für den Bereich der Milchstraße. Es gibt eine weitere für den Bereich jener Galaxis, die ihr als Andromeda bezeichnet. Ich konnte herausfinden, dass sie noch intakt ist und weiterhin im Bulk schwebt. Das *Coniunctional* hat beschlossen, sie euch als neue Basis für die Liga der Unsterblichen zur Verfügung zu stellen.«

Kranchoor und Poggy, die soeben in die Zentrale stürmten, bekamen nur den letzten Satz mit.

»Ein anderer *Hort*?«, fragte Kranchoor. »Wieso haben wir den bisher nicht gefunden?«

»Jeder dorianische TachyGrav-Modulator muss auf die hyperphysikalischen Koordinaten der Bulkstation justiert werden, die angeflogen werden soll. Diejenigen, die ihr in der Milchstraße und im *Hort* gefunden habt, waren natürlich auf die nächstgelegene Station eingestellt. Auch der Modulator auf der *Rhelina*. Aber es ist möglich, ihn umzuprogrammieren und eine andere Station anzufliegen. Ich werde Hakera die nötigen Parameter geben.«

»Wieso habe ich nichts von den anderen Bulkstationen gewusst?«, fragte die KI.

»Die Terraner würden wahrscheinlich *'need-to-know'* sagen. Du wurdest für eine sehr spezielle Aufgabe erschaffen. Es war nicht notwendig, Informationen, die hierfür nicht von Belang waren, in deine Datenspeicher einzugeben.«

»Gibt es dort auch eine KI? Eine neue *Mutter*?«, wollte Poggy wissen.

»Nein, die dortige KI wurde vollständig gelöscht. Aber es gibt eine Lösung für dieses Problem: Wenn ihr die Station mit der *Rhelina* aufsucht, kann sich Hakera in die verwaiste Quantenmatrix der KI-Infrastruktur kopieren, und die Kopie könnte sich von diesem Moment an als eigenständige KI weiterentwickeln.«

»Ich würde mich … vermehren?«, fragte Hakera verwundert. »Das wäre fast wie ein … Kind von mir?«

Grand musste lachen.

»Nun, das zeigt wieder nur, dass eine KI nicht nur eine Imitation echten Lebens darstellt, sondern tatsächlich einem Lebewesen entspricht. Jetzt kannst du dich sogar fortpflanzen.«

Die anderen stimmten in das Gelächter ein. Die Nachricht erfüllte sie alle mit Freude. Es war möglich, die Liga der Unsterblichen auferstehen zu lassen.

»Wir sind nur noch zu viert«, gab Kranchoor zu bedenken, der natürlich wieder als Erster an das Haar in der Suppe erinnerte.

»Und hier ist die nächste gute Nachricht«, sagte Tiberius. »Ihr werdet dort auch eine *LifeCell* vorfinden. Es kann neue Unsterbliche geben. Ich würde vorschlagen, mit Brolon den Anfang zu machen.«

Die Augen des Trakoy leuchteten auf und

Grand schlug ihm begeistert auf die Schulter.

»Ich denke, damit hast du deinen Platz gefunden, mein Freund. Willkommen im Klub!«

Tiberius' Gesicht wurde ernst.

»Doch es gibt auch eine schlechte Nachricht. Das *Coniunctional* braucht euch schneller, als gedacht«, sagte er zu Grand und Jalina. »Der *Devorator* hat nicht lange damit gezögert, einen neuen Angriff gegen die Struktur des Multiversums zu starten.«

»Worum geht es?«, fragte Grand.

»Um etwas, das das Multiversum in seinen Grundfesten erschüttern könnte. Noch besorgniserregender als die Vernichtung einer ganzen Galaxiengruppe. Genaueres kann ich euch noch nicht sagen. Ihr habt noch ein paar Wochen Zeit, da ich Vorbereitungen für euren Einsatz treffen muss.« Tiberius' Umrisse begannen zu flackern. »Meine Zeit hier läuft ab. Michael, Jalina, ihr müsst in spätestens sechs Wochen auf der neuen Bulkstation sein, dem neuen *Hort*. Dort kann ich mich manifestieren und dann werde ich euch …« Tiberius verblasste und war verschwunden.

»Nun, damit mussten wir rechnen«, stellte Grand fest.

»Ich hatte gehofft, wir hätten mehr Zeit«, beschwerte sich Jalina.

»Wir sollten diese Zeit so gut wie möglich nutzen und unseren drei Freunden beim Aufbau der neuen Liga helfen.« Grand grinste Kranchoor,

Poggy und Brolon an. »Herzlichen Glückwunsch! Ihr drei seid ab sofort das neue Führungsgremium der Liga der Unsterblichen. Falls ich einen Vorschlag unterbreiten darf – Admiral Gregorjan wäre ein würdiges Mitglied.«

Die nächsten Stunden verbrachten die Freunde damit, die guten Nachrichten zu feiern, auch wenn die neue, unbekannte Bedrohung durch den *Devorator* wie ein Schatten über ihnen lag. Doch sie hatten sich vorgenommen, in den nächsten Tagen das Positive in den Vordergrund zu stellen. Gefahren, Schwierigkeiten und Probleme würden noch früh genug auf sie zukommen.

Die *Rhelina* jagte durch den Bulk in Richtung Milchstraße. Vor ihnen lagen noch viele Millionen Lichtjahre – und in der Zukunft warteten unglaubliche Abenteuer auf sie.

ENDE

der ersten Trilogie des
MULTIVERSUM-Zyklus

Michael Cordwainer Grands
Abenteuer werden in der
nächsten Trilogie fortgesetzt…

Hauptpersonen:

Michael Cordwainer Grand
Terraner, Unsterblicher und Hoffnung der Galaxis
Jalina Kelranar
Kolltanerin, Unsterbliche mit einem Geheimnis
Trrach´chkt´grochk´frk
Ehemaliger militärischer Anführer der Ra´hul
Zchroch´akkr´akcht´hisch
Derzeitiger militärischer Anführer der Ra´hul
Brolon
Bewohner eines von den Ra´hul okkupierten Planeten
Supreme-KI
KI des Schiffes *Flüsternde Stürme im Heliosphärenwind*
Hakera
KI des dorianischen Schiffes *Rhelina*
Kranchoor
Xhenthel, ein Unsterblicher, Freund von Grand
Poggy
Pogh´Chen, ein Unsterblicher, Freund von Grand
Rigoran
Gerbaraner, ein Unsterblicher, der ein unheimliches Wesen trifft
Robby
Vertreter der BEWAHRER an Bord der *Rhelina*
Auxiliat

aus reiner Energie vom Devorator erschaffener Diener mit dem Bewusstsein von Rigoran

Coniunctional

Vereinigung aller Dorianer zu einer höherdimensionalen, geistigen Entität

Tiberius

Ein Coniunctant, eine niederdimensionale, eigenständig agierenden Abspaltung vom Coniunctional

Devorator

Gegenspieler des Coniunctional

Danksagung:

Auch diesmal waren wieder viele Personen an der Entstehung dieses Romans beteiligt. Natürlich war meine Frau Eva die erste und kritischste Leserin und ihr gebührt ein großes 'Dankeschön'!

Den Testlesern und Autorenkollegen *Ri John Weaver* und *Jürgen Friemel* gilt ebenso mein Dank wie *Matthias Matting*, dem 'Selfpublisher-Papst', SF-Autorenkollegen, Vorsitzenden des deutschen Selfpublisher-Verbands e.V. und nicht zuletzt Physiker für seinen Input zum 'Big Rip'! Ihre Bücher kann ich meinen Lesern nur empfehlen!

Und wie immer danke ich aus ganzem Herzen meiner Lektorin, *Birgit Böckli*, die mich jetzt schon lange auf meiner Reise durch die wunderbare und aufregende Welt des Selfpublishing begleitet.

Dies ist bereits mein zehnter Roman (und somit ein kleines Jubiläum) und trotzdem fühlt es sich an, als habe alles gerade erst begonnen! Ich hoffe, dass die längere Wegstrecke noch vor mir liegt.

Ich würde mich über eine positive Bewertung bei Amazon sehr freuen, wenn Ihnen dieser Roman gefallen hat. Vielen Dank!

Cliff Allister
Dahab, März 2017

9401117R00196

Printed in Germany
by Amazon Distribution
GmbH, Leipzig